HERMES

在古希腊神话中，赫耳墨斯是宙斯和迈
亚的儿子，奥林波斯神们的信使，道路
与边界之神，睡眠与梦想之神，亡灵的
引导者，演说者、商人、小偷、旅者和
牧人的保护神……

西方传统 经典与解释 **HERMES**
Classici et Commentarii

巴洛克戏剧丛编
Series of Baroque Drama

刘小枫 谷裕◉主编

克里奥帕特拉
Cleopatra

[德]罗恩施坦 David Caspar von Lohenstein ｜ 著

何凤仪 ｜ 译

华夏出版社

"巴洛克戏剧丛编"出版说明

baroque[巴洛克]这个词源出罗曼语系的 barroco[不合常规],原指外形有瑕疵的珍珠,引申用法指奇形怪状、不合习规之物,明显带贬义。十九世纪末,艺术史学的奠基人沃尔夫林(1864—1945)在《文艺复兴与巴洛克》(1888)中用这个语词来标志这样一种艺术风格:它使得文艺复兴形成的艺术风格"分崩离析"并走向"衰落"。

> 在意大利,我们发现了一个从严谨到"自由和涂绘"风格、从形体明确到形体不整齐的有趣的转变过程,而北方的民族却没有参与进来。①

沃尔夫林虽然说"人们习惯于用术语'巴洛克'来描述这样一种风格",却没有说这个"习惯"是何时养成的。这倒无关紧要,重要的是,从此人们有了一个语词,以此概括十七世纪基督教欧洲文艺现象的总体特征:

> 早期巴洛克风格凝重、拘谨、充满宗教性。后来,这种压力逐渐减弱,风格也就变得越发轻巧、越发活泼,其中包含了对所有结构元素的调侃式消解,这就是我们所说的 Rococo[罗可可]。(同上,页14)

---

① 沃尔夫林,《文艺复兴与巴洛克》,沈莹译,上海:上海人民出版社,2007,页13。

沃尔夫林是美术史家，因此，"巴洛克"首先指一种美术风格，但这个语词很快就延伸到十七至十八世纪初期的音乐、戏剧甚至小说一类的叙事作品。显而易见，沃尔夫林对"巴洛克"风格的描述一旦用于戏剧和小说，就不管用了，因为，巴洛克戏剧和小说非常政治化。

政治性的戏剧自古就有，巴洛克戏剧的政治特征与欧洲王权国家的危机直接相关。十七世纪的基督教欧洲正在经历深刻的政治革命，宗教改革使得正在形成的绝对王权君主制受到威胁，神学－政治问题的论争迭起，政治话语错综复杂。在巴洛克戏剧作品中，这一切得到了最为直观的反映。德意志的政治状况远比已经形成绝对王权的国家复杂，德意志的巴洛克戏剧，为我们提供了形象的演示，让我们得以透视其中复杂交集的神学－政治理论的论争。

对于巴洛克时期的英国、西班牙和法国的戏剧，我们已经多少有些了解，对德意志的巴洛克戏剧则相当陌生。事实上，在这一时期，德意志也出现了堪与莎士比亚、卡尔德隆、拉辛、高乃依、莫里哀比肩的戏剧家——阿旺西尼、格吕菲乌斯、罗恩施坦就是代表。

巴洛克戏剧种类繁多，我们聚焦于文人创作的悲剧、正剧，它们无不是政治历史剧：取材于历史人物（君主）和事件，在宫廷、教会或人文中学的剧场上演。剧作家要么是从政的神学家，要么是法学家，有丰富的政治实践。他们写作戏剧，明显意在教育君主以及未来的政治人。

德意志巴洛克戏剧有严谨的形式，一般分四幕或五幕，台词用亚历山大体。幕间有歌队，以角色对白与合唱相结合的形式解释、评判、反衬剧情。德意志的巴洛克文人戏剧特别讲究修辞，以托寓、徽记、用典为主要特征，外加丰富的修辞格，凡此无不是为了实现政治教育的的目的。

到了十八世纪下半叶，提倡凸显个性、务求文风平实朴素的启蒙戏剧兴起，巴洛克戏剧因被启蒙文人贴上"繁缛""矫饰"的标签而遭到贬抑。实际上，启蒙戏剧取代巴洛克戏剧，反映了基督教欧洲的政治转型：从王政转向民主政治——从宫廷文学转向民族国家的市民文学。

十七世纪戏剧文辞古旧,修辞和典故对今人来说都相当生僻,却无可以凭靠的现代德语译本。因此,阅读巴洛克戏剧不易,翻译更难。尽管如此,为了我国学界更为深入地认识现代欧洲的政治成长,我们勉力编译了这套"巴洛克戏剧丛编"。为此,除剧作外,我们还选译了有代表性的研究文献。

古典文明研究工作坊

西方典籍编译部午组

2021 年 4 月

目　录

中译本说明

一 罗恩施坦人物生平与创作

《克里奥帕特拉》作者为罗恩施坦（David Caspar von Lohenstein）。罗恩施坦原名 Daniel Casper，后其父加封贵族，获 von Lohenstein 封号。Der Lohe［罗尔河］为一条河名，流过乃父庄园，并从一石中流过，故名 Lohenstein［罗尔石］，音译罗恩施坦。罗恩施坦虽非其原姓，但学界已约定俗成。罗恩施坦生于 1635 年，出生地为西里西亚地区的布热格公国。他曾于 1661 至 1665 年期间在莱比锡大学及图宾根大学学习法律专业，后从事律师行业并定居于布雷斯劳（Breslau）。在从事律师行业期间，罗恩施坦完成了其代表作品罗马悲剧与非洲悲剧；①1668 年开始，罗恩施坦开始从政，于 1670 年担任布雷斯劳法律顾问，于 1675 年晋升为高级法律顾问。1675 年，统治西里西亚的皮亚斯特公爵格·威廉一世去世，西里西亚落入哈布斯堡王朝统治，罗恩施坦随后担任哈布斯堡皇家顾问。布雷斯劳市在宗教改革后成为路德新教城市，并入哈布斯堡王朝统治后又重归天主教统治，罗恩施坦在很多作品的献词中都表达出这一困境。巴洛克在布雷斯劳担任公职期间，罗恩施坦从戏剧创作转向小说创作，并修订了之前的非洲悲剧，于 1683 年中风去世。

十七世纪下半叶，三十年战争带来的苦难逐渐平息，社会秩序逐渐稳定，罗恩施坦的文学创作也反映了这一点：他不同于巴洛克剧作家格吕菲

---

① 罗马悲剧指以罗马历史为题材的历史剧，如《尼禄之母》等；非洲悲剧则指以北非历史为题材的历史剧，如《克里奥帕特拉》《努米底亚王后》。

乌斯的创作,后者的剧作主题中常常隐含"虚空"与"无常"(Vanitas)之象;罗恩施坦的作品更关注现实,作为一个活跃政坛的法律顾问,他关心政治、了解政治,戏剧创作也基本围绕政治权谋、国家利益的主题展开。在此时期,政治理智(politische Klugheit)与国家理性(Staatsräson)的概念广为流传。政治理智强调,衡量政治决策与政治行动的标准不是绝对的理念和永恒的尺度,而是此时此地的国家利益,换言之,统治者为了国家利益与统治者的目标,大可以不择手段。国家理性这一概念早在十六世纪就掀起了广泛讨论。圭恰迪尼在 1527 年《关于佛罗伦萨政府的对话》中论及国家理性与宗教美德的冲突;马基雅维利在 1532 年的《君主论》也强调,在君主制政体中,统治者的个人利益与公共福祉的最大化有共同的目的,即国家统治的延续,君主所代表的多数人的利益应高于少数人的利益。博泰罗也在 1589 年的《论国家理性》中将"国家理性"定义为"一套关于建立、持续、扩大统治的手段的知识"。由此可见,十七世纪的政治理智与国家理性之风有其深厚的学术积淀,而罗恩施坦笔下各君主的伪装、违背诺言、随机应变及其谋臣的巧言令色,实际上符合马基雅维利《君主论》对君主形象的期待,体现了一国之君应有的机智与理性。政治理智与国家理性的概念是《克里奥帕特拉》讨论的中心主题,也在罗恩施坦许多其他戏剧中得以呈现。此外,将政治权谋与情色诱惑相结合亦是他的悲剧特色。

二 作品的内容、结构与主要问题

剧如其名,《克里奥帕特拉》主要故事围绕埃及托勒密王朝最后一任统治者克里奥帕特拉展开,全剧中主要有三方阵营:克里奥帕特拉、安东尼与屋大维及其谋臣。全剧讲述了历史上著名的亚克兴海战(公元前 31 年)后,在亚历山大城陷落前夕,克里奥帕特拉、安东尼和屋大维之间展开的一系列磋商谈判与权谋斗争。

戏剧中的故事时间十分紧凑，读者可借剧中人物对话还原出故事的前情与来龙去脉。克里奥帕特拉是埃及托勒密王朝最后一任统治者，为了使埃及免于罗马人的统治，她用自己的姿色吸引了罗马三巨头同盟之一的安东尼，使他与屋大维的妹妹离婚，与自己成婚，并与埃及结盟。罗马在亚克兴海战中大获全胜，逼近亚历山大城，此时罗马的统治者屋大维派人离间安东尼、克里奥帕特拉两方势力，称只要交出对方，便有生存余地。安东尼面对屋大维的要求，不顾同阵营军事谋臣的阻挠，拒绝了屋大维的提议，选择忠于克里奥帕特拉，并在克里奥帕特拉的唆使下杀死了罗马的人质，失去了与罗马方谈判的唯一筹码；而克里奥帕特拉一方则秘密接受了屋大维的和解要求，在精心的安排下，克里奥帕特拉佯死，使安东尼悲痛欲绝而自杀身亡。克里奥帕特拉的计划看似成功，但在最后一幕屋大维暴露了他的本来面目，埃及绝无可能脱离罗马的管辖，克里奥帕特拉发现计划失败，亦选择自尽而亡，屋大维与罗马获得了最后的胜利。

《克里奥帕特拉》全剧由献词、前言、内容提要、剧情故事、评论性注释构成，即作者既是戏剧的创作者，亦是此剧的诠释者（作者评注性注释）。剧情故事共五幕，主人公为历史舞台上的王侯将相——这也符合巴洛克雅剧（Kunstdrama）的要求，每幕中未明确分场，仅在每"场"间标示出场人物与地点。每一幕结束后插入具有象征寓意的合唱，合唱部分与各场之间无剧情递进，而是古希腊罗马神话人物、历史人物出场，对本幕的内容做出总结。《克里奥帕特拉》先后经历两次出版与修订，1661年版有3080诗行，1680年版有4232诗行，两版在情节设置、戏剧结构、历史解释上大致相同，但后一版本润色修改了前一版的语言，大幅度扩充了篇幅，增设了新的场次（共增加了一千多诗行）。同时值得注意的是，作者的注释也有许多扩充。补充与增添的相应历史文献，为戏剧增添了深厚的历史底蕴。

从戏剧形式而言，《克里奥帕特拉》无疑是一部历史剧。历史剧是以历史上发生过的事件为基础创作的戏剧,并以肃剧为主体。历史剧所涉及的事件通常是发生在公共政治领域的重大历史事件,能够反映某种具有普遍意义的价值,并对"当代"产生影响。历史剧也不是对历史的客观复述,而是作者基于自身的创作意图对历史的再阐述、再解读。历史剧具有一定的历史真实性(historische Authentizität):历史剧的语言风格、道具也会贴近剧作家着力刻画和描摹的历史时期;事件的时间、地点和人物也大多有据可考,在戏剧行文中往往会引用历史记载中的内容,并提供大量的作者注释。罗恩施坦在《克里奥帕特拉》的注释中引用最多的两大文献是普鲁塔克的《古希腊罗马名人传》(凯撒和安东尼一章)以及狄奥的《罗马史》,对两部文献的引用与注释展示出罗恩施坦戏剧创作中一定的历史真实性。

国家统治者的政治理智与国家理性是罗恩施坦这部戏剧所探讨的核心问题。屋大维、安东尼、克里奥帕特拉三人之间体现出对于国家理性与政治理智的不同考量:屋大维善用谋略,将国家利益放在首位,为达目的不择手段;安东尼在此剧中耽于儿女私情,为克里奥帕特拉置国家于不顾,不是一个合格的君主;克里奥帕特拉介于安东尼与屋大维之间,不会被私人情感冲昏头脑,为拯救托勒密王朝力挽狂澜,践行一国之君的职责。

在剧中,克里奥帕特拉、奥古斯都、双方参与决策的政治和军事谋臣,均是国家理性的代表。这种国家理性往往意味着对私人情感的克制与舍弃,克里奥帕特拉在剧中便体现了这一点——从私德的层面看,克里奥帕特拉背信弃义,但从统治者角度而言,她是一个杰出的君主,为了国家利益善用虚假(simulatio)与伪装(dissimulatio)之术。统治者必须控制和掩饰自己的情感,隐藏和遮蔽本来的思想和意图,安东尼便无法做到国家理性与政治理智所要求的这一点。他的弱点在于无法克制情感,这也阻碍了他理智地施行统治。他忠于爱情与正直的品德,这在私德领域是完全的褒义词,但在充满虚假和欺骗的政治语境下却不能被视作美德,反而是他缺乏国家理性与政治理智的体现。

因此,在历史剧的框架下,罗恩施坦从国家理性与政治理智的角度对三位历史人物进行了新的塑造与解读,尤其是针对在历史书写中往往与女性身份、性吸引力挂钩的克里奥帕特拉这一形象,罗恩施坦的戏剧创作从某种意义上跳出了性别视域,转而从君主身份与国家理性层面对她进行分析。她的言行举止从私德层面为人诟病,但从国家统治的角度却无可指摘,克里奥帕特拉是一位合格的君主。此外,历史剧的创作希望借历史事件表达一定的价值理念,对"当代"产生影响,罗恩施坦此剧也是对十七世纪下半叶所流行的政治理智概念的宣扬,尊崇国家利益。若是读者再次回顾罗恩施坦的生平,也便不足为奇了。

本剧作原文为拉丁语,中译以 1680 年版为底本,并参考了 2008 年德古意特(De Gruyter)出版社的德译本与部分编者注释。① 除文中标注"译注"之注释外,其余注释为作者评论性注释,或参考德古意特出版社的部分编者注释。正文后附两篇研究文献,供读者参考。

何凤仪
2021 年 4 月于北京

---

① Daniel Casper von Lohenstein Sämtliche Werke, Abteilung II, Dramen: Ibrahim (Bassa), Cleopatra (Erst – und Zweitfassung), Teilband 1: Text, Hrsg. von Lothar Mundt, Wolfgang Neuber, Thomas Rahn. Walter de Gruyter, 2008.

罗恩施坦(David Caspar von Lohenstein),1635—1683

Daniel Caspers *v. Lohenstein*

Cleopatra,

Trauer-Spiel.

Breßlau/
Auf Unkosten Esaiæ Fellgibels
Buchhändlers daselbst.
1 6 6 1.

《克里奥帕特拉》1661 年版封面

我们可能被战胜抑或屈服:人终有一死。唯一重要的是:我们将在饱受嘲笑屈辱中抑或是以阳刚之态呼出自己的最后一口气。*

为尼禄自杀后的四帝之年,日耳曼军团拥维特里乌斯(Vitellius)为帝,并得到了罗
马元老院的承认,东方军团拥维斯帕先(Vespasianus)为帝,向罗马发起进攻。维
特里乌斯兵败之际,他的追随者讲述此言,鼓舞他即使大局已定,仍要作出军事反
抗维护尊严与荣誉。

　　[译注]现有译法为:"如果我们被打败,我们固然难逃一死。但如果我们投
降,我们同样活不成。唯一的问题就在于,我们是在嘲笑和侮辱中死去,还是在英
勇的行动中死去。"《塔西佗 历史》,王以铸、崔妙因译,商务印书馆,2002。

献 词

这出忧郁的悲剧讲述了一个熊熊燃烧的宫廷火葬场,跌落的权杖的支离破碎,可怖战争的盲目幸运,日暮穷途的王侯满是血污的双手,冷酷无情的命运之轮,被刀砍下的王者首级,比王权江山更重要的情妇床笫,良心的鞭挞,意识的伤疤,威胁性命的纷乱漩涡。忧郁的柏树①使舞台立即昏暗沉郁。女王的佯死刺激着王侯为爱复仇,而臣仆之死赐予了他勇气。因为对生的厌恶唯有通过死亡治愈。香膏浸润着伤口,喜悦的泪水滋润着鲜血淋漓的尸身。随后女王脚踏新的厚底靴②快速登场,高谈雄辩,伪装矫饰,谦卑地展示她对正在崛起之大国的太阳的仰慕,只为与新王之火炬结合,嫁给与之休戚与共的王权。然而欺骗被诡计识破,铅白③因泉水幻为泡影,正烟消云散的圣坛的袅袅炊烟,雕像的大理石,迷惑视听的诱惑,心间的啜泣将苦艾酒隐藏在蜂蜜中,将猎人的密网隐藏在槲寄生④中——在胜利时奋勇当先者,也应首当其冲作为牺牲品献身。

---

① 柏树是死亡的象征(Sinnbild)。
② 古希腊、罗马悲剧演员常穿的一种鞋,厚底是它显著的外形特征。
③ 铅白(Bleiweiß)是制作胭脂时所需的材料。
④ 槲寄生(Mistel)在民间信仰中是一种幸运的象征,常被运用在婚礼仪式中。

但当这非洲塞壬①察觉，人们用奥德修斯之计②蔑视着从她温床传来的靡靡之音，她既已饱受嘲讽，便义无反顾一头栽向死亡的沙丘，甚至更甚：她惊恐于她荣誉的沉船残骸，预感到被包装镀金的奴仆之钩，她选择了毒蛇的致命咬伤而非虚与委蛇的老虎之吻，选择了坟墓而非枷锁，选择了死亡而非罗马的凌辱，选择了死亡的荣耀而非公众的嘲笑。她的贵族侍女亦毫无臣服之心，不愿饱受屈辱而活——她们将心献给女王，将姓名献给永恒，将身体献给彼岸。

但胜利者，这个不愿予生者性命、不愿予死者好死、不愿予世界两位统治者之人，他用被献出的鲜血巩固了国家秩序。作为罗马元首，他像唯一的太阳在地球上方升起。波澜起伏的命运闪电给最低者与最高者带来了混乱无序。而你们，城市的建造者啊，愿你们仍认为我这不才创作的果实，这早产母亲所出的三月婴孩（虚弱的意志与成百倍的债务③）值得称颂。

请不吝赐予我谦卑的克里奥帕特拉以精神的西风和贯以王者之名的巨帆，让她能安全远航。得益于这些帮助，她将更加幸运地沿海岸航行，胜过这满戴珍珠宝饰的埃及女人曾以象牙作桨，以紫衣作帆，乘银船向她的夫君驶去。她的港口尽是淫念色欲。但我的克里奥帕特拉始终满怀希望，被你们喜爱。尽管被香柏木油④涂抹包裹，那位克里奥帕特拉也无法比因你们的恩惠重新问世的克里奥帕特拉更为经久。苍白的纸张不会腐蚀，即使时间的利齿啃噬着它，纵然因妒忌而苍白的吹毛求疵者咒骂它，因为著名的布雷斯劳市长保护着它，他的鼎鼎大名是它对抗的嫉妒的对手的护身符。

---

①　此处的非洲塞壬指克里奥帕特拉，因她是给男性带来性命之忧的诱惑者。塞壬(Sirene)是希腊神话中人首鸟身、鸟首人身或与人鱼类似的女怪物，又称海妖。她们用自己天籁般的歌喉使得过往的水手倾听失神，吸引航海者上岸并将其杀死，或致使航船触礁沉没。

②　《荷马史诗》记载，奥德修斯(Odysseus)航海途径塞壬所在的海岛时，他用蜂蜡堵住同行者的双耳，把自己绑在帆船的桅杆上，以确保自己即使被塞壬诱惑亦无法行动。

③　[译注]指代不明，可能指为创作此书所阅读的大量史料及文学作品。

④　香柏木油具有防腐功效，在古代常被用于保存尸体。

内容提要

第一幕

安东尼在一次军事突围中将罗马骑兵驱逐至营区，而后却被自己的骑兵部队抛弃。心灰意冷下，安东尼想要自刎结果性命。他与谋臣商讨，是要与屋大维一决高下、继续突围，还是仅以亚历山大城为据点防守反击。克里奥帕特拉告诉安东尼，她发现了一些神迹，预示了她的灭亡，凯撒里昂也确认了这一点，安东尼安慰了二人。塞多留，一个来自西班牙的使臣，表示西班牙愿为他们提供援助与庇护。另一方，普罗库勒尤斯受屋大维之命向安东尼提出和解，条件是安东尼出让埃及，离开克里奥帕特拉，与奥克塔维亚重修旧好，并释放阿塔巴契斯国王。安东尼一方的罗马人与他的儿子安提勒斯都建议他接受和解。在本幕合唱中，朱庇特、尼普顿与普鲁托正接受父神遗产的分配。

第二幕

被屋大维释放的战俘西尔索斯暗中向克里奥帕特拉许诺，屋大维已爱上她，只要克里奥帕特拉杀死安东尼，她便能拥有她想要的一切。克里奥帕特拉诱导凯撒里昂和阿西比乌斯反对安东尼，因安东尼并未将他们列入参与秘密谈判的谋臣之列，而这密谈恰恰是要讨论如何处决女王的。阿西比乌斯建议杀死安东尼，凯撒里昂有所顾虑，但未提出反对意见。痛诉悲叹的克里奥帕特拉触动了安东尼，为了克里奥帕特拉，他拒绝了屋大维提出的所有和解条件，并下令处死了阿塔巴契斯国王。克里奥帕特拉独自思索,最终决定在自己的墓穴中假死。阿西比乌斯以安东尼的名义拒绝了普罗库勒尤斯提出的和解方案。安东尼想要通过阿西比乌斯劝说克里奥帕特拉离开亚历山大城,带着所有财宝与他一起逃向西班牙,但这时安提勒斯报道说,凯利乌斯已带着所有舰队投奔了屋大维。本幕合唱介绍了帕里斯的故事,以影射安东尼。

第三幕

克里奥帕特拉让她的密臣查尔密姆来到与伊西斯神庙比邻的陵墓,并将自己假死的谋划告知查尔密姆。之后克里奥帕特拉同自己的侍女们告别,假作喝下毒药,实际是安眠药水。她的侍女们为她准备好墓穴,并告知厄忒俄克勒斯女王的死讯。三位被安东尼处死的国王,即安提柯、扬布里奇和阿塔巴契斯,他们的魂灵向睡梦中的安东尼预告了他的覆灭。安东尼醒来后,朱利乌斯告诉他,酒神在半夜时分离开帕特农神庙,穿过城市去向了罗马阵营。安提勒斯则报告说,阿西比乌斯已经把法罗斯出卖给罗马人。厄忒俄克勒斯前来通报,克里奥帕特拉已经服毒自杀。安东尼因而丧失理智,命令厄洛斯将他杀死。但厄洛斯用短刀自杀了,安东尼也用这把刀自戕。被释放的战奴德尔策太乌斯将佩刀拔出。狄俄墨得斯前来通报克里奥帕特拉还活着的消息,安东尼便命人将自己抬到陵墓中去。在一番哀叹后,安东尼死在克里奥帕特拉怀中。命运三女神在合唱中预演了生命的易逝和死亡的注定。

第四幕

德尔策太乌斯给罗马皇帝带去沾血的佩刀并报告安东尼的死亡。屋大维和阿格里帕及梅塞纳斯一同商议如何处置克里奥帕特拉。她的使者阿西比乌斯向皇帝告知亚历山大城归顺的意图,然后被皇帝用许多华丽的承诺打发回去。阿格里帕建议屋大维要严苛地对待克里奥帕特拉，伽卢斯则提议让皇帝假作爱上她，从而将她引诱到罗马去。凯撒里昂告诉母亲，罗马人在亚历山大城如何刻薄行事，他和安提勒斯如今性命堪忧。克里奥帕特拉将他装扮成摩尔人，让他逃到摩尔人那里去。普罗库勒尤斯、埃帕夫洛狄图斯和康内利乌斯·伽卢斯给了克里奥帕特拉许多空洞的安慰。屋大维努力想要说服她前往罗马，几个回合的交锋之后，克里奥帕特拉同意前往，但是恳求屋大维先将安东尼安葬。埃及的男女园丁们批判宫廷生活和虚伪的爱情，赞扬了单纯的爱情。

第五幕

克里奥帕特拉和侍女们在伊西斯神庙中为安东尼举行安葬仪式。然后，她向侍女们揭露屋大维的伪善，点明她前往罗马的危险。身着祭司服装的安提勒斯咒骂克里奥帕特拉，认为她背叛并杀害了安东尼，让安东尼陷入危机。在他拒绝依照她的请求杀死她之后，克里奥帕特拉给屋大维写信托付自己的孩子，然后利用毒蛇自杀。在此之前，狄俄墨得斯已经先行试毒身亡。之后，伊拉斯也因蛇毒而死，查尔密姆则用刀刺死自己。普罗库勒尤斯和埃帕夫洛狄图斯来得太晚，没能阻止克里奥帕特拉自杀。被老师西奥多勒斯出卖的安提勒斯惨遭杀害。屋大维试图让普西勒人将克里奥帕特拉的蛇毒吸出，但也只是徒劳。屋大维夸赞克里奥帕特拉，下令不得损害她的像，命人将克里奥帕特拉、安东尼、查尔密姆和伊拉斯厚葬。他还处死了西奥多勒斯，下令追杀流亡的凯撒里昂，仁慈地接管了克里奥帕特拉与安东尼的孩子。屋大维将埃及的财宝运往罗马，并瞻仰了亚历山大大帝的遗体。在合唱中，台伯河赞颂罗马帝国的伟大，尼罗河在它面前屈服。多瑙和莱茵则预言，罗马的统治将由德意志继承。

人 物 表

克里奥帕特拉　　　　　埃及女王

马克·安东尼　　　　　她的夫君

屋大维·奥古斯都　　　罗马皇帝①

凯撒里昂　　　　　　　尤里乌斯·凯撒和克里奥帕特拉的儿子

安提勒斯　　　　　　　安东尼和富尔维娅的儿子

亚历山大

克里奥帕特拉　　　　　克里奥帕特拉和安东尼的子女

托勒密

坎尼迪乌斯　　　　　　安东尼的步兵统帅

凯利乌斯　　　　　　　安东尼的海军统帅

朱利乌斯　　　　　　　驻城首领

阿西迪乌斯　　　　　　骑兵统帅

阿西比乌斯　　　　　　克里奥帕特拉的密臣、谋士

阿格里帕　　　　　　　屋大维的步兵统帅

梅塞纳斯　　　　　　　屋大维的密友

普罗库勒尤斯

康内利乌斯·伽卢斯　　屋大维的大将

埃帕夫洛狄图斯

西尔索斯　　　　　　　被屋大维释放的战俘

---

① 在戏剧故事发生之时，屋大维尚未称帝。

德尔策太乌斯

狄俄墨得斯 } 被克里奥帕特拉和安东尼释放的战俘

厄忒俄克勒斯

厄洛斯　　　　　安东尼的贴身侍从

塞多留　　　　　坎塔布里亚[西班牙]的使臣

查尔密姆 } 克里奥帕特拉的密臣

伊拉斯

斯达

伯利萨玛 } 克里奥帕特拉的侍女

萨拉波

巴比亚

安提柯、扬布里奇、阿塔巴契斯　三位国王的魂灵

西奥多勒斯　　　安提勒斯的老师

阿里乌斯　　　　一位智者——谏臣、老师

几位埃及祭司

两个普西勒人①

屋大维和安东尼的卫兵

欢乐、朱庇特、尼普顿、普鲁托的歌队；及天神、海神、水神

墨丘利、帕里斯、朱诺、帕拉斯和维纳斯的歌队

命运三女神的歌队

埃及园丁的歌队

台伯河、尼罗河、多瑙河、莱茵河的歌队

---

①　普西勒人(Psylli)是利比亚的一个部族,据说能免受有毒动物,尤其是毒蛇的叮咬,并拥有治愈中毒者的能力。

第一幕

（安东尼的密室）

人物：安东尼、凯撒里昂、安提勒斯、坎尼迪乌斯、阿西比乌斯、雷利乌斯、朱利乌斯、阿西迪乌斯、凯利乌斯、安东尼多名部将

提要：安东尼在一次军事突围中将罗马骑兵驱逐至营区，而后却被自己的骑兵部队抛弃。心灰意冷下，安东尼想要自刎结果性命。安东尼手下多名部将共同商讨计划，讨论是要与屋大维一决高下、继续突围，还是仅以亚历山大城为据点进行防守反击。

安东尼

罗马如今将神圣的尼罗河①变成血色的海洋了吗？

此处已不再流淌富饶的河水，而是民众的鲜血，

台伯河何以被淹没？幼发拉底河又何以被玷污？

边界隐藏于自然之中，目的地隐藏于大海中，

阴影量度着黑夜，阳光量度着白日，

但什么都无法估量屋大维。没有任何联盟与契约

能够成为衡量他行为的标准。罗马愿征服世界，

他征服了罗马。民众、贵族、元老院

都臣服于他的脚下。雷必达和我曾拥有的，

①　如同罗马的台伯河（Tiber），尼罗河（Nil）在埃及被尊崇为神。

现已被他占有。但他仍在努力　　　　　　　　　　10

将你们如今踏上的国度拉入他的桎梏中。

尼罗河从未向台伯河朝圣，

埃及亦从未向罗马臣服。他接受天下三分；

而我的婚姻财富①成了我的战利品。

只是，谁愿将藏在羊毛中的虫从织物中摘出来？　　15

谁愿强迫一只已将利爪伸向撕碎的肠的老虎？

哈！炽热的手臂！

它已扑倒猎物，仍将它的深渊巢穴摧毁！

当树干被捣毁，它仍要残害树根，②　　　　　　　20 *

当雄狮失去了猎物和利爪时，

那猛虎仍要吞噬母狮和幼狮！

然而，当桅杆已被礁石撞碎，

当蓝色的海水已渗入缝隙中，

当愤怒的北风摧毁腐朽的小舟，　　　　　　　　25

船长便取一块狭窄的木板作船，

以手臂为桨，以腿脚作锚，

希望作为指南针，时至今日，安东尼不得不

忍受失败命运的刺痛与权力的触礁。　　　　　　30 *

幸运曾眷顾我们三日，

屋大维的骑兵在赛马场被我们痛击，

不得不紧急撤回营地，

但我如今却遭遇不幸，

---

①　指埃及。安东尼认为，他与克里奥帕特拉的结合使他获得了埃及。

②　[译注]因翻译统一，译文中所标行数与原文行数略有出入。全书中此类情况均在行数后以星号标出。后文不再单独说明。

35　　　我方骑兵竟卑鄙地弃我而去。

　　　　因如今人人都像众神一样憎我，

　　　　我便献出我的鲜血以救赎众人。

坎尼迪乌斯

　　　　王侯正在思索。我们不应该承担

　　　　背叛者的罪责。面对死亡和危险，

40　　　我们必须将蓝眼珠的敌人的利剑驱逐出境，

　　　　不能弃不幸之人于不顾，也不应将剑刃刺向自己。

　　　　您认为：只要您落败，屋大维就会满意吗？

　　　　就算您愿在法洛斯岛烦忧至死，①

　　　　屋大维难道就不会夺取我们的财物与性命吗？

45　　　若您在孤独中将自己交付敌人怀中；绝望的打击便会

　　　　缩短您的性命吗？不！屋大维的密网捕捉着

　　　　克里奥帕特拉，寻找着埃及的财宝。

　　　　一颗有毒的心不会在炽焰中化为灰烬，②

50*　　被利欲熏心之毒沾染，也无法冷却敌人的鲜血。

　　　　屋大维心中隐藏着复仇之心，利欲熏心之毒也熊熊燃烧，

　　　　与此紧密相连的还有他的焚身欲火。

　　　　因此您的鲜血不仅是为他的复仇圣坛举行落成仪式，

　　　　在罗马没有哪一个漂亮女子能在他面前守住贞洁，

55　　　难道他会没注意到克里奥帕特拉吗？

　　　　屋大维也知道：尼罗河通过每年的定期泛滥

---

　　①　公元前 31 年，亚克兴海战战败后，安东尼重返亚历山大城，在法洛斯岛（Pharos）上建造四面环海的住宅，就像对人性失望的雅典人泰门（Timon），想与世隔绝，过孤独的生活。

　　②　中毒者的心脏无法焚烧，近代法医学研究仍沿用这一观点。

在泛滥期内带来超过一年的丰收，

这都隐藏在他的亲笔密信中。

尼罗河的水便是滋养他统治欲望的油，

盐则耗尽了您和屋大维原本的亲缘关系和亲朋义务。   60

因为非洲盛产黄金、粮食、香膏和象牙，

他便想成为摩尔人的首领、埃及的地主，

想在这里，如在罗马一样将我们踩在脚下。

因为我们如今从他那里除了桎梏以外，别无希冀。

因此，只要我们的肢体还有一处能动弹，我们   65

就愿诚心为我们的王挥动利剑，

力挽狂澜，以至王国不亡，

因为罗马人生来就热衷于奴役，

因为罗马作为世界首领视自由为无物，

视臣服他人为获利，那么何处仍有一处港湾，   70

我们便会在那为自由斗争到底。

安东尼

　　　　　　　　既我能立足于此，

我心中便没有丝毫怯懦。

你们知道，我曾两次为避免罗马人无辜的鲜血，

向屋大维提议决斗来解决纷争。   75

但在他倒台之前，整个世界会为之倾覆，

数以百计的人民也将惨死，在他失去一根头发之前。

我亦不惧危险，

我无数次力证我的英雄胆量，

无论幸运和挚友是否弃我而去。   80

菲拉德弗斯①倒戈，多米提乌斯②背叛，

在阿格里帕③第一次试探我们时，

扬布里奇④上当受骗，

阿敏塔斯⑤沦为叛徒，

德里乌斯⑥作恶多端，

其后塔尔康蒂摩斯⑦在浓雾沉沉时落入阿格里帕之手，

混乱的战争局势将他连同二十艘战船沉入海底。

当我远离亚克兴，

在那里厄运早已对我张牙舞爪，

---

① 菲拉德弗斯（Deiotaros Philadelphos）是小亚细亚王国帕夫拉戈尼亚（Paphlagonie）最后一任君主，曾与安东尼结盟。在亚克兴海战前，安东尼方曾在一次骑兵交战中失势，菲拉德弗斯便投奔了屋大维。

② 多米提乌斯（Gnaeus Domitius Ahenobarbus）曾是刺杀凯撒阵营的舰队指挥官，于公元前 40 年与安东尼和解结盟，并拥有参与亚克兴海战的部分舰队的指挥权，但在战役前倒戈投奔屋大维，不久后身亡。

③ 阿格里帕（Agrippa）是屋大维部将及友人，在亚克兴海战中担任罗马舰队最高指挥。

④ 扬布里奇（Jamblichus）是阿拉伯部族国王，公元前 31 年亚克兴海战前，因加入安东尼军队被定叛国罪，遭酷刑和处决。

⑤ 阿敏塔斯（Amyntas）曾是加拉太（Galatia）国王迪奥塔罗（Deiotaros）的秘书与官员，后在安东尼的助力下成为加拉太国王。在三巨头之争中首先跟随安东尼，在亚克兴海战前又重新投靠屋大维。加拉太，古代亚细亚王国，后成为罗马行省。

⑥ 昆图斯·德里乌斯（Dellius）在公元前 41 至公元前 31 年间是安东尼在外交上的得力干将，并作为元帅参与对阵帕提亚人的作战。在亚克兴海战前，他背叛安东尼，投奔屋大维阵营，并向屋大维提供了安东尼方军队信息。

⑦ 塔尔康蒂摩斯一世（Tarcondimot），奇里乞亚国王，与安东尼结盟，亚克兴海战时阵亡。

我让舰队的船帆扬起，　　　　　　　　　　　90 *

战船不比城市和塔楼，

不曾受屋大维的权力笼罩，

狂野的海洋为之惊叹，为之沉默，

君主忧虑时，盛怒的天空之手

便倾倒闪电、冰雹和大雨，　　　　　　　　95

在我的船桅之上布撒雷击。

舰队分崩离析，船帆折毁，

船绳搅乱，船舵无计可施，

舵叶被损毁，锚被破坏。

但你们要知道，我们不会就此放手，失却勇气，　　100

这样屋大维的袭击便只是徒劳，

直至这黑色地狱衍生出不可熄灭的大火，

敌人将火焰引入我们的舰船。

因这大火将天空和海洋都震慑，

所以人们不能对克里奥帕特拉过于苛责：　　　　105

是她指引我们出路，将舰队从炽焰和恐惧中逃脱，

将众人从地狱深渊中拯救出来。

希腊就此陷落。如今尼罗河也已套上桎梏，

从它的大支流，人们称作卡诺博斯①的地方，

直到孟斐斯，尼罗河分流之处，　　　　　　　110

都已套上了罗马的枷锁。屋大维的战船

---

① 卡诺博斯（Canopus）指当时最西边的尼罗河支流区域，囊括了入海口城市卡诺博斯到尼罗河三角洲南部的古埃及首都孟斐斯（Memphis）的范围。

停驻在塞本尼托河,①驻扎在摩里斯的两片湖泊,②

停靠在法摩提斯、③塔波西里斯,④甚至整个非洲,

以至我同你们都被包围监禁。

115 那些我们人造的沟渠⑤

经由阿尔西诺伊⑥运向海上的船只,

被阿拉伯人阴险地烧毁。

我们的灾祸纷纷惊扰了邻居。

帕提亚人愤怒,阿拉伯人受辱,

120 非洲大地视炎热的天气与沙漠为屏障。

如今港口被据,城墙倾覆,

唯有你们的胸怀是整个世界的英雄!

山崖,敌人在此盘踞分赃,

城墙,它的倒塌势必压坏

125 他们想要击溃的丘陵。

---

① 此河以河岸城市塞本尼托(Sebennytos)命名,是从西至东尼罗河的第三条支流。

② 据考,埃及仅有一处湖泊以"摩里斯"(Moeris/Moiris)命名,即坐落在孟斐斯西南部的摩里斯湖,缘何文中特指两片湖泊,已无从考据。据推测,第二处湖泊可能指亚历山大城西南部的马留提斯(Mareotis)湖,作者罗恩施坦可能因名字相近的原因出现记忆混淆。

③ 法摩提斯(Phamothis)坐落于亚历山大城西南部马留提斯乡下的村庄。

④ 塔波西里斯(Taposiris)在亚历山大城西部约50公里处,位于海洋和马留提斯湖之间。

⑤ 亚克兴海战后,克里奥帕特拉着手将运载财宝的船只舰队从地中海运输至红海,路程长达100公里,地处如今的苏伊士运河,想在那里寻找新的家园。但这项计划被迫中断,佩特拉地区(Petra)的阿拉伯人将第一批船只烧毁。关于"沟渠"如今已无从考据,作者似乎认为,人们为运输船只开凿运河。

⑥ 阿尔西诺伊(Arsinoe)位于现今苏伊士东海岸,埃及港口城市。

凯撒里昂

　　　　　　　很遗憾，

敌人和我们的形势正是如此！

就像安东尼警告的那样。

危难之下无友人，无所希冀。

如今我们也退无所退。

陶尔西乌斯①带着战船驻守着海滩与海洋。

陆地上城堡四周都筑起了城墙。　　　　　　　130

就是金钥匙也不能为我们打开一扇门，

因为每一个罗马人都将那人尊崇为神和主人，

那位通过谋杀和诡计将罗马奴役的人；

因此我们必须深思熟虑，视其为凯撒，

在我们吃下苦苹果毁灭之前。　　　　　　　135

坎尼迪乌斯

你的努力无异于将摩尔人刷白。

谁想要与他和解，无异于海中铸箭，

寻求毒蛇的偏爱，寻找雪中的火焰。

我们都了解凯撒的方式，屋大维正是由他抚养成人，

还未断奶，他便学会了利益权谋。　　　　　　　140

难道他会比不上他的义父凯撒吗？

凯撒曾用庞培的脖颈②摧毁了罗马的头颅。③

----

①　陶尔西乌斯(Tauresius)这一人名在历史中已不可考。该人可能是指康内利乌斯·伽卢斯(Cornelius Gallus)，屋大维的将领，曾在战争最后阶段向埃及进军。

②　指公元前48年凯撒大胜庞培一事。

③　指参议院在过去的罗马共和国时代曾是权力机构，而后被削弱了权力。

难道我们愿意像雷必达①那样请求屋大维饶我们一命吗？

既如此，那你就逃去托罗斯，

145　　我逃向不列颠的荒野，

去向生命能沦为怯懦的牺牲品之地。

死亡看起来苦涩，但更苦涩的，

是承载咒骂和桎梏的生命。

安提勒斯

　　　　　　　　　我愿带着喜悦放弃我的灵魂，

150　　在我成为无耻皇帝的奴仆、罗马人的好戏之前。

我们的希望在亚历山大城，

但希望往往在无望之境，

才会遇到它正确的目标。

一艘破朽之船，

155　　在汪洋之上、狂风之下迎接雷暴的击打。

选择宽广的海洋，而不是从沙洲寻求救赎，

在帆船被沙洲倾覆时，

直直地向港湾航行。

---

①　雷必达（M. Aemilius Lepidus）是古罗马政治家、军事家，在凯撒死后，与安东尼、屋大维组建三头同盟，瓜分罗马。在凯撒就任时期，他负责统管罗马西班牙（Hispania）行省及纳尔邦高卢（Gallia Narbonensis）行省。这也是三头同盟组建后雷必达的统辖区域。在公元前42年清除刺杀凯撒者的腓立比战役后，雷必达所统辖区域再次被收回，作为补偿，安东尼与屋大维许诺雷必达可获得非洲行省的管辖权，只要他能摆脱与小庞培（Sestus Pompeius）结盟的嫌疑。公元前40年罗马-波斯战争结束后他得以统辖非洲行省，战争期间他作为屋大维部将出战。公元前36年他与屋大维结盟攻打小庞培并在西西里岛参加战役。在收复墨西拿（Messina）后，雷必达转而反抗屋大维，要求西西里岛的统治权。屋大维强硬反对后，雷必达缴械投降，身着丧服，请求屋大维饶他一命。屋大维保全了他的性命，但使他退出政坛，离开罗马，在监视中度过晚年。

谁寻求中间道路,无疑是逃进马蜂窝。

危险是危险最好的谋臣与慰藉。　　　　　　　　　　160

何以能够确定,我们称之为美德的是恶习,

罗马人便是奴颜婢膝。假使我们落败,

自由将使我们终身获利,

成为对我们经久不衰的称颂,使灾殃成为战利品。

安东尼身边功勋卓著的人们,　　　　　　　　　165

比如两位以忠诚为准则的阿奎利乌斯,①

不屑于为了苟活而抽签。

儿子宁愿对斩首刑具伸长了脖颈,让头颅被砍下,

也不愿接受皇帝的假慈悲而去抽签,

父亲则自行了断了生命。　　　　　　　　　　170

难道敌人没有撕碎我们的心、我们的头和四肢吗?

若我们中每一个人都认为必须投降,

难道这对我们而言还不是镣铐吗?

一个高尚的灵魂何时不对他的敌人称颂美德的价值呢?

皇帝会对那些热血复仇的人、　　　　　　　　175

那些推翻命运的人、自己摧毁他们怯懦的人,

对他们进行轻微的判决。人们早已杀死岩羚羊与小鹿,

在被战胜的狮子未觉耻辱与苦痛之时。

胆怯使庞培落入奴隶的谋杀之手,

它亦将雷必达的自由夺去,　　　　　　　　　180

---

① 阿奎利乌斯·弗洛鲁斯(Aquilius Florus)父子,为安东尼而战,亚克兴海战后被俘。屋大维曾让二人抽签决定生死,一人被处决,另一人可存活。儿子无视这一建议,立即让刽子手行刑,父亲随即也在儿子的尸身旁自尽。

使他囚禁于西尔采伊。相反，索西乌斯①

对我们忠心耿耿，

勇敢向皇帝拔剑，

在他不幸落入屋大维的圈套时，

185　　敌人也未伤他一根毫发。因为有德之人

始终有声望：感受到他高贵情感的敌人，

便不能折辱他。

凯利乌斯

　　　　　　我称赞你的行动，

无强风吹拂，何以赢得港口。

190　　在油和膏药都无法愈合烙印的时候，

医生便有充分理由安排锥子、锯子和刀。

若别无他法，人就必须铤而走险，

但别将值得怀疑的当作我们丧失的，

没有船员会在自己搁浅的船上钻孔。

195　　一格令勇气便足以匹敌一磅智慧。

在鲁莽失责使自己人头落地时，

理性是力量和危险的重量，

救赎则是谨慎的果实。

为此没有任何人应该损伤我们的名誉，

200　　在人为他的救赎自行了断之前，

国家也不应因我们的虚荣遭受海难。

但是，当安东尼和我们冲进千军万马，

---

　　① 索西乌斯（Gaius Sosius）是安东尼的追随者，在亚克兴海战中任舰队指挥，被屋大维部将阿格里帕打败和囚禁，而后经屋大维的部下阿伦提乌斯（Attuntius）说情被释放。

并用我们的鲜血去浇灌卡诺普斯①的土地，

金色的荣誉之花会在我们眼前从种子里绽放，

时间、罗马、皇帝都无法将其抹去。

我们和我们鲜血的紫袍都留下胜利的旗帜，205 *

但这个可怜的国家又能获得什么呢？

阿西比乌斯

尤里乌斯②被封为圣神，

利维亚③成了女主人。上帝啊！

克里奥佩特拉会被怎样的电闪雷鸣伤害，

若人们将埃及置于如此大的风险之中！210

王公将相用理智证明自己的价值，

士兵则用伤口证明了自己的价值。

凭借我们的荣耀，我们的后代不会迷失，

永远效力。船夫难道还会无动于衷，

当大海折损了船的龙骨，风暴摧毁了船的重杆？

他让船帆落下，将桅杆与缆绳斩断，215

沉下铅锚。对于无法抗拒的不幸，

就必须耐心抚慰它。

朱利乌斯

有谁持异议？

阿西比乌斯

我们给屋大维埃及的一半财富，

① 卡诺普斯(Canopus)是特洛伊战争期间斯巴达国王梅涅劳斯(Menelaus)的舵手，传说中是埃及同名古城卡诺普斯的建造者，其名常直接指代埃及，此处他的名字则取其意。

② 尤里乌斯(Julier)指尤里乌斯·凯撒及养子屋大维的后裔。

③ 利维亚·杜路希拉(Livia Drusilla)，公元前38年与屋大维成婚。

220　　　及除埃及之外的安东尼的所有土地，

　　　　即安东尼在与雷必达、屋大维三分天下交涉所得的土地。

安东尼

　　　　这些以及埃及对他来说都太少。

　　　　我们曾三次经使节向他奉赠，①

　　　　以及所有果实。他听说后，

225　　　并未拒绝赠礼，但未作回应。

　　　　难道我应作为一名奴仆跪倒在他的膝前，对他顶礼膜拜吗？

　　　　在我位高权重之时，他尚牙牙学语，一无所知，

　　　　在他仍穿童服时，我早已身披紫衣，

230　　　在他尚与玩偶游戏时，我便作为平民首领②痛击敌人，

　　　　而后成为大祭司长与执政官。③

　　　　在我被摩尔人、高卢人、帕提亚人、希腊人④写入史书时，

----

①　据狄奥·卡西乌斯(Dio Cassius)记载，克里奥帕特拉和安东尼在亚历山大制定逃跑计划时，曾向屋大维提出和解请求，以迷惑敌人、拖延时间。对屋大维身边的重要首领，他们都派使节赠送财物，以期能够贿赂他们。此外，在安东尼不知晓的情况下，克里奥帕特拉向屋大维秘密赠送金权杖、金王冠及金王座，表示愿意向屋大维移交埃及统治权。屋大维收下礼物，并秘密通知克里奥帕特拉，如她杀死安东尼，便可保留她的王国。

②　这里指公元前49年安东尼出任保民官。

③　安东尼曾出任罗马执政官，任期在公元前44至公元前43年。

④　从时间逻辑上看，此处"帕提亚人"(Parther)不在此列，因其不属于年轻安东尼的征战范围，他在公元前36年才发起对帕提亚人的远征，这时他已属罗马三巨头并结识了克里奥帕特拉。"摩尔人"(Mohr)指的是安东尼出任骑兵统帅，在公元前57年在巴勒斯坦及公元前55年在埃及出任军事行动时的敌方；"高卢人"(Gallier)指安东尼参与凯撒在高卢地区的远征(公元前52年至公元前50年)；"希腊人"则指安东尼作为凯撒的追随者在希腊攻打庞培。

他还是胆小怕事的孩童。①

在我将布鲁图与卡西乌斯驱逐出罗马时；

在我宣读凯撒的遗愿，平息民众的复仇怒火时—— 235

这怒火足以将他的整个家族烧尽。②

遗憾啊！这就是感谢:我给予他的关爱

甚至比我自己的孩子要多，为他取得民众的爱戴，

为他建言献策，与他缔结盟约， 240 *

成为朋友与亲人。与凯撒不相为谋、妄图加害于他的人，

都是我的敌人。法萨罗之战③向我证明:

凯撒使我的月桂树枝更为耀眼，

我左翼的军队使庞培溃不成军， 245

将逃窜的士兵编制列队。

屋大维很可能称其为幸运，

但我却说是实干。当卡西乌斯被我的军队痛击，

布鲁图斯吹响了他的号角,屋大维尚在病中。④ 250

---

①　凯撒遭遇刺杀时,屋大维正在希腊阿波罗尼亚(Apollonia)接受雄辩术及军事训练。为谨慎起见,屋大维收到消息后未立即赶赴罗马,为了解凯撒遇刺后的政治时局,屋大维辗转在意大利各地待了六周才抵达罗马,安东尼将屋大维此举称作他怯懦的表现。

②　此处指凯撒遇刺后的两个事件,一是在凯撒遇刺后安东尼在家中当众宣读凯撒遗嘱(公元前44年3月15日),二是凯撒火葬日安东尼的讲话。在讲话时安东尼用凯撒遗嘱宣扬了凯撒对民众的慷慨,激起了民众对行凶者的仇恨。

③　公元前48年凯撒与庞培在法萨罗的决定性战役,安东尼任左翼指挥,凯撒任右翼指挥,大败敌军。

④　公元前42年,在攻打刺杀凯撒者的第一场战役中,安东尼对战卡西乌斯,屋大维对战布鲁图斯,安东尼击溃卡西乌斯军队并将其杀死,但屋大维却被布鲁图斯打败。在第二场战役中,布鲁图斯败北自杀,屋大维当时生病,胜利主要归功于安东尼。

绥克斯都①命丧黄泉,功劳也在于我。

屋大维曾如此高兴,以至于他在和睦神庙中设立我的塑像。②

如今他为自己设立雕像以示不和,我的塑像则成为他复仇的目标。

我曾是他的庇护与盾牌,

255　　如今他却力图将我和我的痕迹销毁。

朱利乌斯

忘恩负义之树结出来的无非是黑刺李③的果实。

善行具有罂粟液的特质;

少量便使人困倦后恢复精力,大量则拥有毒药的力量,

使生命之光在我们眼前熄灭。少量功绩使人成为朋友,

260　　巨大的、无以为报的功绩则使人反目成仇。

助力政权之人,必须被治理服帖、斩草除根。

我们还在妄想从屋大维那得到什么好处呢?

梅塞纳斯曾建议他这样对待阿格里帕,④

他必须将阿格里帕选为女婿,否则就将其铲除。

阿西迪乌斯

265　　所以对他而言安东尼丢掉脑袋还远远不够。

凯利乌斯

赫罗德①曾担保过更好的。

朱利乌斯

担保什么？

凯利乌斯

称屋大维愿意和解。

安东尼

若我们弃克里奥帕特拉于不顾，

将如今的祖国埃及让给罗马人，

这将使我身心震撼；

无人能从罗马得到庇护，

我和你们一同带着自由走向坟墓。

阿西比乌斯

这样神圣的尼罗河中会流淌比河水更多的鲜血。

凯利乌斯

屋大维也曾展现过宽恕与温和。

朱利乌斯

在何处？

凯利乌斯

在佩鲁贾。②

朱利乌斯

对谁？

270

275

① 赫罗德指希律王一世（Herode I.），犹太国王，曾是安东尼的亲信，在亚克兴海战后投奔屋大维，曾建议安东尼将克里奥帕特拉杀死，以谋求和解的可能性。

② 路西斯·安东尼（Lucius Antonius），马克·安东尼的兄弟，在公元前41年曾违反屋大维的土地政策，并认为后三巨头的官方行动是违法的。在公元前40年的佩鲁贾战争中，路西斯·安东尼与马克·安东尼的妻子富尔维娅被围攻打败。屋大维原谅了他并将其作为使节遣往西班牙。

凯利乌斯

　　　　　　　我们君侯的兄弟。

朱利乌斯

　　他只是需要这样的假象来维护声誉罢了。

凯利乌斯

　　那为什么屋大维很快将他释放？

朱利乌斯

　　因为这样大鸟①才能被人用小鸟驯服。

凯利乌斯

　　难道对于安东尼来说路西斯只是微不足道的吗？

朱利乌斯

280　　毕竟路西斯不像他兄弟一样掌管三分天下。

凯利乌斯

　　为何屋大维不用剑推翻雷必达？

朱利乌斯

　　雷必达那奴颜婢膝的软弱精神不值得人用剑。

凯利乌斯

　　德西乌斯杀了他的父亲，而他对此选择遗忘。②

————————

　　①　此处的"大鸟"即指安东尼，屋大维想凭借他对安东尼弟弟的赦免来使其归顺。

　　②　作者罗恩施坦在此混淆了两位名叫德西乌斯的历史人物。一位是德西乌斯·布鲁图斯·阿尔比努斯（Decimus Iunius Brutus Albinus），他是凯撒刺杀者马库斯·布鲁图斯（Marcus Iunius Brutus）的亲戚；另一位则是摩德纳战役中安东尼阵营中名为德西乌斯（P. Decius）的军官。在摩德纳，德西乌斯·布鲁图斯的军队被安东尼围困，而屋大维因与安东尼政见不合，支持贵族统治，与刺杀凯撒者一方属同一阵营，因此屋大维当时受任解救被困摩德纳的军队。在随后的战役中，安东尼被联合军队打败。他的一名名为德西乌斯的军官被屋大维俘获，而后被释放。刺杀凯撒者德西乌斯·布鲁图斯则落入安东尼之手，而后被杀。

朱利乌斯

他对待安东尼不能以任何准则比较。

凯利乌斯

难道安东尼给他带来的痛苦比布鲁图斯带来的还要多吗？ 285

朱利乌斯

安东尼对他的危害远比布鲁图斯大。

凯利乌斯

当权力欲望随之出现时,复仇欲念应该和缓怒火吗？

朱利乌斯

他同样将布鲁图斯的头颅扔在了凯撒的雕像前。①

凯利乌斯

但我们没有弑父的污点。

朱利乌斯

　　　　　　　　他在尤里乌斯圣坛上所屠杀的 290

佩鲁贾人也同样没有。

凯利乌斯

他们也许对皇帝做了罪大恶极之事。

朱利乌斯

像盖利乌斯②那样吗？ 以致屋大维戳瞎他的双眼？

凯利乌斯

为何他要让自己陷入行刺的怀疑之中呢？

---

① 公元前 42 年,凯撒刺杀者布鲁图斯兵败自杀后,屋大维将其头颅带回,扔到了凯撒的雕像前。

② 昆图斯·盖利乌斯(Quintus Gallius)时任古罗马裁判官,屋大维猜测他欲行不测。在尚未进行审讯前,屋大维亲自戳瞎了他的双眼。

朱利乌斯

　　一句欠考虑的话便让阿法尔①命丧黄泉。

凯利乌斯

295　司伽卢斯②这个严重侮辱他的人，不也被释放了吗？

朱利乌斯

　　因为他母亲穆齐阿维护了他，

　　而她深受屋大维父亲的宠爱。

凯利乌斯

　　那他宽恕同是穆齐阿所生的绥克斯都了吗？

安东尼

　　绥克斯都死在我的手里。

朱利乌斯

　　　　　　　　　因为屋大维要求他这样做，

300　还对此以马戏表演大肆宣扬。③

　　尽管他的父亲是凯撒的心腹，

　　库里欧④的首级不也落在了屋大维的复仇祭坛上了吗？

坎尼迪乌斯

　　如果屋大维只会带来杀戮，

_____

　　①　刚出任执政官的阿法尔（Tedius Afer）因对屋大维进行了一番恶意的评论，使屋大维感到威胁，随即将他杀死。

　　②　马库斯·阿米里乌斯·司伽卢斯（Marcus Aemillius Scaurus）是小庞培同母异父的兄弟，在亚克兴海战中为安东尼而战，遭逮捕后被判死刑，经母亲泰尔琪雅·穆齐阿（Tertia Mucia）请求而被宽恕。下文中朱利乌斯的回答意指，穆齐阿的请求之所以被同意，是因为她曾是凯撒大帝的情人。

　　③　在敌人绥克斯都·庞培死后，屋大维为庆祝在罗马举办了马戏团表演。

　　④　斯科利博尼乌斯·库里欧（Scribonius Curio），在亚克兴海战中属安东尼阵营，后被处决，其父亲是凯撒的追随者。

旧时的友情回忆再也无法触动他，

若他只愿将他的快乐与统治、救赎与王朝 305

建立在你我的废墟之上；

那我们必须逃避灾祸，

不拒绝任何手段途径。

凯利乌斯

　　　　　　　　通过城外的袭击来侵犯敌人，

我们的力量还太弱小了。

朱利乌斯

不然我们能怎么做？ 310

凯利乌斯

　　　　　　　我们且看时间能带来什么。

这座美丽的大城不可能很快被夺取。

从我们星象上看灾祸尚未降临。

在短暂的期限内往往潜藏着赢利。

它使欧楂树成熟，使无花果树生机勃勃。

使被征服者成为征服者。 315

一次简单的偶然往往能缓解严重的危机。

朱利乌斯

希望只是徒劳，敌人就在港口。

凯利乌斯

当帆船与希望远去，尤里乌斯仍在畅游。①

----

① 凯撒在占领亚历山大时，曾试图占领大坝的南部桥头堡，将法罗斯岛与城市连接起来，但遭受了埃及国王托勒密十三世（克里奥帕特拉的兄弟及共同摄政王）的攻击。战败后凯撒只能从船上跳入大海并游到一艘罗马船上逃脱。

坎尼迪乌斯

　　努曼提亚①因希望而衰败灭亡。

凯利乌斯

320　　明天才会死去的人,难道会在今天自杀?

朱利乌斯

　　时间增加痛苦,漫长的过程加剧风暴。

凯利乌斯

　　卡匹托尔山得到了曾陷落的罗马。

朱利乌斯

　　那是在敌军被卡米卢斯②击败之时。

凯利乌斯

　　但曼利乌斯③仍须在风暴前坚守。

阿西迪乌斯

325　　如今埃及哪里会来一个卡米卢斯呢?

凯利乌斯

　　卡米卢斯④同样是因巧合出现。

――――――――――

　　①　努曼提亚是西班牙中部城市,当地人是凯尔特伊比利亚人,在公元前154 至公元前 153 年,该城市发起反抗罗马统治的起义,而后在公元前 143 至公元前 133 年继续进行。科尔内利乌斯·西庇阿(Cornelius Scipio)在进行长达九月的围城后,镇压了该城的起义。公元前 133 年整座城市被焚毁。
　　②　公元前四世纪,马库斯·福利乌斯·卡米卢斯(Marcus Furius Camillus)拯救了罗马,收复了被高卢人占领的罗马城。当时罗马仅剩卡匹托尔山部分未被占据。
　　③　据传说,公元前 390 年高卢人围困卡匹托尔山,曼利乌斯·卡皮托利努斯(M. Manlius Capitolinus)半夜被山顶神殿的鹅叫吵醒,发现偷袭的敌军并将其成功击退。
　　④　从史实上看,卡米卢斯拯救罗马并非偶然。被元老院批准后,他在流放之城集结了部分军马,赶回罗马小胜高卢人,并再次受任独裁官,而后收复罗马。

阿西迪乌斯

面对因不幸而被追捕的人，人人都自顾不暇。

凯利乌斯

被驱逐之人最终守卫了罗马和雅典。①

阿西迪乌斯

因为他们还深爱着自己的祖国。

凯利乌斯

痛苦在不同的灵魂中产生同样的激荡。　　　　　　　　330

同情甚至能使敌人对我们施以援手；

因为他在别人的境遇下感同身受，

在他人的软弱后量度自己之前从未察觉的力量弱点，

幸运与上帝将那人遗忘。

朱利乌斯

靠外人援助，无异于如履薄冰。　　　　　　　　335

凯利乌斯

若援助者本身能从援救中获利则不然。

朱利乌斯

以我们目前的状况和运气，谁又能从我们这获得好处呢？

凯利乌斯

帕提亚人和阿拉伯人与埃及的命运紧密相连。

朱利乌斯

帕提亚人和阿拉伯人都已经见识过罗马人的身手了。②

_____

①　被驱逐出罗马即指卡米卢斯；被驱逐出雅典可能指古希腊政治家亚里斯泰迪斯（Aristides），公元前 482 年在民主派领导人忒米斯托克勒（Themistokle）的要求下被驱逐出雅典。公元前 479 年重返雅典，在普拉蒂亚（Platää）领导雅典军队同波斯人战斗，大胜波斯人。

②　从公元前一世纪开始，罗马人频频与帕提亚人对战，屡屡失败，安东尼并非第一个对战帕提亚人铩羽而归的罗马统帅。

凯利乌斯

340　　罗马人你们也见识了；而且我们也必须注意摩尔人。

朱利乌斯

　　遗憾啊！难道是一位摩尔人成为埃及的保护者吗？

凯利乌斯

　　难道汉尼拔①未迫使罗马人逃回罗马吗？

朱利乌斯

　　彼时的罗马非此时的罗马。②

凯利乌斯

　　远胜于此！如今罗马人的罗马已经被内战分割了。

朱利乌斯

345　　但如今整个罗马又都支持屋大维了。

凯利乌斯

　　不要相信，半个罗马都属于屋大维了。

朱利乌斯

　　只有头领们倒下了，平民才会投降。

凯利乌斯

　　确定的是，罗马如今还有千百个布鲁图斯。③

朱利乌斯

　　他们都不善言辞；他们该如何使剑出鞘？

凯利乌斯

350　　预先出言恐吓的人，很少勇敢果断。

---

　　①　指迦太基将军汉尼拔在公元前 218 至公元前 213 年在第二次布匿战争中占领意大利事件。由于汉尼拔未将罗马围城，罗马人得以保留首都，但其他城市与军事要塞纷纷陷落。
　　②　罗马在战胜强劲对手迦太基后才成为世界强国。
　　③　即指还有很多人像曾经布鲁图斯反对凯撒一样，坚决反对屋大维。

朱利乌斯

　　人们不会帮助拯救失利之人，而是将其摧毁。

阿西比乌斯

　　这样还有星空为我们的城市而战。

　　因为当世界的眼睛位于狮子座时，①

　　我们敌人的运气也会倒退，

　　亚历山大城的状况将大大好转，　　　　　　　　　　355

　　因为那时尼罗河将河水泛滥，漫过田野；

　　现在秧苗生长、肥羊漫步之处，

　　人们将看到汹涌波涛的白沫。

　　这将使屋大维不得不拔营，

　　我们则拥有得以喘息的机会，　　　　　　　　　　360

　　直到众神为我们的困境给出结局。

朱利乌斯

　　　　　　　　　　如果我们不知如何将这酷暑冷却，

　　那么这个建议就是不好的。

　　难道亚历山大没有给红海筑坝，②

　　在海上建造塔楼，③平息波涛的怒火吗？

　　当灵魂驱赶军队之时，④　　　　　　　　　　365

　　它便带来了海难，

---

　　①　即盛夏时节，太阳位于狮子座方向（7 月 23 日至 8 月 23 日）。

　　②　公元前 332 年，为征服腓尼基城市泰尔，一个易守难攻的岛屿，亚历山大建造长堤，将泰尔与陆地连接，最终攻破泰尔城。

　　③　指亚历山大当时在堤坝上建造的塔楼，以便射击泰尔人阻拦建堤的船只。

　　④　指当亚历山大带着四面八方的大型舰队准备攻打泰尔城时，他的计划被暴风雨挫败了。

世界的闪电①胁迫着骄傲的泰尔城。

难道凯撒没有战胜不列颠人的海洋,②

没有袭击莱茵河,③

370　没有使善打海战、无法驯马④的

委内特人降服吗?⑤

难道他没有将西班牙人的急流

引入其他的河岸中⑥吗?

难道他没有为埃及设立界限,

征服这座伟大的城市⑦吗?

难道整日以我们不幸为乐的阿格里帕

375 *　没有在库迈凿壁挖渠吗?⑧

———————————

①　世界的闪电即指亚历山大大帝,"闪电"在此处意指明亮的光芒,同时也暗指亚历山大短暂的生命。

②　公元前54年凯撒曾对不列颠进行远征,在横跨泰晤士河后,击溃不列颠部落首领卡西维拉斯(Cassivellaunus)。

③　公元前55年,在凯撒第一次渡过莱茵河后,为确保莱茵河免受日耳曼人的袭击,他在莱茵河上建造了桥梁。

④　这里意指委内特人居住的海岸地区陆地贫乏,因此凯撒从陆地攻打委内特人的难度极大。

⑤　公元前56年,凯撒攻打定居于布列塔尼南部的海民委内特人,委内特人在海战中被击败并归顺于凯撒。

⑥　在西班牙攻打庞培追随者卢修斯·阿弗拉尼乌斯(Lucius Afranius)及马库斯·佩特艾乌斯(Marcus Petreius)时,凯撒将伊莱尔达(Ilerda)附近的河流引水至几个沟渠,以降低水位,为骑兵创造浅滩。

⑦　公元前47年,凯撒在埃及远征中占领亚历山大城。

⑧　公元前37年,屋大维的友人、统帅及建筑师阿格里帕(Mareus Vipsanius Agrippa)为屋大维的舰队在巴亚(Baiae)建造泊港设施,为连接巴亚与库迈(Cumae),阿格里帕通过凿穿将卢克林湖(Lukrinersee)—与海洋分隔开的条状陆地达成兹事,如此形成了一处外港,复通过将阿佛纳斯湖(Avernersee)与卢克林湖连接建成内港。

　　我们还在妄想什么：

　　难道屋大维越过河岸时,不会设立尼罗河边界,

　　加高军营堤坝、深凿沟渠吗？

　　难道罗马人不是水上能手吗?

阿西比乌斯

　　佩尔迪卡斯①独独因尼罗河而陷落,

　　当狂怒的风暴使海浪汹涌,　　　　　　　　　　　　　380

　　即使阿塔罗斯②为他提供了帆船也于事无补。

朱利乌斯

　　佩尔迪卡斯与屋大维截然不同。

凯利乌斯

　　我们屈服吧:风暴拯救不了我们；

　　此刻出现的幸运,明天就悄然远去。

　　我们因耐心而所幸有很多时间,　　　　　　　　　　385

　　能够治愈所有的伤口。皇帝的紫衣

　　汲取过多少罗马人的鲜血,

　　他就在罗马培育了多少只

　　对他尚未露锋芒的毒蛇,

　　只有君王的鲜血能够平息他们的复仇之心。　　　　390

　　罗马为屋大维准备的匕首

　　不比凯撒少。我们要对时间有所准备,

　　尽管它亦能将我们推翻。

_____

　　①　佩尔迪卡斯是亚历山大大帝手下的陆军统帅和其死后的摄政王。在对战埃及总督、之后的托勒密王朝建立者托勒密一世时,佩尔迪卡斯因试图在孟斐斯附近跨越尼罗河而失败,近两千名士兵在渡河时溺水而亡,因为尼罗河突然河水大涨。这次军事行动的失败导致军官的反抗与佩尔迪卡斯的死亡。

　　②　佩尔迪卡斯手下的舰船指挥。

不带雷电的云经常转向，

395 厄运、时间和尼罗河能将一切扭转。

若让我们去世多年，

我们现在也不会比未来获得更大的声望，

无论明天还是今天都只会丢掉一颗脑袋，

因为人不会死两次。

阿西比乌斯

如灯芯和油使熊熊燃烧的火焰熄灭，

400 最后一道火焰会发出无比炽热的光亮；

当太阳向昏暗的海下落，

人们会看到血色夕阳；

当灵魂、思想和精神从骨髓血管中冲出，

死神便开始和心脏作斗争；

405 当城市和国家没有了呼吸时，

愿这个国家的太阳、这座城市的心脏，

伟大的领袖安东尼带着他最后的战斗力

为自由准备棺木，为他的葬礼作画。

坎尼迪乌斯

如果我们像女人一样把自己关在城里，

410 那么我们便会很快灭亡。

作为战士的平民失去了信心和勇气，

懒惰会变成畏惧，畏惧会变成背叛，

狡诈的君王将通过饥饿来消耗歼灭我们，

淹没城门和港口。

安东尼

415 　　　　　　我们只让武器和宝物流通。

屋大维很顽固，在他身上看到好的品质，

无异于向海里播种。他不愿承认：

我愿在雅典做一名公民。①

在城里我们也不必像死人一样活着。

你们的英雄不会饶恕这些无耻的敌人。 420

证明吧：你们在苦难中坚守自己，就像金子在火中一般。

想一想，如何让军队和人民知道：

罗马正在密谋处死屋大维，

弗拉特斯正向我们运送人员，尤巴向我们派遣摩尔人，

半个非洲都身披铠甲， 425

骄傲的莱茵河都为我们的幸运而激荡浮沫。②

凯利乌斯立即装备战舰，

坎尼迪乌斯则武装军队。我们不想沉睡更久，

不愿看到在法洛斯一战的场景：

不，我们将以身试险，通过胜利来获得平静， 430

或者坦然战死，

用我的鲜血染成我荣誉的旗帜。

坎尼迪乌斯

我赞同这一决议。我愿攻打敌人，

与之搏斗，只要我一息尚存。

但我和其他人都不会让这样的事情发生， 435

我们共同的幸运也不愿看到：

我们的首脑安东尼自己陷入危险之中。

---

① 亚克兴海战后，安东尼曾向屋大维请求，自己愿作为普通公民生活，无论是在埃及还是在雅典。这一请求未得到回复。

② 指日耳曼人正在策划起义，援助安东尼。没有任何事实根据，这里是安东尼为稳定民心进行的宣传。

凯利乌斯

> 如果这样的事情发生了，我们随时伸以援手。

安东尼

> 不由元帅领导的军队便失去了一半的灵魂。

朱利乌斯

440 若失去了首领，军队则了无生机。

安东尼

> 你们去向何处，我愿与你们一同被埋葬。

坎尼迪乌斯

> 安东尼曾多次靠我们获得胜利。
>
> 有什么是索西乌斯在叙利亚没有完成的？①
>
> 文提第乌斯②难道没有将帕提亚人的势力铲除吗？

445 通过您的武器的好运和我的忠诚之手，

> 您将阿尔巴尼亚及伊比利亚③
>
> 驱逐到了居鲁士河，直至高加索地区。

安提勒斯

> 我愿迁向荒野。因为儿子应成为
>
> 备受认可的父亲的盾牌。

凯撒里昂

>   我忠心的胸怀将成为

450 我珍贵的母亲的保护伞。

———————————

① 指盖伊乌斯·索西乌斯（Gaius Sosius）在公元前 38 年被安东尼任命为叙利亚总督。

② 指普布利乌斯·文提第乌斯·巴苏斯（Publius Ventidius Bassus），公元前 39 至公元前 38 年受命于安东尼对战帕提亚人，取得胜利。

③ 坎尼迪乌斯曾于公元前 36 年以军事手段使阿尔巴尼亚和伊比利亚的国王承认罗马的领主地位。

安东尼

当一个国家的消亡已经刻不容缓时，

首领必须出面独自战斗。

阿西迪乌斯

如此对他的担忧会挫伤我们的激情。

阿西比乌斯

克里奥帕特拉自己也会绝望死去。

安东尼

这是我必须承受的最后一场风暴。

坎尼迪乌斯

请首领为我们的眼泪让步吧。

455

安东尼

那就干吧：让时间和你们实干的胜利来证明。

人物：安东尼、克里奥帕特拉、凯撒里昂、一位指挥官

提要：克里奥帕特拉与安东尼会面，她告诉安东尼，她发现了一些神迹，预示了她的灭亡，凯撒里昂也确认了这一点，安东尼安慰了二人。

克里奥帕特拉

我的王！我的首领！我的心！

安东尼

我的宝贝！我的光！

怎么！你的眼里流出泪水？

怎么，你的心胸冰冷，发出叹息？

怎么，你的胸腔呼吸急促？

460

这云会给我们带来怎样的电闪雷鸣？

克里奥帕特拉

　　我的慰藉,我的栖居之所,在亲吻的夜晚之后

　　太阳从忒提斯的床、我从您的臂弯中

　　将餍足的四肢抬起,我便跪在祭坛前,

465　为了寻求众神对我们的怜悯,

　　在那里人们向阿匹斯神牛①提供神圣的祭品。

　　阿匹斯神被闪电神奇地创造出来,

　　而因它看起来闪闪发光,情状火焰,

　　它的呼吸能吹熄香烛之火,

470　这是为了预示我们:我们的国家将沦为

　　废墟和灰烬,这二十九个符号,

　　用此神圣的动物与月亮相似,

　　明显地消失了。平常在它身上白色的部分,

　　如今都呈黑色;白色的雪。它的身上遍布汗水。

475　我虔诚地为它献上埃及最好的果实,

　　它的嘴却鄙薄地拒绝了我,它的脚将其踩碎。

　　我害怕得冒汗,从它的眼睛里

　　流出温情的泪水,直到它在骇人的咆哮后

　　盲目而又急速地冲进了祭司的水井之中。

安东尼

480　也许是因为那位祭司未按照时间规定

　　终止它的生命。

克里奥帕特拉

　　　　　　　它从公牛变成神,

———————

　　①　阿匹斯神牛是古埃及阿匹斯神的象征,被视作阿匹斯神的化身供人饲养和供奉。

还不到一年的时间，

欧利西斯的灵魂便进入了它的肌肤。①

安东尼

那我们也不要节省对其他神的祭品；

塞拉匹斯今后会日夜被供奉，　　　　　　　　　485

这是托勒密从锡诺普得来的，②

出于对神的敬畏也会避免他的家族的陷落。

凯撒里昂

与其分开我会更加伤心，

因为他的三头神像，在太阳升起时，

会亲吻太阳的双唇，③　　　　　　　　　　　490

在空中飘荡靠近虔诚的心，④

从我面前离开，吹熄香烛，

那是我从伟大的米克琳那永久的炽热中点燃的。⑤

简言之，塞拉匹斯对我而言就像

一只狗，一匹狼，一头狮子，　　　　　　　495

---

①　古埃及人认为，在阿匹斯神牛死去之时，丰饶之神及死亡之神欧利西斯会附着于它。

②　塞拉匹斯（Serapis），肥沃生产力之神，由托勒密一世综合欧西里斯（Osiris）与阿匹斯（Apis）的形象设计而成，它的祭祀神像源自托勒密一世梦见的锡诺普（希腊神话阿索波斯之女）。

③　在亚历山大的塞拉匹斯神庙的正面上有一扇窗户，在神庙建成之日的黎明时分，日出时的阳光落在了塞拉匹斯神像的嘴唇上，这也表明了此神与太阳神的联系。

④　当亚历山大城的塞拉匹斯神庙在基督教时代被拆除时，人们在塞拉匹斯神像头顶的天花板上发现了被嵌入的磁铁石。由此出现了如今站不住脚的说法，称此神像被磁石吸引，不断在空中盘旋。

⑤　根据希罗多德（Herodot）的记载，埃及法老孟卡拉（Mykerinos）曾将女儿葬在一头木质空心母牛雕像里，并在雕像前放置了一盏永不熄灭的灯。

使咬伤、割伤、死亡和灭亡离我们远去。

安东尼

这是诸神的方式，通过雷电的炸裂声

改变过于安逸的人。

克里奥帕特拉

遗憾啊！炸裂声与倒地声

激荡在每一个人的全身上下，

500　　人们被这样的厄运征兆所威胁。

罗马人带给我们的可怕的困境，我们的危难，

是众神因亚克兴战役失败的愤怒给我们带来的，

除此神迹外我们一无所知，

我们惊慌地看到众神在远去。

505　　燕子在主船上筑巢安居，

我们二人的雕像都在雅典被雷电击碎，

人们看见蜡烛流淌出牛奶和鲜血。①

安东尼

当结果明了的时候，

从任何一件小事都能推断出点什么。

凯撒里昂

若一切地方都吻合一致，

510　　那么说征兆并非全然无用，这判定未必是假。

因为诸神都尽力将我们铲除，

欧西里斯②的三面神像上，他的金色百合从

他的头部掉落。永远明亮的火焰

---

① 这些均是在亚克兴海战前所见的不祥之兆。

② 欧西里斯是古埃及神话中的冥神与丰收之神，是女神伊西斯的丈夫。

在他的手中熄灭。伊西斯的神像

翻倒在地，就像欧西里斯被提丰①撕碎，　　　　　　　　515

以至于祭司长宣布盛大的悼念仪式改期。

一块黑色的布盖在金牛身上。

人们对提丰的驴身雕像进行侮辱和诅咒，

并将其从神庙的山巅推进海中。　　　　　　　　　　520

安东尼

　　　　　　　　　啊！但愿众神消除

你身上的复杂心思，

而非你的勇气与谋略！

因为提丰是肉身，而欧西里斯是理性，

我们身上残忍兽性的部分，将屠杀灵魂和生命！

哪一个伊西斯还能再度给我们信念与希望，

若你，伊西斯，②蚕食了它们呢？　　　　　　　　　　525

还有哪一个阿努比斯③能成为我的庇护者，

若整个亚历山大城都怯懦不堪、了无希望？

凯撒里昂

谁能将如此可怕之事抛诸脑后？

谁人能不胆怯颤动，当神动怒击打，

天空电闪雷鸣，冥府地震。　　　　　　　　　　　　530

我在城堡上看见死者的魂灵徘徊，

———————————————

　　① ［译注］提丰是希腊神话中的泰坦巨人，大地之母盖亚之子，其子息众多，都是希腊神话中的著名魔怪，亦被喻为"万妖之父"。

　　② 此处伊西斯指克里奥帕特拉。公元前 34 年，为巩固统治地位，克里奥帕特拉正式宣布自己为伊西斯的化身，将自己与伊西斯等同起来。

　　③ 阿努比斯是古埃及神话中的死神及欧西里斯的守卫，常以胡狼或胡狼头人身的形象出现。

　　　　对鳄鱼①恸哭，对圣蛇②叹息。

　　　　在完全陌生的声音进入伊西斯的神庙之时，

　　　　并在袅袅烟雾中与嘶嘶作响的蛇道别。

535　　被崇高供奉的鱼也失去了它银色的鱼鳞，

　　　　从不乌云密布、不流任何雨滴的空气，

　　　　在血液中潮解。门农的大理石柱③

　　　　不再发出美妙的声响，尽管泰坦④的火炬

540　　在这座神像上洒下无数炽热的光束。四周镶嵌珍珠的碗，

　　　　祭司用以请求被无辜鲜血所玷污的

　　　　尼罗河的宽恕，它跳入了河流之中，

　　　　当往日温柔的河流带着汹涌的浪花

　　　　向被冲毁的河岸、被撕毁的树木

545　　发泄自己骇人的怒气，这真实地告诉了我们：

　　　　埃及的灭亡与结局就在眼前。

安东尼

　　　　愿神在这样的糟糕天气下谅解我们。

---

　　①　鳄鱼在古埃及被视为神圣的动物。

　　②　圣蛇指阿匹斯圣蛇，具有极高毒性，一般被关在神庙的笼子里。克里奥帕特拉在自杀时便让此毒蛇将自己咬伤中毒而亡。

　　③　大理石柱实际并非柱体，而是在底比斯（Theben）附近法老阿蒙霍特普三世（Amenophis III）的巨型雕像，因姓名混淆，希腊人误认为此雕像是传说中的埃塞俄比亚国王门农，黎明女神厄洛斯（Eros）之子。这座雕像是古代著名的旅游地点，因为它在公元前27年地震后受损，开始在日出时"唱歌"。这个声音实际上是由太阳光照使雕像断裂处受热，从而使小石子不断剥落造成的。在公元后199/200年雕像重新修缮后，这一声学现象消失了。

　　④　此处指十二泰坦神许佩里翁（Hyperion），太阳神赫利俄斯（Helios）之父，"泰坦"因而常指"赫利俄斯"或"太阳"。

克里奥帕特拉

祭品早已被我们的诸神所蔑视拒绝。

安东尼

虔诚是一道能刺破云层的闪电。

克里奥帕特拉

唉！厄运不会在虔诚面前屈服。 550

安东尼

诸神愿多次被恳求。

克里奥帕特拉

神不会聆听，他想要弃之深渊的人。

安东尼

恐惧会让战战兢兢的树叶惨遭雷劈。

克里奥帕特拉

唉！愿还能在这样的风暴下有所希冀！

安东尼

这经常拯救我们的上天，便给予我们希望。 555

克里奥帕特拉

经常侥幸逃脱之人，最终定无一幸免。

安东尼

神用恐惧治愈恐惧，正如医生以毒攻毒。

克里奥帕特拉

唉！闪电只会击中雪松。①

安东尼

我们荣誉的高峰如今遇上灾祸与闪电，

---

① 一切处于高处的事物都面临着最高的风险。是对伊索寓言中橡树和芦苇故事的变体。雪松在圣经中则是强权的象征。

560　　　但谁也无法损害我们道德的内核。

　　　　勇气收获宝座,意外将其夺取!

　　　　不幸不会给我们的荣誉带来任何瑕疵。

　　　　我的宝贝,你要注意你所处地位的尊严,

565　　　在最严重的灾祸时也要鼓起勇气:

　　　　你生来便是埃及女王,死时亦是如此。

　　　　我安东尼也是这样。不幸常常将

　　　　已经拔出的斩首刑具抽回,

　　　　当美德以坚毅的眼神直视着它:

570　　　当它被压迫时,它能够宽容而坚忍。

　　人物:安提勒斯、安东尼、克里奥帕特拉、凯撒里昂、塞多留、阿西比乌斯

　　提要:来自西班牙的使臣塞多留请求觐见,表示西班牙愿为安东尼与克里奥帕特拉提供援助与庇护。

安提勒斯

　　　一颗明星升起,在危机时刻来拯救我们。

克里奥帕特拉

　　　不幸像锁链一样缠绕着我们,

　　　厄运甚至用它黑色的利爪

　　　将我们的希望之光扑灭。

安提勒斯

　　　　　　　　　当办法用尽,力量失却时,

575　　神会带着远方的救援向我们靠近,

　　　他常能用芦苇做成箭镞,搭建桥梁,

　　　在另一个世界为我们搭建房屋与港口。

安东尼

　　亲爱的儿子,你说说,谁有想法和力量来帮助我们?

安提勒斯

　　在我今天驻守保卫港口之时,

　　有一艘快艇在破晓之时从左侧驶来。　　　　　　　　　　580

　　我们发现它时,

　　它悬挂的是埃及而非罗马的旗帜。

　　快艇到达时,有一骑士请求一言,

　　愿告予我们解救的途径。

　　我现将他安排在前院,　　　　　　　　　　　　　　　585

　　因为他认为他的行动秘密、紧急而重要。

安东尼

　　我们愿花时间听他讲述。

　　安提勒斯你可以带他进入房间。

　　请克里奥帕特拉留下,在我身旁倾听。①

塞多留

　　伟大的首领、首领夫人,我名为塞多留。　　　　　　　590

　　我来自西班牙,在那里,憎恶罗马

　　并至今视塞多留②为半神③和庇佑魂灵的人

---

　　①　暗示其他人离开房间。

　　②　指昆图斯·塞多留(Quintus Sertorius),是马略(Gaius Marius)和秦那(Cinna)的追随者,公元前83年出任西班牙总督,于公元前81年被苏拉(Lucius Cornelius Sulla)党派总督迫害和驱逐后去往非洲,在利比里亚自由主义者的支持下开始进行军事行动,旨在建立一个独立于罗马的军团和民主的伊比利亚罗马政权。公元前77年攻占了近西班牙行省(Hispania citerior),公元前74年被庞培击败后失去支持,公元前72年被暗杀。

　　③　西班牙人相信,塞多留身骑白色母鹿,与众神进行连接。

自我有记忆起便称我为塞多留。①

595 *　西班牙有着自己的困境，

但也知晓，塞多留的灵魂注入了安东尼。

屋大维的暴戾使所有民族痛苦不堪，

席卷了杜埃罗河、②坎塔布里亚人的海③

直至埃布罗河。④ 努曼西亚证明了：

600　我们不能容忍罗马的奴役束缚，

因我们宁愿成为灰烬也不愿没有自由；

罗马却为整个世界编织奴役之网，

半个伊比利亚⑤已将武器抓牢，

以怒火磨炼刀剑以对付这匹狼。

605　伽卢斯⑥在守卫塔古斯河⑦时陷入困境。

---

① 在剧中出现的名为塞多留的使臣实为罗恩施坦的虚构人物。下文中他所提及的一些事件确有历史根据，并记载于卡西乌斯·狄奥的历史文献中，但发生在安东尼及克里奥帕特拉去世后一年（公元前 29 年）。作者罗恩施坦在此虚构出二人命运与西班牙的联系，是基于其参考的卡西乌斯·狄奥历史书中的信息，即安东尼和克里奥帕特拉也曾考虑前往西班牙，并打算借由携带的大量资金发起反叛。

② 西班牙北部河流，现称 Duero。

③ 即坎塔布里克海（Mare Cantabricum），现称比斯开湾，伊比利亚半岛北部、北大西洋东部海湾。

④ 西班牙东北部河流，现称 Ebro。

⑤ 即半个伊比利亚半岛，这里指西班牙。

⑥ 指罗马统帅洛尼乌斯·伽卢斯（Nonius Gallus），曾于公元前 29 或 28 年镇压过特雷维里人（Treverer）及联盟日耳曼部族的起义。但伽卢斯在西班牙的军事行动未有记载。

⑦ 伊比利亚半岛上的河流，流经西班牙与葡萄牙。在西班牙被称为塔霍河（Tajo），在葡萄牙则被称为特茹河（Tejo）。

环绕神圣的海岬①时我们的船前绝不允许

悬挂罗马的船帆。还有勇猛的施瓦本人，②

其早已在几次战役中痛击过罗马人，

现也与我们结盟，③并援助特雷维里人。④

整个高卢都为埃及的自由空气而努力。　　　　　　610

即使没有办法拯救埃及，

安东尼也不会对屋大维的奴役坐以待毙。

西班牙许诺将安东尼尊崇为战争首领，

并以平和的方式接受他为国王与父亲。　　　　　　615

上天似乎也眷顾这一愿望，

经由我将祖国向您开放。

因今日正午有一阵猛烈的西风

将阿格里帕集结的舰队

分散和驱赶，部分被击碎在礁石之上。　　　　　　620

我们只需好运和海风，

以及少量的船便可使安东尼安全抵达西班牙！

---

①　指今葡萄牙境内、伊比利亚半岛西南角的圣维森特角（Cabo de São Vicente）。

②　此处罗恩施坦意指凯撒与西日耳曼部落苏维比亚（Sueben，今施瓦本的命名来源）的斗争，该部族在其国王阿里奥维斯特（Ariovist）的统治下在高卢建立起了强大的权力基础。阿里奥维斯特在公元前58年被凯撒战胜。

③　在罗恩施坦援引的卡西乌斯·狄奥书中，仅记载过苏伊本人曾于公元前29年跨越莱茵河，而后被罗马统帅盖乌斯·卡利纳斯（Gaius Carrinas）击退。苏伊本人与叛乱的西班牙部族结盟之事并无记载。此处作者关于二者结盟并有意推动埃及形势发展的设想并无历史根据。

④　特雷维里人是一支凯尔特人与日耳曼人的混合民族，定居于马斯（Maas）与上摩泽尔（Obermosel）、莱茵之间的地区。据卡西乌斯·狄奥记载，特雷维里人曾为日耳曼人提供援助，并于公元前29或28年被罗马统帅洛尼乌斯·伽卢斯击败。

　　　　若您的幸运需在尼罗河之外的地方扎根，

　　　　在此有西班牙向您呈献的文书能证明我的话。

625　　若厄运引领我们去向了另一条道路，

　　　　那么驻守无疑是一种愚蠢。

安东尼

　　　　我与你、与西班牙紧密相连，

　　　　你们为我的困境而痛，我亦感受到你们的伤口。

　　　　我感激地接受塞多留带给我的消息；

630　　我们想要一点时间来考虑和决定，

　　　　之后再寻找您这位朋友。

克里奥帕特拉

　　　　上天还会由扫把星①

　　　　给我们的命运带来什么？

安东尼

　　　　　　　　　　　　　我眼睛的慰藉，

　　　　请你今夜好好考虑，

　　　　给我们带来的这一提议。

阿西比乌斯

635　　我的首领！

克里奥帕特拉

　　　　　　　啊,神啊！

安东尼

　　　　　　　　何事？

---

　　①　"扫把星"即彗星,通常被解释为即将到来的不幸的征兆,但在这里鉴于塞多留的提议应是中立含义。正如此句中的"幸运"(Glück)一词应该是取中立含义"命运",即存在潜在的好运和厄运。

阿西比乌斯

<blockquote>屋大维的特使</blockquote>

请求护送和觐见。

安东尼

<blockquote>卫兵统领请接受他的提议,</blockquote>

给他他想要的。

特使将被允许进入豪华的宫殿。

将秘密顾问全部召集至会客厅。

(秘密会客厅)

人物: 普罗库勒尤斯、安东尼、尤里乌斯、坎尼迪乌斯、凯利乌斯

提要: 普罗库勒尤斯受屋大维之命向安东尼提出和解,条件是安东尼出让埃及,离开克里奥帕特拉,与奥克塔维亚重修旧好,并释放阿塔巴契斯的国王。安东尼与之辩论,最终拒绝了屋大维的提议。

普罗库勒尤斯

伟大的英雄啊,后世将永远咒骂我们:

强大的罗马,从不伤害敌人,

却将刀架在了自己的脖颈、匕首对准了自己的心口。

波塞纳①在罗马人的德行前气馁,

640

---

① 这里指公元前六世纪初古罗马被伊特鲁里亚(Etrusker)国王波塞纳征服的古罗马爱国传说。据传,罗马人科尔多斯(C. Mucius Cordus)曾潜入波塞纳营帐企图行刺,却因疏忽将其书记刺死,当他被波塞纳审讯时,他公然承认了他的行刺计划,并将自己的手伸入祭坛火中以证明自己的爱国决心。此举深深震撼了波塞纳,他将科尔多斯释放并搁置了自己攻占罗马的计划。

斯巴达克斯①倒在我们勇猛的青年士兵前，

645　　汉尼拔的强权②也被我们父辈的力量镇压。

为此，罗马却将匕首捅进自己的肠中吗？

朱庇特神殿从未被高卢人踏入；

却在苏拉手下惨遭毒手。③

谁若质疑孩子会吞食母亲，

650　　谁就应该看看马略和秦那④的奸计与暴虐。

残暴的喀提林⑤将温暖的人血⑥

当作开俄斯岛⑦的美酒，

去增强被诅咒的人群，

推翻他珍贵祖国的联盟，

655　　以水晶杯饮下它。如今已被忘却：

庞培的大火⑧曾多少次吞食罗马人，

---

①　斯巴达克斯曾于公元前73至71年领导奴隶起义并取得多次军事行动的胜利，后被裁判官克拉苏(M. Licinius Crassus)在佩特里亚(Petelia，今意大利南部)被镇压。

②　公元前202年，迦太基将军在第二次布匿战争中被击败。

③　指公元前83年7月6日，供奉朱庇特、朱诺和米诺娃的三神殿在苏拉独裁期间的战争中被烧毁。苏拉随后开始重新修建，但其生前未能完成。

④　盖乌斯·马略和秦那是公元前88至公元前82年罗马内战中平民派的领袖。他们曾多次与敌对党派，即苏拉领导的贵族派轮番执政。与苏拉相同，他们在执政期间对对方党派的追随者进行大肆迫害。

⑤　指卢修斯·塞尔吉乌斯·喀提林(Lucius Sergius Catilina，前108—前62年)，是一个政治冒险家，曾煽动妄图推翻共和国政权的喀提林密谋，被西塞罗发现，在西塞罗推动下，参与密谋者被驱逐并被判处死刑。

⑥　指喀提林密谋参与者曾发血誓。

⑦　希腊岛屿，现称"希俄斯"。

⑧　指庞培与凯撒之间的内战，于公元前48年在法萨卢斯以凯撒战胜庞培而告终。此处可以看出党派意识，即凯撒方的普罗库勒尤斯将内战双方给平民带来的损失都算在庞培一方。

自从安东尼抽出对屋大维的复仇欲望之剑，

最近的战争又耗尽了多少平民的鲜血。

尽管朋友带来的伤害总是比玻璃碎片带来的更难痊愈，　　　660

但屋大维仍愿提议盟约与和平。

因为他不愿再看这血腥的比赛。

安东尼

请上天准许吧！请众神让这一切发生吧！

让罗马不流鲜血、没有阋墙之争也能存留！

曾经屋大维给民众带来痛苦，　　　665

我们城市的血河还流淌在心间；

他面对帝国的倾颓与众国的战火难道是

在考虑盟约吗？屋大维如今将

罪责推在我的头上！神和世界都知道：

罗马不是因我，安东尼，而是因屋大维而失势。　　　660

雷必达难道没有数次宽容地谅解他吗？

我的信①得到的是刀剑和鲜血的回复，

为何在我死之前，便要公布我的遗嘱？②

然而，无辜并不需要隐身帽，

早在我为我们的救赎寻求纸笔之前，

屋大维就已对着我们的胸口刃磨刀剑；　　　675 *

人们忘记了我的公民权利，

---

①　可能指公元前33年安东尼向罗马派遣特使，控诉屋大维未遵守之前的盟约。

②　为鼓动反对安东尼和克里奥帕特拉的战争，屋大维从安东尼叛变的前部将蒂蒂乌斯（M. Titius）及姆那提尤斯·普朗库（Lucius Munatius Plancus）那里得到安东尼存放在罗马的遗嘱，并将其在元老院宣读。在遗嘱中，安东尼将克里奥帕特拉的子女定为继承人，导致安东尼被解除职务，克里奥帕特拉被公开宣战。

直到刀剑已刺在我的皮肤上，

才宣告战争的开始。但因我从内心深处还爱着他，

680　　我迫使我自己将此不义之举忘怀。

我不取分毫地交付出所有元老院议员，①

那些曾密谋刺杀凯撒及其家族的人，

甚至在战时都交出了图鲁利乌斯。

685　　在第二次遣使仍不能动摇他后，

我的儿子安提勒斯带着奇珍异宝②

为他点燃了我诚实与友谊之光，

但除了金钱之外却不接受觐见和恩惠。

他曾建议克里奥帕特拉用毒药杀害我。

690　　西尔索斯的手里便有屋大维的手迹证明。

这些我都愿承受和沉默，

为不打扰安宁，

我愿比蜥蜴③更加健忘。

我双手接纳和平的提议。

695　　请为我们的火灾提供有益的建议吧。

普罗库勒尤斯

　　　　　　　　　　　　屋大维会给予你们的。

---

　　①　在上文所提及的第一次派出使节后，安东尼未收到任何罗马方的回复，他进行了第二次和解尝试，将凯撒刺杀者之一、曾经的元老院议员普布利乌斯·图鲁利乌斯（Publius Turullius）交给了屋大维。此人是安东尼在亚历山大为数不多的亲信之一，交付后屋大维将其处死。但这里所意指的其他元老院议员，在作者所参考的历史文献中未有记载。

　　②　在第二次派遣使节仍未收到回应后，安东尼派他的儿子安提勒斯携大量金币前往罗马，屋大维收下了财物，但仍未作具体回应。

　　③　据罗马哲学家、作家普林尼（Gaius Plinius Secundus）研究，蜥蜴没有记忆，这也是蜥蜴不孵蛋的原因，它们总是忘记放置的位置。

但如果病人一点也不愿意知道病情的话，

医生又如何采取措施呢？

安东尼

我们难道用什么来侮辱了你的耳朵了吗？

普罗库勒尤斯

你们说，屋大维是战争的源头。

安东尼

你若漂白、洗刷一个黑人，他也不会因此而闪耀发光。　　　　700

普罗库勒尤斯

屋大维只在需要紧急防卫时才迫使我们加入战争。

安东尼

请你讲讲，他给你们了什么缘由。

普罗库勒尤斯

安东尼杀死了他曾赦免的人。①

安东尼

没有一个人不是因自己的不道德行为而有罪的。

普罗库勒尤斯

小庞培对你来说又何罪之有？②　　　　　　　　　　　705

---

① 主要意指绥克斯都·庞培。据卡西乌斯·狄奥记载，屋大维本想宽恕小庞培，安东尼不顾他的意愿将其处决。在狄奥相关章节处，也同样记载了屋大维对安东尼欺骗并俘获亚美尼亚国王阿尔塔瓦斯德斯（Artavasdes）表示不满，认为此举为罗马招致恶名。屋大维方亦常以安东尼处决绥克斯都·庞培与凯撒刺杀者布鲁图斯的举动来印证安东尼的残暴与屋大维的宽容大度。

② 绥克斯都·庞培在公元前36年瑙洛科斯（Naulochos）的海战中被屋大维击败后逃往米蒂利尼（Mytilene），想在西西里岛失守后在小亚细亚建立新的政权根据地。公元前35年与安东尼开战，此时安东尼刚结束对战帕提亚人的失败战役，在一次战败后小庞培逃向亚美尼亚（可能是想与帕提亚人结盟），被非洲资深执政官蒂蒂乌斯抓获后处决。但此行动是否确由安东尼命令，尚无定论。

安东尼

　　小庞培曾考虑将我推翻。

普罗库勒尤斯

　　你却不给他时间来反驳你的猜忌。

安东尼

　　人不必为位高权重之人特设死刑审判的法庭。

普罗库勒尤斯

　　这位罗马的元老院议员①死在绳索上，就像一个奴仆。

安东尼

710　他的背叛带走了他的等级、尊严与姓氏。

普罗库勒尤斯

　　人不必因怀疑而立即磨快剑和斩首刑具。

安东尼

　　那他又为何为我设立荣誉之柱②呢？

普罗库勒尤斯

　　你安东尼占据的比你三分天下所应有的要多。

安东尼

　　你自己看看，我们现在到了何等田地。

普罗库勒尤斯

715　是你安东尼占有了埃及。

安东尼

　　要是埃及归屋大维三分所有又如何呢？

普罗库勒尤斯

　　那他也会通过分配③来决定。

---

①　小庞培在其去世那一年，即公元前 35 年，出任执政官。
②　指公元前 35 年，屋大维曾在康卡迪亚神庙为安东尼设立雕像。
③　指后三巨头屋大维、安东尼与雷必达之间就权力管辖的协商决定。

安东尼

　　是克里奥帕特拉通过她的嫁妆使我壮大的。

普罗库勒尤斯

　　克里奥帕特拉只是不光彩地将本就是罗马的东西赠予你罢了。

安东尼

　　难道整个世界都归罗马所有吗？　　　　　　　　　　　720

普罗库勒尤斯

　　凡武器的力量使人臣服之处，便归属罗马。

安东尼

　　是谁给卡诺普斯①的国度带上了罗马的桎梏？

普罗库勒尤斯

　　埃及整个国家都曾臣服于凯撒。

安东尼

　　凯撒曾如何赢得埃及，②之后就如何失去它。③

普罗库勒尤斯

　　难道安东尼还没有带走罗马的什么吗？　　　　　　　725

安东尼

　　　　　　　　　　　　　　　我又割下了什么罗马的土地？

----

　　①　卡诺普斯是特洛伊战争期间斯巴达国王梅涅劳斯（Menelaus）的舵手，传说中是埃及同名古城卡诺普斯的建造者，其名常直接指代埃及，此处他的名字则取其意。

　　②　指公元前46年凯撒征服亚历山大，获得了对整个埃及的统治权。

　　③　指凯撒统治埃及后未将埃及作为罗马行省，而是使其独立自治，由克里奥帕特拉及她的弟弟托勒密十三世（Ptolemaios XIV）统治。

普罗库勒尤斯

　　你给克里奥帕特拉和她的子女的那些。①

安东尼

　　是什么？

普罗库勒尤斯

　　　　　叙利亚、奇里乞亚、昔兰尼

　　为母亲所得，她的两个儿子

　　则得到了阿拉伯、亚美尼亚以及米底人与帕提亚人的土地。②

安东尼

730　　帕提亚是我通过武器的力量

　　从敌人手中获得的。

普罗库勒尤斯

　　　　　　　　但却是用的罗马的刀剑。

安东尼

　　用的是埃及的援助及保护神③的武器。

普罗库勒尤斯

　　难道你是为自己，而非为罗马而开战吗？

安东尼

　　你讲讲，难道有什么是屋大维不据为己有的吗？

―――――――――

　　①　公元前 37 或 36 年，在安东尼与克里奥帕特拉成婚时，安东尼曾多次向克里奥帕特拉赠送领地，如腓尼基（Phienizien）、朱迪亚（Judaea）和阿拉伯半岛的部分区域以及克里特岛（Kreta）和昔兰尼（Kyrene）的土地。公元前 34 年克里奥帕特拉宣称自己为"诸王之女王"（Königin der Könige）时，安东尼任命他们二人的三个子女为东方国家其他地区的国王。

　　②　从地缘政治实体来看，此处米底人与帕提亚人的土地即指帕提亚地区，米底人是帕提亚第二大民族。

　　③　指酒神巴克斯（Bacchus），安东尼不仅崇敬他，而且愿像酒神一样生活，将自己称为"新酒神"。

普罗库勒尤斯

他只将妻子和孩子们①据为己有。 735

安东尼

凡天空所及之处,他尽想据为己有。

普罗库勒尤斯

你让克里奥帕特拉优先于我们的女神罗马。

安东尼

难道凯撒之前跟她没关系吗?

普罗库勒尤斯

难道他这样的英雄会迷恋让他堕落的温床吗?

安东尼

我的命运如同她的声誉,早已写在了星象书中。 740

普罗库勒尤斯

如果她的野心不是飞得太高的话。

安东尼

在她的血液中还流淌着托勒密的海洋。

普罗库勒尤斯

没有一位托勒密曾臣服于罗马。

安东尼

她也不会。所有的孩童都会嘲笑你这样的托词。

普罗库勒尤斯

你的遗嘱上有她的名号。② 745

---

① 指他的妻子利维亚,公元前 38 年与屋大维成婚。屋大维只有一个女儿尤利娅,由前妻斯科波尼亚所生。这里的"孩子们"应还指代利维亚婚前的两个儿子、之后的罗马皇帝提比略(Tiberius Claudius Nero)和克劳迪乌斯(Nero Claudius Drusus)。

② 指克里奥帕特拉"诸王之女王"的称号。

安东尼

若人们曲解其意,此头衔不要便是。

普罗库勒尤斯

你安东尼将曾经的妻子奥克塔维亚①折辱。

安东尼

因为有人通过这个女人在背后监视我。②

普罗库勒尤斯

血亲与生育难道不能收获更好的结果吗?

安东尼

750 图里娅③的权欲不认自己与父亲的血缘。

普罗库勒尤斯

整个罗马都会因你选择克里奥帕特拉而谴责你。

安东尼

这个世界啊:尼禄的妻子在怀孕时便嫁给了屋大维。④

普罗库勒尤斯

屋大维没有通过利维亚对你们造成任何伤害。

安东尼

克里奥帕特拉也与他无关。

普罗库勒尤斯

755 当然有关! 因为她皇帝的妹妹不得不让步。

---

① 指屋大维的妹妹奥克塔维亚,曾与克劳迪乌斯·马塞勒斯(Claudius Marcellus)结婚,于公元前 39 年嫁给安东尼并育有一女。公元前 32 年安东尼向她寄送了休书。

② 安东尼认为,奥克塔维亚为了她的兄弟屋大维暗中监视和探查他。

③ 传说中古罗马王政时代国王塞尔维乌斯·图利乌斯(Servius Tullius)之女,其夫塔克文·苏佩布(Tarquinius Superbus)篡权谋杀了她的父亲,她直接乘马车碾过父亲的尸身。

④ 公元前 38 年屋大维迎娶利维亚时,她尚怀着和她前夫尼禄的第二个孩子。

安东尼

我只是按照罗马的习俗①休掉了她。

普罗库勒尤斯

谁会将一个罗马的女人置于黑人②之后呢？

安东尼

又有多少异国女人没有和凯撒寻欢作乐呢？

普罗库勒尤斯

是寻欢作乐，可她们都没有阻碍婚姻。

安东尼

我也曾追求一位盖塔人为妻。③

760

普罗库勒尤斯

自何时起你安东尼如此沉溺于野蛮人的爱？

安东尼

在我承诺科提索给他尤利娅之时。

普罗库勒尤斯

那只是一个不具有任何效力的提议。

安东尼

罗马却让异神进入它的宫殿。④

———————

① 按照罗马法的规定，离婚判决主要参考配偶的自由意志。在帝国时代，离婚可由缔结婚姻的配偶中一人单方面宣布而达成。

② 此处指非洲女人克里奥帕特拉。

③ 安东尼曾考虑将女儿尤利娅嫁给盖塔国王科提索（Cotiso），自己迎娶国王之女。

④ 众所周知，罗马曾吸纳了一些异教尤其是埃及的祭礼。这里应指屋大维对阿波罗的极端崇拜，公元前28年在皇宫附近帕拉丁阿波罗神庙的落成与公元前17年纪念阿波罗与狄安娜的百周年庆祝活动，都印证了屋大维将他的私人崇拜改革为国家宗教的核心部分。

普罗库勒尤斯

765   无人被赶下床笫亦无人触犯圣迹。

安东尼

屋大维违背了他曾向克劳迪娅许诺的责任。①

普罗库勒尤斯

因为她的母亲想让他受尽折磨。

安东尼

斯克里波尼娅②为什么不能在他身边待更久呢?

普罗库勒尤斯

她倔强的头脑将婚姻一分为二。

安东尼

770   不,是利维亚③在他身侧的躯体。

普罗库勒尤斯

你又为何选择克里奥帕特拉呢?

安东尼

她宁愿与我也不愿与屋大维成婚。

普罗库勒尤斯

你自己又亲口承认了:说你是她的夫君。④

---

①   在公元前43年第二次三巨头协商会晤成功后,屋大维出于巩固同盟的政治考量,迎娶了安东尼的继女,当时年仅十一二岁的克劳迪娅。两年后,屋大维因与其母亲富尔维娅在佩鲁贾战争中的政治分歧解除了与克劳迪娅的婚姻关系。在婚姻解除时屋大维宣誓称,克劳迪娅的童贞在整个婚姻期间保持完整。

②   屋大维的第二任妻子,为他生下女儿尤利娅。

③   屋大维的第三任妻子,于公元前38年成婚。

④   在富尔维娅死后,安东尼为巩固三巨头同盟在布林迪西达成的盟约,迎娶了屋大维的妹妹奥克塔维娅。当时安东尼否认他与克里奥帕特拉有婚姻关系。

安东尼

　　为什么要抓着支持我选择的人不放呢?①

普罗库勒尤斯

　　人们又要用什么来原谅你对阿塔巴契斯②的桎梏?　　　　　　　775

安东尼

　　人必须将蜇人的蛀虫踩踏。

普罗库勒尤斯

　　但阿塔巴契斯从没碰过剑。

安东尼

　　聪明的人能预见,人在盾牌下计划些什么。

普罗库勒尤斯

　　怀疑常常玷污心思并非恶毒之人。

安东尼

　　难道阿塔巴契斯没有使我和罗马受辱吗?　　　　　　　　　　　780

普罗库勒尤斯

　　他究竟做了什么逆天恶行?

安东尼

　　他在帕提亚让我们独自浴血奋战。

普罗库勒尤斯

　　难道你就一定要将国王置于枷锁之中吗?

─────────────

　　①　在安东尼最终选择了克里奥帕特拉后,奥克塔维亚继续在罗马为他主持家务,并公然反对兄弟屋大维,不赞成将她的婚姻事务作为他向安东尼发动战争的借口。

　　②　音译,今称阿尔塔瓦兹德二世(Artavasdes II),大亚美尼亚国王。曾在公元前36年支持安东尼攻打帕提亚人的军事行动,但因质疑安东尼的战争形势而撤军,安东尼视此举为一种背叛和攻打帕提亚人失败的原因。公元前34年安东尼为复仇对大亚美尼亚进行远征。他以和亲为借口,约定在阿尔塔沙特(Artaxarta)会面,国王抵达时却被银链捆绑,并和妻儿一起被带往亚历山大。在亚历山大,安东尼将其用金链捆绑示众。在亚克兴海战后,克里奥帕特拉将其处死。

安东尼

> 朱古达①用铁链，而他用银链。

普罗库勒尤斯

785　　别人的错误不会美化自己。

安东尼

> 你如此夸耀屋大维，又有何意？

普罗库勒尤斯

> 又有什么人们是能痛斥屋大维的呢？

安东尼

> 盟友和朋友在他那里微不足道。

普罗库勒尤斯

> 何时屋大维没有坚定不移地履行盟约？

安东尼

790　　在他将雷必达的领地占为己有之时。

普罗库勒尤斯

> 种植胜利与葡萄园之人，最终会收获战利品与葡萄。

安东尼

> 屋大维不应剥夺他的头衔。

普罗库勒尤斯

> 他与庞培有秘密协定。②

安东尼

> 要有充分理由他才应该成为屋大维的奴隶。

――――――――――

① 指努米底亚国王朱古达(前160—前104)，从公元前111年起对战罗马，公元前105年被亲信背叛。罗马统帅马里乌斯在凯旋时将朱古达用链条捆绑，在马车前示众，而后将之处决。

② 雷必达曾被怀疑叛变，与公元前43年被驱逐的小庞培通敌勾结。

普罗库勒尤斯

　　天性便是奴隶,定会始终是奴隶。　　　　　　　　　　　795

安东尼

　　人不必硬要将一个楔子安置于另一个楔子之上。

普罗库勒尤斯

　　屋大维始终重视和爱戴安东尼。

安东尼

　　当他将绥克斯都的军队纳入麾下时,①他没有重视和爱戴我。

普罗库勒尤斯

　　那是因他想要和他们一起守护国家和城市。　　　　　　　800

安东尼

　　那是因他想要罗马和意大利都臣服于他一人。

普罗库勒尤斯

　　够了! 屋大维并非要在这里招收法官。

安东尼

　　为什么人们鲜少听闻正确的事呢?

普罗库勒尤斯

　　人们不会听败将之言,但必须听从胜者。

安东尼

　　我的处境祝愿命运与时间给予屋大维教训。

普罗库勒尤斯

　　胜者制定规则。你们理应恳求。　　　　　　　　　　　805

安东尼

　　屋大维所给的重缔和平的办法是什么?

---

　　①　指公元前 36 年小庞培在瑙洛科斯战役中被屋大维和雷必达完全击败,离开了他的军队并逃向米蒂利尼。

普罗库勒尤斯

　　屋大维愿通过我向世界与后世指明，

　　他在这一天诅咒钢铁武器，

　　他寻求国家的康宁、安东尼的福祉、

810　罗马城的自由，而非令他失去兴致的王座、

　　沉重的金权杖和被他武力战胜的世界中

　　所有人的诅咒。

　　他放下生机勃勃的棕榈，

　　在安东尼希冀宁静与友谊之处，

815　反对铠甲与盾牌。愿安东尼维持

　　盟约曾给予他掌管的领地。

　　叙利亚①与科尔基斯仍归你管辖，

　　让阿拉伯的熏香在他身旁燃烧，

　　愿希腊、本都王国②和整个亚洲都崇敬他，

820　只愿安东尼现在用行动证明：

　　他的情感不要太过埃及化。

安东尼

　　屋大维由此将所有猜忌驱散，

　　在所有公民的心灵中培育恩典而非嫉妒。

　　世界和后世都会为他取来石头和青铜，

825　在斑岩和雪花石膏上凿刻他的塑像，

　　用黄金和大理石为他建造纪念碑，

　　罗马将亲吻屋大维的门槛与凯撒的幻影，

---

①　叙利亚从公元前 65 年开始成为罗马行省，在安东尼的统治范围中。

②　本都王国位于小亚细亚北海岸的卡帕多西亚（Kappadokien）。

在他将雅努斯神庙的和平之门关上之时，①

帕提亚人将心甘情愿地臣服于他，

罗马会朝拜所有的尤里乌斯。②　　　　　　　830

我安东尼会永远憎恶屋大维与罗马所憎恶的，

但我要离开什么埃及的东西？

普罗库勒尤斯

将整个埃及交给皇帝，

成为奥克塔维亚的丈夫、屋大维的朋友，

将阿塔巴契斯释放。　　　　　　　835

安东尼

哈！奥克塔维亚还能遭受更严格的判决吗？

普罗库勒尤斯

难道你为了埃及要出卖所有的福祉吗？

安东尼

为什么屋大维偏偏要求这偏远的部分？

普罗库勒尤斯

因为选择权属于戴胜利桂冠的人。　　　　　　　840

安东尼

我可以给他边界裁定对他更有利的国家。

普罗库勒尤斯

埃及对皇帝就很有利。

―――――――――

①　雅努斯是罗马神话中的门神，执掌开始与入门、出口与结束，雅努斯神庙有两个对立的门，在战争时期开放，和平时期关闭。但在屋大维之前只发生过两次，一次是努马·庞皮留斯（Numa Pompilius）统治时期，他未发动过一次战争；另一次是在第一次布匿战争结束之后。

②　凯撒在被刺杀后被敬为罗马众神之一，这里的"所有"指代尤里乌斯·凯撒及其后代，包括屋大维。安东尼在此已经预见到屋大维将建立第一古罗马帝国的统治形式以及与此紧密连接的皇帝崇拜。

安东尼

　　我允许让他拥有整个希腊。

普罗库勒尤斯

　　整个希腊与埃及无法相提并论。

安东尼

　　整个亚洲也能臣服于他。

普罗库勒尤斯

845　　埃及能比整个亚洲给我们带来更多。

安东尼

　　阿拉伯人能用黄金向他朝贡。

普罗库勒尤斯

　　东方的谷仓比金山带来的更多。

安东尼

　　我们接受,叙利亚来扩张屋大维的权势。

普罗库勒尤斯

　　叙利亚对屋大维来得并不及时。

安东尼

850　　那就拿走我那三分的天下,将其放在他的名下。

普罗库勒尤斯

　　朱庇特的部分本身就比另外两个兄弟要重。①

安东尼

　　他们用抽签终止了不和与纷争。

普罗库勒尤斯

　　在此战争的运势决定了分配。

━━━━━━━━━

　　①　指在神话中,朱庇特作为主神所掌管的部分比他的两位兄弟尼普顿和普鲁托要多。这里所讲述的三神分天下的情节与三巨头三分罗马帝国类似,在第一幕结尾譬喻式的合唱中也有体现。

安东尼

　　尼普顿和普鲁托未考虑战争之运势。

普罗库勒尤斯

　　盾牌与铠甲是王侯们的天平。　　　　　　　　　　855

安东尼

　　放在钢刀上的东西终究会被钢刀锈蚀。

普罗库勒尤斯

　　为何你如此依附于埃及?

安东尼

　　因为我不能侵害克里奥帕特拉分毫。

普罗库勒尤斯

　　你还在关心你必须交出的人。

安东尼

　　我永远不能和她分离!　　　　　　　　　　　　860

普罗库勒尤斯

　　奥克塔维亚没有给克里奥帕特拉任何优先权。

安东尼

　　克里奥帕特拉拥有之物,奥克塔维亚早已失去。

普罗库勒尤斯

　　你这个罗马人到底喜爱这个摩尔人什么?

安东尼

　　红宝石覆盖了她的嘴唇。

普罗库勒尤斯

　　　　　　　　红珊瑚覆盖着奥克塔维亚的嘴唇。

安东尼

　　四肢肤白若雪。　　　　　　　　　　　　　　865

普罗库勒尤斯

奥克塔维亚则白若象牙。

安东尼

她的酥胸宛若雪花石膏。

普罗库勒尤斯

奥克塔维亚的则状似大理石。

安东尼

她的眼睛灿若繁星!

普罗库勒尤斯

奥克塔维亚的眼睛如太阳般明亮。

安东尼

她的仁慈常驻于心。

普罗库勒尤斯

奥克塔维亚荣登宝座。

安东尼

在这个黑暗的世界她的道德之光仍在闪耀。

普罗库勒尤斯

870　唉!你只是将发出微光的玻璃当作黄金和珍珠罢了。

斑斓彩虹的幻影

会将紫衣的蜗牛之血①抽干!

他诅咒对他有利的,却亲吻对他不利的,

把他最后的救赎与皇帝的要求当作耳旁风。

安东尼

875　阿塔巴契斯今天能被你们拦下。

但屋大维想要从这个国家得到的,

---

①　珍贵的紫衣染料是从紫色的蜗牛血中提取而成的。

以及我应该背信弃义地离开克里奥帕特拉，

是一件不可能完成的耻辱的事。

今晚你就会知道，

时间、谋臣与正义最后使我们做下的决定。　　　　　880

普罗库勒尤斯

很好！你自己考虑吧：一个女人的宠爱

只是黏滑的糖汁，权杖却是金子。

人物：安东尼、安提勒斯、朱利乌斯、坎尼迪乌斯、阿西迪乌斯、凯利乌斯

提要：安东尼一方的将领建议安东尼放下与克里奥帕特拉的私情，顾全大局，与屋大维和解，安东尼不愿舍弃克里奥帕特拉。

安东尼

我们现在正在门与陷阱之间飘摇！

我们被带往何处？ 哦悲惨的匮乏啊！

曾给许多人建议的人如今却不知如何建议自己。　　　885

皇帝那平和的轨道是平滑如镜的薄冰，

任何锚都在上面立不住脚。

有什么建议？ 荣誉或是王座，二者其一必将打破和消逝。

朱利乌斯

硫黄般闪耀的闪电不会损害屈服之物，

它让柔软的白杨矗立，①在它将钢铁击碎、　　　　890

将橡树树心打破、将礁石四分五裂之时，

幸运同样也会消灭铁石般的脾性，

---

① 白杨同样是伊索寓言中芦苇与橡树故事的变形。

而蜡般柔软的心却无法被攻破，

在风吹向我们后，我们在海上航行，

895　　为何我们不能在遭遇不幸风暴时

将不屈服的风帆落下呢？在他独自胜利的地方，

他必能赢得名望、荣誉、友谊与宝座。

安东尼

然后将所有屋大维苛求的事情都奴颜婢膝地照做吗？

坎尼迪乌斯

战胜自我并非卑躬屈膝。

安东尼

900　　谁会为我们的不忠寻求充足的诅咒？

凯利乌斯

人往往有权去改变爱情。

安东尼

你们难道一点也不珍视荣誉、忠诚与誓言吗？

朱利乌斯

只有打破了这些，才会得到一半的统治。

安东尼

这污点怎么不会玷污我们的名誉呢？

坎尼迪乌斯

905　　若你为了女人与纺锤①交出了王座与国家，你的名誉更会被玷污。

安东尼

赫拉克勒斯②有多么不爱翁法勒呢？

––––––––––––––

①　纺锤是典型的女性劳作工种的标志，此处也指代女人。

②　据传说，古希腊神话中的大力神赫拉克勒斯曾做过吕底亚女主人翁法勒的奴隶与情人。赫拉克勒斯常被她要求身着女装，坐在纺车上。这一传说典故经常被用以说明爱情常常使男人失去体面。

凯利乌斯

　　他可没有为了翁法勒拱手送江山。

安东尼

　　克里奥帕特拉更为值得颂扬。

朱利乌斯

　　世界上最美的女人也比不上权杖。

安东尼

　　凯撒何曾不是热烈地追求克里奥帕特拉?①　　　　　910

坎尼迪乌斯

　　只是为了欢愉,但从没将她抬上婚床。

安东尼

　　因为谋杀与起义②先于婚姻而到来。③

凯利乌斯

　　罗马相信:克里奥帕特拉只是凯撒的玩物罢了。

安东尼

　　他曾常向她许诺婚姻。

朱利乌斯

　　谁写的越多,实际心里想的就越少。　　　　　915

―――――――

　　①　在凯撒攻占亚历山大城后(公元前47年),凯撒携克里奥帕特拉沿着尼罗河旅行至埃及南部,他的部下最终阻止他继续向南至埃塞俄比亚旅行。当凯撒动身前往罗马时,克里奥帕特拉怀孕(即凯撒里昂)。在公元前46年罗马举行盛大的庆功宴时,克里奥帕特拉带着儿子抵达罗马,停留在罗马,直至公元前44年凯撒被刺杀。凯撒生前视维纳斯为他的家族祖先,而在罗马的维纳斯神庙中,他在女神雕塑旁还设立了一座克里奥帕特拉的金色雕像。

　　②　此处作者采用了前后倒置(Hysteron Proteron)的修辞手法,指元老院的密谋(即"起义")和随后的谋杀。

　　③　在凯撒统治的最后岁月,因政治斗争谣言四起,称其有意迎娶克里奥帕特拉,并准备将首都迁至亚历山大或伊利亚特(Ilium,即特洛伊,罗马神话中罗马的母亲城),以便建立起罗马 – 埃及的联合统治。

安东尼

> 凯撒又有什么必要去传达错误的信号？

坎尼迪乌斯

> 人往往为拒绝涂上迷惑性的颜色。

安东尼

> 你们想对她做什么？嫉妒心往往使她遭受非难。

坎尼迪乌斯

> 安东尼，我们丝毫不嫉妒她。她妩媚的双颊微笑，

920 　白雪和红霞一齐在她的脸颊上举行婚礼，

> 她天神般的容颜是情欲的天堂，

> 绿松石的纹理流淌过她柔美的胸脯，

> 汁水从朱砂中流出，血液在大理石球中流淌。

> 黑夜的眼睛降下千道闪电，

925 　每一颗悸动的心都感受到熊熊火焰。

> 她甜美的呼吸是一阵渗入麝香味的风。

> 蜗牛①无法在它的足与甲壳上爬行，

> 它无法胜过那红宝石般的双唇。

> 她的秀发使晨光黯然失色；

930 　没有任何一具象牙能比得过她的四肢，

> 连安东尼都低估了这珍贵财宝。

> 但是，宝座与王冠须置于前列。

> 什么是美丽的光辉？虽是奇珍异宝，

> 但人们在地上遍地可寻。

935 　台伯河的河流或也能够孕育出和她相似之人。

---

① 前文出现过的紫色蜗牛，是制作王公紫衣染料的原材料。

安东尼

我不认识任何一个女人，能比得上她的影子。

坎尼迪乌斯

彩虹虽美，却也不过是普通的水滴。

安东尼

啊！克里奥帕特拉是内外兼具。

我们像忒勒福斯①一样被她击伤，但甜美的伤口

可以被她这个伤害者缝合。　　　　　　　　　　　　　　940

安提勒斯

耐心、理性与时间最终能获得救赎与出路。

安东尼

在理性和时间没有统治权之处并非如此。

爱不会使它的王国被智慧引诱；

鸟儿看到了钩，但仍让自己就范上钩，

飞蚊看到了光，仍飞扑而上将自己灼伤，　　　　　　　945

飞奔的鹿冲进圈套，

水手熟知无锚小舟的航行，

但也不能使他的头脑聪慧，面对危险毫不畏惧，

因此陷入爱情的人自知地奔进了困境中。

人只有两个港口：要么得到满足，要么死亡。　　　　950

凯利乌斯

这高尚的灵魂终究要使自己被引诱至何处？

———————

①　特洛伊战争前夕，希腊舰队前往特洛伊时在密西亚（Mysien）靠岸，这里由赫拉克勒斯的儿子忒勒福斯（Telephus）统治，希腊人开始攻打密西亚。在战争中，忒勒福斯的大腿被阿喀琉斯（Achilles）击伤，久治不愈。德尔菲神谕所的阿波罗女祭司告诉他，只有伤害他的人才能治愈他的伤口。于是忒勒福斯动身前去寻找阿喀琉斯，最终用阿喀琉斯刺伤他的长矛的铁锈治愈了他的伤口。

人必须用严肃与才智来与爱的力量作斗争。

淫欲之玫瑰是毒蛇的秘密栖居之所；

发臭的蛀虫会将金苹果啃噬。

955　它的黄金是甜美的毒汁，它的微光是闪电和火焰。

风如今吹散了伊利亚特的尘土，

一个美丽的女人也曾将此地夷为平地。①

安东尼

是上天引起了这激情，这激情最终致使战争。

凯利乌斯

不不！上天给了帕里斯自由的意志。

安东尼

960　厄运已决定好的事情，人间凡人都必定兑现。

凯利乌斯

每一次厄运都由命运的铁匠锻造。

安东尼

神也通过爱将一些国度夷为平地。

凯利乌斯

就像特洛伊因海伦娜而陷落一样？

安东尼

特洛伊之火早早由赫卡柏②孕育。

凯利乌斯

965　这火焰本可以通过道德之火而熄灭。

---

① 此处作者引用了特洛伊战争典故，帕里斯争夺海伦娜是特洛伊战争爆发的导火索。

② 帕里斯之母。在她怀孕时，曾梦见帕里斯变成一把火炬，使特洛伊变为火海。

安东尼

　　谁不懂爱,谁就不会为它建造圣坛。

朱利乌斯

　　谁若理解王权为何物,便会视其为全部。

安东尼

　　这难道不往往是快速衰亡的姊妹吗?

朱利乌斯

　　不身穿紫衣①者,就不会遇到任何不幸吗?

安东尼

　　人人皆知:箭石常击毁高物。　　　　　　　　　　970

朱利乌斯

　　谁能称颂尽王冠的辉煌呢?

安东尼

　　请相信:比百合更多的荆棘装饰着它。

朱利乌斯

　　星星在钻石的光芒下黯然失色。②

安东尼

　　钻石带着汗水,红宝石流淌着鲜血。

朱利乌斯

　　权杖的黄金、紫衣的光辉无可估量。　　　　　　　975

安东尼

　　穿粗布麻衣、手执牧杖者往往更易开怀。

---

　　①　文中出现的紫衣、权杖、王冠,均为王权统治的象征符号。
　　②　此处可能是指钻石需经人工打磨制成,来之不易。同时,钻石在中世纪是英雄品质的象征,并常被国王当作胜利护身符佩戴。下一诗行中的"汗水"则可能暗指在英雄事迹中的努力付出。

朱利乌斯

对孩童是这样。王侯是尘世的诸神。

安东尼

那就爱他们的天堂吧。

朱利乌斯

> 伟大的英雄,请权衡一下吧,

你的三分天下能给你带来多少像克里奥帕特拉一样的女人。

安东尼

980　屋大维要求我和他的妹妹一起生活。

安提勒斯

她的嫁妆值得你的爱。

安东尼

痛哉!我将毒蛇怀抱。①

坎尼迪乌斯

最凶猛的动物都会被温情驯服。

安东尼

难道我应该用温柔的呵护培育杂草吗?

阿西迪乌斯

985　它能将猎豹驯服,它能取走长蛇的毒汁。

安东尼

请相信:一个恶毒的女人比毒蛇更甚。

安提勒斯

我们曾驱逐的东西,往往能使我们愉悦。

安东尼

我不可能爱奥克塔维亚这只恶虫。

---

① 暗喻安东尼怀疑奥克塔维亚在婚后为哥哥屋大维暗中监视和探查他。

朱利乌斯

　　智慧往往将戏言与假象当作爱出卖。①

安东尼

　　你们还建议我什么可怖的恶行？

990

坎尼迪乌斯

　　我们必须以毒攻毒、以计破计。

安东尼

　　唉！克里奥帕特拉最终会沦为谁的女佣？

安提勒斯

　　屋大维不会如此侮辱皇室的血液。

安东尼

　　罗马曾将多少王侯置于铁链镣铐与耻辱柱之下。

凯利乌斯

　　罗马也曾给予其征服的国王以封地。

995

安东尼

　　罗马将因她的受辱和我的陷落而达成和解。

阿西迪乌斯

　　当帆船倾颓，人人自危。

安东尼

　　谁会如此轻率地出卖自己的伴侣？

凯利乌斯

　　难道马西尼萨②没有赐给索福尼斯巴毒酒吗？

---

　　①　伪装是权术中的重要元素。

　　②　马西尼萨是在第二次布匿战争中与罗马人结盟的努米底亚人，在大败对手、努米底亚国王西法克斯（Syphax）后，马西尼萨计划迎娶他曾经的未婚妻、西法克斯现任妻子索福尼斯巴，她的父亲是迦太基的重要人物哈斯德鲁巴·吉斯戈（Hasdrubal）。罗马元帅大西庇阿（Scipio）出于政治原因的考量阻止了马西尼萨的计划，并要求他交出索福尼斯巴。在交出爱人索福尼斯巴前，马西尼萨将毒酒赐予了她。

安东尼

1000 　　皮拉姆斯①却因他的提斯柏而死。

朱利乌斯

　　君王不适合此类平民之举。

安东尼

　　你建议我像马西尼萨那样做吗?

朱利乌斯

　　正是。

安东尼

　　　啊! 我该成为她的刽子手吗?

坎尼迪乌斯

　　马西尼萨所做之事,至今为世界称赞。

安东尼

1005 　　瓷器将成为毒药的叛徒。

安提勒斯

　　谋杀不会斟满毒药的酒杯。

安东尼

　　你意为,女王会自愿饮下毒药?

朱利乌斯

　　正如索福尼斯巴不愿玷污自己的名誉,

　　它如金子般耀眼地装点着她的墓碑,

1010 　　她愉悦地接受了赐给自己的毒药,

---

　　① 指奥维德在《变形记》中讲述的一对亚述爱侣的悲惨故事。恋人皮拉姆斯与提斯柏相约夜晚幽会,约定在尼努斯王墓旁见面。提斯柏先到后却遇到了捕获完猎物的母狮,匆忙逃去,丢下了自己的面纱,母狮将面纱撕碎。皮拉姆斯到达后,发现被撕碎并沾染上血迹的面纱,误以为爱人已命丧猛兽之口,悲痛下拔剑自刎。提斯柏返回后看见爱人的尸首,也随爱人自尽。

保全了自己的名誉，又维护统治。

安东尼

但我的爱不会因为她的死而消亡。

坎尼迪乌斯

时间会帮助你：你也忘记了富尔维娅。

安东尼

那是因克里奥帕特拉带给了我新的欢愉。

朱利乌斯

若她离去，你也不会停止享受欢愉。　　　　　　　　　　　1015

安东尼

我必然被迫承受和屋大维姐妹在一起的痛苦。

坎尼迪乌斯

王土之内，没有王侯拒绝不了的事。

安东尼

想一想：你们为燃烧她的火焰添加柴火，会留下怎样的名声。

安提勒斯

亚克兴一战给她带来了多少恶名。①

安东尼

胜利的花冠本就不是为女人编织的。　　　　　　　　　　1020

―――――――――

①　此处是安提勒斯对安东尼上述话的讽刺的反击，指克里奥帕特拉在亚克兴海战中扮演了不光彩的角色。亚克兴海战中，当安东尼的舰队尚与屋大维的舰队不分胜负时，克里奥帕特拉停在战线以外的六十艘战船强行突破战线，虽然成功突破重围，但致使安东尼方军队陷入混乱，动摇了军心。历史学家普鲁塔克认为，这实际上是克里奥帕特拉的一种背叛，想要在不确定的情况下力图保证自己的安全。

坎尼迪乌斯

　　女英雄富尔维娅①却胜过了男子。

安东尼

　　男人配钢盔，女人宜女帽。

朱利乌斯

　　但没有任何一个女人允许忘记忠诚。

安东尼

　　可谁又为克里奥帕特拉招致恶名呢？

坎尼迪乌斯

1025　　人民因培琉喜阿姆的陷落②而不满她。

安东尼

　　塞琉古因背叛而有罪。

凯利乌斯

　　她阻拦了我方对敌军的突围。

安东尼

　　人们常常视谨慎为愚蠢。

阿西迪乌斯

　　她让骑兵与舰船弃你而去。③

──────────

　　①　作为安东尼的第三任妻子，富尔维娅以其政权统治上的活跃而闻名。当安东尼与克里奥帕特拉一同待在埃及时，富尔维娅留在意大利，与安东尼弟弟路西斯一同代表安东尼的政治与军事利益。公元前41—40年，富尔维娅与路西斯发动了攻打屋大维的佩鲁贾战争。战争结束后她曾与安东尼在雅典会面，同年离世。

　　②　亚克兴海战后，屋大维继续向埃及进军，并于公元前30年攻占尼罗河三角洲东岸边城培琉喜阿姆。普鲁塔克曾记载当时埃及的谣言，克里奥帕特拉曾秘密授意培琉喜阿姆执政官塞琉古，将培琉喜阿姆移交给屋大维管辖。

　　③　在安东尼最后一次力图保卫亚历山大城，阻止屋大维水陆军队前进时，他的舰船和骑兵纷纷叛逃投奔了屋大维。安东尼推测是克里奥帕特拉所为，并斥她为叛徒。

安东尼

　　看看,你们是故意针对她。　　　　　　　　　　　　　1030

安提勒斯

　　她为屋大维送去权杖、宝座和王冠。

安东尼

　　倘若敌人放我们一马,在危急关头还有什么不能送?

安提勒斯

　　这些信号表示,她愿为他献上整个国家。

安东尼

　　最智慧的人也往往在恐惧之下茫然无措。

安提勒斯

　　她只为自己忧虑,你却佯装不知。　　　　　　　　　1035

安东尼

　　她能够在你支持我时轻松判定,

　　因你是为我的命运作为大使

　　与屋大维斡旋。

安提勒斯

　　　　　　　　您的安康关乎着

　　我的忧思与行动。我明确地知道,

　　西尔索斯从未向我表示,　　　　　　　　　　　　　1040

　　但他告诉屋大维:他的王后愿意

　　熄灭你的生命之光,并将我处决,

　　只要他让她统治埃及。

　　他甚至与屋大维商定婚约,

　　因为他没有明白:屋大维的虚情假意　　　　　　　　1045

　　只是埃及的陷阱和统治的艺术罢了。

安东尼

> 你要带领我去往何处?

安提勒斯

> 带你去往真相与得救。

安东尼

> 屋大维牵着我和她的鼻子走,
>
> 他想要我的死亡和她的王国。
>
1050
> 他现在向我提议的,只是暗中痛击
>
> 和落入坟墓的陷阱,还要用不忠来诬陷我。
>
> 但上天仍然会给予我帮助和建议。

合 唱

人物:命运女神、朱庇特、①尼普顿、②普鲁托③

　　　　天神玛尔斯、阿波罗、④墨丘利⑤

　　　　海神普罗透斯、特里同、格劳克斯⑥

　　　　冥界三判官米诺斯、艾亚哥斯、拉达曼迪斯

提要:本幕合唱中,朱庇特、尼普顿与普鲁托正接受父神遗产分配。

----

① 罗马神话中统领神域和民间的众神之王,天界的主宰。

② 罗马神话中统领水界的海神。

③ 罗马神话中的冥王,阴间的主宰。

④ 罗马神话中的光明之神、预言之神、医药之神,同时精通箭术,他的弓箭导致了凡人的死亡。

⑤ 罗马神话中商人、旅行者的保护神,为众神传递信息的使者,并陪伴死去的人的亡灵进入阴间。

⑥ 普罗透斯,小海神,因水的流动性,此小海神能呈现各种形态。特里同、格劳克斯均为小海神的一种。

命运女神

你们这些金色的天上玫瑰,①

用金子和炽热装饰着天空的花园。

来,现在变成棕榈 1055

环绕我的头部,像胜者往常那般。

克洛里斯,②请献出你的百合,

这样人们可以用它的银色贴合我蓝色的头部。

宁芙,③请将贝壳掏空,

用珍珠装点我的脖颈,天地都为之折腰。 1060

你们这些可怜的尘世凡人,

为我搭建庙宇,点上昂贵的香火,

因为我的神性能给予金银财宝、

荣誉、权杖、祭司冠带、④王座与智慧。

你们这些神,都来亲吻我的脚, 1065

尽管天空、地狱和海洋必须臣服于你们,

你们都知道这命运的结局:

我将分给你们萨图恩的遗产。⑤

---

① 指天上的星星。

② 古希腊神话中春天、花卉和自然女神,罗马神话中对应的是弗洛拉(Flora)。

③ 希腊神话中次等的女神,是自然幻化的精灵,出没于山林、原野、泉水、大海等地,这里则指次等的小水神。

④ 一种由神甫和维斯塔庙女祭司佩戴的羊毛头带,作为其宗教奉献和不可侵犯性的标志。这里则成为祭司或宗教权力的象征符号。

⑤ 此处作者借鉴了荷马《伊利亚特》中的神话渊源,即萨图恩(希腊神话中的克罗诺斯)的遗产被分给了三个儿子朱庇特(宙斯)、尼普顿(波塞冬)、普鲁托(哈迪斯)。

朱庇特、尼普顿、普鲁托

我们立即出现,匍匐在您的脚下,

1070　为了亲吻伟大女神您的金权杖,

是它设立了自然的边界。

您的仁慈使我们感到安心。

我们向您供奉我们心中的谦恭。

因为香火本就是您一人的。

1075　你们尘世凡人,抛却那样的想法,

认为人们偶然选取了自己的部分。

愚蠢之人往往不识命运。

看不见祭品的凡人,还能献祭何物?

愚笨让油与挂灯燃烧,

1080　但恩惠从未发生。

不不!错了!是女神深思熟虑。

往往按照身份将能力分发,

早在太阳与月亮环绕星空之前,

她便知道,你我应该拥有什么。

命运女神

1085　众神,请分散环绕这世界。

这里的保护伞遮蔽了冥府、天界和水界。

因为这聚福盆里装了

闪电、①三叉戟②与通往冥界的钥匙。

朱庇特

命运离去!命运离去!女神啊,

---

① 主神朱庇特的象征。
② 海神尼普顿的象征。

请不要离开我！赐予我幸福康宁吧！　　　　　　　　　　1090

命运离去！命运离去！我继承的部分

有众星环绕！这是霹雳闪电。

尼普顿

　　女神，请不要让我的希望之船倾颓，

请不要让北极星在我眼前消失！

命运离去！命运离去！我这里是汪洋与浪潮。　　　　　1095

借着三叉戟，我乘风破浪。

普鲁托

　　萨图恩的王国分配得多么不公！

给我留下的不过是拉达曼迪斯的椅子。

尽管把我带走吧！这命运赠来的东西！

这是通向冥府的钥匙。　　　　　　　　　　　　　　　1100

命运女神

　　来来！踏进你们的王国，登上你们的宝座。

空气、天空、地狱和海洋需要你们的光。

其他的神已经到来

在斯提克斯河①旁向你们宣誓忠诚与义务。

阿波罗、玛尔斯、墨丘利

　　天界的主宰、兄弟②的国王，　　　　　　　　　　　1105

我们将弓箭、③铠甲④与手杖⑤

在您的王座前放下；

----

① 五大冥河之一。众神在这条河边宣誓，亦称作"守誓河"。

② 指尼普顿和普鲁托。

③ 弓箭是阿波罗的象征。

④ 铠甲是战神玛尔斯的象征。

⑤ 商神杖是墨丘利的象征。

我们永远恭顺地臣服于您的脚下。

1110　　　只需您让我们永远享用您的琼浆玉液。

特里同、格劳克斯、普罗透斯

　　　　　浪花涌动的水晶主宰，

　　　忒提丝敬献您白雪做的珍珠，

　　　特里同献给您贝壳，格劳克斯献给您珊瑚，

　　　普罗透斯递给您海洋的钥匙：

1115　　父亲，只要您允许我们在环游的海滨

　　　在仙女身旁沐浴嬉游。

米诺斯、艾亚哥斯、拉达曼迪斯

　　　　　冥界的大首领，

　　　在此供奉您的是死者灵魂的判官。

　　　看，米诺斯在您面前放下权杖，

1120　　艾亚哥斯放下沉重的判官杖，

　　　拉达曼迪斯放下火炬与荆条，

　　　请您允许我们得到至福乐土。

所有神

　　　　　天界、海洋与地狱，请永世安宁。

　　　你们的王国交付给了三位主神。

第二幕

（克里奥帕特拉的房间）

人物：克里奥帕特拉、西尔索斯

提要：被屋大维释放的战俘西尔索斯暗中会见克里奥帕特拉，向克里奥帕特拉许诺，屋大维已爱上她，只要克里奥帕特拉杀死安东尼，她便能拥有她所想要的一切。

克里奥帕特拉

你有什么秘密带来值得相信的好消息？

当屋大维把我们当作死敌大肆侵略时，

这一切难道岂非已建于流沙之上了吗？

西尔索斯

尊贵的女王，请少安毋躁，

莫让猜疑毁坏了君主您的尊容。

的确，屋大维想让安东尼倒台，

因为安东尼力图使屋大维的王朝灭绝；

但他的倒台给您带来好运，比如今更甚，

您和屋大维结婚，因为这样您的灵魂

和他的灵魂会通过爱的火焰融化在一起。

克里奥帕特拉

西尔索斯，你骗我，你给我们编造的

不可能是罗马和你君王的意愿。

只因安东尼对我亲密,

罗马便将他视为敌人,

15 　　仿佛他从我的胸脯吮吸胆汁和毒药。

罗马用借口来清洗凶手手上的鲜血:

称伟大的尤里乌斯的光芒被我的床玷污,

仿佛我的床是蛇穴,是它将凯撒毒死的,

也许是出于愚蠢的臆想,因为我们的王冠上

20 　　有蛇形环绕。① 屋大维也不是孩子,

他应该不会一直爱着我,

美貌之花在我这里已所剩无几,

它的美丽被忧思蚕食。

前提是,现在在罗马有一条准则:

25 　　屋大维能坐拥城里的每一个女人。

我也认识利维亚,她婚姻的鱼钩

使屋大维永远无法自由脱身。

所以住嘴吧,西尔索斯,住嘴。

西尔索斯

　　　　　　　　我厌恶谄媚

如同我仇恨谎言。

30 　　过去常常暴怒的罗马现已有所改变。

母狼②也变成羔羊,为您的善举接纳您,

若您能为屋大维的双足作脚凳。

罗马愿带领您进入卡匹托尔,③

━━━━━━━━

① 指埃及国王所戴王冠上的蛇形徽章。

② 传说罗马城的建造者罗慕路斯与兄弟雷穆斯曾被母狼哺育抚养。

③ 这里指卡匹托尔山上供奉朱庇特、朱诺和米诺娃的三神庙。

利维亚也会毫无异议,

当克里奥帕特拉爬上皇帝的床榻, 35

她过去少有勇气。

屋大维为了她离开斯克里波尼娅时,

已是待她不薄,因此她也应

让位于她不可企及的克里奥帕特拉。 40

君主常言:埃及有世界上最好的草药、谷物、

水域、智慧、空气、种子和女人。

爱情的箭镞在世界其他地方都是用铅造就,

在非洲则是由钢铸成。

对,当我带给他那伊西斯的雕像, 45

是你命人用祖母绿宝石雕刻而成,

他发狂地喊道:爱情在北方只是冰,

在罗马些许温热,在尼罗河畔则是滚烫炽烈。

克里奥帕特拉

伊西斯还会向我展示奇迹吗?

我能够啜饮甜美的希望的乳汁吗? 50

不,不!克里奥帕特拉,不要再理会这一切

让你在不幸时快乐、在清醒时迷醉的东西。

如果屋大维爱我,

愿将我父亲的王座和遗产赐予我,

那是什么使他拒绝安东尼的提议:① 55

如果我仍能在埃及有立足之地,

他愿用他自己的鲜血来获取宽恕。

———————

① 在安东尼第二次向屋大维方派出使节时,他提出他愿意自尽,以求屋大维能宽恕克里奥帕特拉。和第一次一样,他的请求未得到回应。

西尔索斯

那是因为,屋大维想要自己为克里奥帕特拉加冕,

不愿让安东尼再为她做出贡献。

克里奥帕特拉

60   但安东尼衷心为凯撒效劳,

是他为凯撒戴上罗马的王冠,①

成为他的祭司,②激起平民

对谋害凯撒凶手的愤怒,在与屋大维对峙中

获得了公民的恩惠,在战争中③

65   向敌人勇敢地展示自己的胸膛,让小庞培倒台。

西尔索斯

成绩与功劳都已过去,因为那些早已被安东尼

因荣誉、复仇心与妒忌而败坏。对这样一个

自己无法摆脱自己厄运的人,您还要反对什么呢?

这不是残酷,而是恩惠,

70   如果人杀死这个不因自刎而羞耻的人,

如果公正的判决在愚蠢的妄想前发生。

这样您也终于得以远离安东尼,

使您的王国之船远离了海难礁石,

您得以享受:屋大维在您蜜糖般的双唇上

75   汲取爱情的香甜,两颗心双双燃烧,

在亲吻中每一个嘴唇都与另一颗心

---

① 公元前44年2月15日牧神节上,安东尼想将王冠戴在凯撒头上,但后者拒绝,考虑到大部分民众对其称帝抱着负面的态度。

② 公元前45年,凯撒在蒙达战役中最终战胜庞培后凯旋,被尊为神,罗马为他建了一座神庙,安东尼则担任了该神庙的祭司。

③ 指讨伐刺杀凯撒者的内战。

紧密相连,在您的红宝石①上举行盛大的婚礼。

克里奥帕特拉

啊！伊西斯,让我们做梦吧！我不知道,我们还醒着吗？

我不能领会我的命运和我自己,

当这样的一束救赎的光从不幸的昏暗黑夜中出现,　　　　80

屋大维让我们看到太阳升起。

哦不！黑皮肤的女人对皇帝而言太微不足道了。

克里奥帕特拉,拔掉自己这颗淫荡贪婪的

蛀牙吧！

西尔索斯

　　　　我的说辞不是虚妄。

我所说的,这里有屋大维的手迹和印章证明。　　　　85

克里奥帕特拉

现在我的心融化成了两半,灵魂也长出了翅膀,

我已全然演化成神,因为天神屋大维,

我天界的欧西里斯愿与我创造欢愉,

使我成为伊西斯。啊！伟大之事

使我们一直没有困境也没有猜忌！　　　　90

我尊贵的西尔索斯,唉！谁能教导我,

斯芬克斯的印章②里有着怎样的秘密？

西尔索斯

屋大维习惯用这印章去封印每一封信。

克里奥帕特拉

因为他的信有太多东西需要隐藏。

---

① "红宝石"是对红唇的比喻。
② 指屋大维的印章,呈斯芬克斯狮身人面像的形状。

西尔索斯

95　　爱情可禁不起任何秘密。

克里奥帕特拉

　　忠诚为爱情加冕，而这两者都由时间检验。

西尔索斯

　　秘密的字迹将证明一切。

克里奥帕特拉

　　啊！伊西斯，我为苦涩的怀念之喜而哭泣。

　　沙子是金，那么这些字迹一定是珍珠。

西尔索斯

100　　她在颤抖！她脸色苍白；她呆望，像一块石头，

　　她叹息，她沉默，她四肢颤抖，

　　她急促呼吸，她的心在跳动，此刻她的脸色又恢复如常；

　　她现在笑着，吐着舌头，（哦这毒蛇！）

　　玫瑰蓓蕾在双峰上动荡，

105　　乳汁曾从这里流淌而出。

克里奥帕特拉

　　多么亲切无比的信啊！不是眼睛，而是太阳

　　才值得阅读这些字迹！这件抵押品

　　如今向我保证了屋大维的灵魂激情，

　　以及我尊贵的西尔索斯所说的一切。

110　　克里奥帕特拉，鼓起勇气吧！人必须要敢于做点什么，

　　在人快要溺水之前。

　　西尔索斯，拿好这枚戒指，并告诉屋大维：

　　我用这枚戒指向他送去埃及的福星，

　　我将这个王国和我自己交到他的手上，

115　　直至欧利西斯赐予我们白日和阳光，

屋大维之光才会熄灭。

人物：克里奥帕特拉、凯撒里昂、阿西比乌斯、斯达

提要：克里奥帕特拉与凯撒里昂、众谋臣会面，诱导凯撒里昂和阿西比乌斯反对安东尼，因安东尼并未将他们列入参与秘密谈判的谋臣之列，而这密谈恰恰是要讨论如何处决女王的。阿西比乌斯建议杀死安东尼，凯撒里昂有所顾虑，但未提出反对意见。最终克里奥帕特拉达成决议，杀害安东尼，与屋大维结盟，以保住埃及。

克里奥帕特拉

亲爱的儿子、我信赖的朋友们，欢迎你们。

你们知道，为什么他们不让你们参与议事吗？

毒蛇们从它母亲的乳房上炼制毒药，

它们如今还从中啜饮！可怕的凶手的淫欲！　　　　120

屋大维和议事者如今已沆瀣一气。

安东尼应通过我们的鲜血将自己的拳头玷污，

斩首斧头早已为我们准备妥当。

任何一个罗马人都毫无忠诚可言！

虔诚的罗马！到摩尔人①那去借　　　　125

你那早已失去的真正的诚实！

到克里特人②那去买忠诚的真实！

如今你的众神除了骗子什么也不是。

受诅咒的虚伪的民族！恶魔般的人！

你们给神以黄金，用财宝换取灵魂，　　　　130

---

①　这里指迦太基人，他们以狡猾、不忠诚而著名。

②　据传克里特人易谎话连篇。

谋杀以敬神，制毒以获胜，

将伴侣和孩子扔给豺狼虎豹！

为假仁慈对自己的血肉弃之不顾。

哦闪电竟还没有吹灭你们的光！

135　大雨竟然还没有让硫黄将你们消磨殆尽，

在你们的船帆抵达我们的港口之前！

我说的是你，安东尼，以及你的密谋同僚，

他们拿着精心伪饰的毒药想要将我们置于死地，

向我们注入炼金炉的气体而非香膏。

一只巴西里斯克①也能够饱含敌意吗？

140　我们谴责安东尼，他还在研磨刀剑，

当一个诚实②的敌人前来夺去我们的王冠时，

我们亲吻那个相信智慧和美德的人，

那个不会假意为友的人，不是敌人。

145　我们震怒！复仇和怒火纠缠着我们的心！

泪水蒸发了胸中热火，③激情软化了伤痛，

昏厥的微痛战胜了力量！

因为我不能料理身后事，请将我草草下葬。

阿西比乌斯

我全身颤抖，我浑身僵硬！是我的耳朵欺骗了我吗？

150　我在做梦吗？我是听了一个笑话吗？我失去听觉了吗？

我该相信陛下为我们发现的罪行，

———————————

①　巴西里斯克（Basilisk）是一种蛇形神话动物，传说中它的毒液、气息和凝视都是致命的。

②　根据克里奥帕特拉说的话，此处的"诚实"是指敌人不会像安东尼那样阴险地扮演朋友的角色。

③　指克里奥帕特拉对安东尼的爱恋之情。

但不犯下罪孽吗?

克里奥帕特拉

令人失望的谋臣!

有什么双刃剑能和你们的舌头相比吗?

从未有哪一把敌人的剑将我们的心穿得如此之深,

像这次阴险的谋杀袭击我们的活力和精神一般。 155

凯撒里昂

谁建议了这一行动?

克里奥帕特拉

屋大维渴望我的王国,他们甚至会交出我的性命。

阿西比乌斯

谁知道,安东尼是否放弃了这一念头呢?

克里奥帕特拉

他这样秘密背着我们,谁还会怀疑呢?

凯撒里昂

人们常常为一些与自己无关的秘事烦忧。 160

克里奥帕特拉

他为了利益接受了谋害我们的建议。

阿西比乌斯

人们常常通过伪装来躲过阴谋。①

克里奥帕特拉

蛇总是在控诉人面前堵住自己的耳朵。

凯撒里昂

国家②往往要求我们做得更多。③

---

① 此处阿西比乌斯意为,安东尼可能只是表面上迎合了屋大维的提议,实际目的只是想更多地了解对手的作战计划。

② 此处的"国家"更多强调的是国家利益至上(Staatsräson)的概念。

③ 指执政者在国家行动上要超越日常智慧,要有更多思辨。

克里奥帕特拉

165   国家拒绝我们聆听伪善者之言。

阿西比乌斯

   是谁用这消息使尊贵的陛下烦忧？

克里奥帕特拉

   是我自己隔墙的耳朵听见的，

   当他们为我们的火灾火上浇油时。

凯撒里昂

   安提勒斯也在此期间发言了吗？

克里奥帕特拉

170   谁会怀疑？这个继子怨恨我，

   并从灵魂上亲吻与他订婚的美丽的朱莉①的人，

   他应该要重新追求功业。

   我在何处？上天帮助我吧！请给我愤怒和复仇之心，

   我将用斟满毒液的水晶杯和鲜血制成我那夫君的紫衣，

175   他每一处血管里都不再蕴含着对我的爱意！

   有谁！能为我带来刀剑？

凯撒里昂

   母亲大人，一把剑，不能达到目的：

   愤怒的面容必须降下它猛烈的船帆，

   不要径直对抗那猛烈的狂风。

180   人们易躲避露出水面的礁石，

   而当它被水流遮蔽时，它会径直将我们撞向深渊。

---

① 朱莉是屋大维的女儿。

阿西比乌斯

　　是葡萄酒,而非苦艾酒①会用致死的毒药调味,

　　因此,尊贵的陛下,您务必使面庞的怒火风暴

　　转为温柔的西风。在没有武器之地,

　　激情除了使我们自取灭亡外,毫无裨益。　　　　　　185

克里奥帕特拉

　　他会行凶,我们只能抢先将手臂用

　　敌人的鲜血染红。

凯撒里昂

　　　　　　　　若我们能毫发未损地击败敌人,

　　这会给我们带来更多的声誉与乐趣。

阿西比乌斯

　　我们应为如此恶毒地憎恨我们的人混制毒药。

凯撒里昂

　　毒药对我们来说过于黑暗。　　　　　　　　　　　190

　　用毒药也不能统统将所有罗马人处决。

　　因为就我们的不幸而言,

　　他们所有人都同样对我们怀恨在心,别无二致。

阿西比乌斯

　　　　　　　　　　　　　　毒药和药膏都无力治愈。

　　若我们与屋大维结盟,

　　可能不会比与安东尼结盟更令人烦忧。　　　　　　195

　　我们与之签订和平协约,

　　给予他所要求的,也应能击退安东尼,

---

　　①　苦艾酒因其浓烈的苦味不适合制成毒酒,相反葡萄酒因其味美更适合投毒。

使他的王族倾覆,我们则能保全埃及。

凯撒里昂

那么我凯撒里昂,一个极其憎恶暴怒皇帝之人,

200　便是埃及的赎金和你们的牺牲品,

由我来恳求屋大维。

阿西比乌斯

是什么能刺激他向你倾泻他的复仇欲火?

凯撒里昂

他不像我一样,是凯撒真正的儿子。①

阿西比乌斯

但这没有遗产的纷争。

凯撒里昂

恐惧早已动摇了王座。

阿西比乌斯

205　没有消除猜忌的火种之处,就必然留下了猜忌。

凯撒里昂

难道他没有让奥庇乌斯②撰写一整本书,

来欺骗罗马人,

称我不是凯撒的儿子吗?

克里奥帕特拉

毫无人性的动物!

难道你想将自然、血缘、儿子、父亲和母亲分开吗?

———————————

① ［译注］此处凯撒里昂意指屋大维仅是凯撒义子,而自己是凯撒与克里奥帕特拉的亲生子。

② 盖乌斯·奥庇乌斯(Gaius Oppius)曾是凯撒的密友,在他的一本书中,他曾否认凯撒里昂与凯撒有父子关系。但此书是否由屋大维委托撰写,史料中并未记载。

　　　　人们无法从凯撒的面容上切割出更相似的面庞了，　　　　　210

　　　　就算是陌生人也能认出你是凯撒的儿子。

凯撒里昂

　　　　正是这真相啃噬着他的心，

　　　　也是这真相想要将我埋葬进尘土之中。

　　　　因为统治者想要更多的奴仆，而非更多的血亲。

阿西比乌斯

　　　　我们可以将你也纳入和平协定中。　　　　　　　　　　215

凯撒里昂

　　　　白费力气。

阿西比乌斯

　　　　　　　　屋大维不会如此不宽容。

凯撒里昂

　　　　谁能给我保证？

克里奥帕特拉

　　　　　　　　　　请你读读这皇帝的笔迹。

　　　　他给了我们驱赶使我们坠入深渊的

　　　　苦难的办法。

阿西比乌斯

　　　　　　　　这真是出于屋大维之手吗？

克里奥帕特拉

　　　　你难道不认识屋大维的徽章与字迹吗？　　　　　　　　220

阿西比乌斯

　　　　是什么阻止了您屈从于他呢？

克里奥帕特拉

　　　　因进行谋杀、通过丈夫之死

　　　　换取宝座和王国并非君王之态。

阿西比乌斯

　　但现在安东尼做的恶行，

225　　　同样使您憎恶。

克里奥帕特拉

　　　　　当我们承受不义时，

　　它带来的荣誉比行不义之事要多，

阿西比乌斯

　　　　　　　　　这只是愚人之言：

　　人应径直奔进灾祸中，使自己的忠诚光彩夺目。

　　即使克里奥帕特拉不做屋大维所要求之事，

　　安东尼也会行动。我们最好抢先于他，

230　　在他用可怖的手段对付我们之前。

　　在眼睛、脸色和嘴宣告袭击之前，

　　一颗封闭的心往往不足以将其隐藏。

克里奥帕特拉

　　现世和后世的人会诽谤我们吗？

阿西比乌斯

　　人们总将微不足道的事与良心挂钩。

克里奥帕特拉

235　　我通过誓言、婚姻和手使我的心与他相连。

阿西比乌斯

　　人会违背法律，伤害血亲，

　　在事关权杖之时。

克里奥帕特拉

　　　　　我们应通过恶行

　　来建造我们的福祉、王国与命运吗？我的儿子有什么建议？

阿西比乌斯

　　他耸了耸肩,赞同我的提议。

　　那么就让安东尼去死吧。　　　　　　　　　　240

克里奥帕特拉

　　　　　　　　因为他不得不死。

阿西比乌斯

　　上天会帮助您。

克里奥帕特拉

　　　　　　唉! 上天会诅咒我们。

斯达

　　尊贵的陛下,安东尼正要来探望您。

阿西比乌斯

　　请您鼓起勇气! 但在言语和神情上务必注意。

克里奥帕特拉

　　好吧! 你们离开到前厅去。令人惊愕的悲伤的夜晚啊!

　　当君主快到来时,把孩子们也带到房间里来。　　　245

　　就说,我们刚刚睡醒。①

人物:安东尼、克里奥帕特拉、托勒密、亚历山大、小克里奥帕特拉、一位军官

提要:克里奥帕特拉带着自己与安东尼的儿女与安东尼见面,痛诉悲叹命运,为儿女的将来担忧,触动了安东尼的私情,安东尼因而拒绝了屋大维提出的所有和解条件,并下令处死了阿塔巴契斯国王。克里奥帕特拉独自思索,最终决定在自己的墓穴中假死,利用自己的死来使安东尼自杀。

---

　　①　[译注]此为克里奥帕特拉的计谋,隐瞒自己与谋臣讨论之事,并打算利用儿女勾起安东尼的情感。

安东尼

正如当沉沉黑夜中那

昏暗的晨曦如今覆盖了蓝色的丘陵，

舔舐植物上露水的蜗牛几乎

获得了新的精神：你，伊西斯

250　也应用你的隽美露水给予我们新的灵魂，

在太阳与忧愁的炎炎热度折磨我们之时。

一个吻，一句安慰的话对于我受尽折磨的心

是一阵使人重振精神的风。

克里奥帕特拉

医者不能始终通过星宿

或通过面容来诊断病情，

255　患者必须发现使他刺痛的患处。

我或可成为病患的提神之物，但他未发现

他苦痛的根源。人们不让我们知道，

屋大维想要什么，谋臣们又做了何种决断。

人们不仅不让我克里奥帕特拉参与谋划，

260　还把从我们人民中选出的谋臣①排除在外。

埃及还有什么可希冀的呢？

如今议事者也不再听便女王之命。如今连议事也不再让女王参与。

我尤回忆起过去可爱的岁月：未经我克里奥帕特拉签署的东西，

就不具有法律效力，

265　我的君王的心随着我的双手悠荡，

没有我安东尼就失魂落魄般活着。

---

① 指克里奥帕特拉的密臣阿西比乌斯与她的儿子凯撒里昂，二人没有参与安东尼方与屋大维使臣普罗库勒尤斯的协商，也没有参与之后的密谈。

现在我们又是什么呢？一滴从我们二人中来的香油①

或许能为我们的伤口抚上有用的药膏。②

从中……③

安东尼

　　　　我最尊贵的殿下,唉！你这么愿意

让我们在如此痛苦的恐惧中使我们更加痛苦吗？　　　　　　270

不要将我看作小凯撒。④

你知道,我安东尼没有背着你做任何事,

今后也不会去做。但如今我们面临衰颓,

我们的心绪被非人地折磨,

人们尽可能地将其隐瞒,这难道应该是一种负担吗？　　　275

那么你是将杏仁当作蓟草收割。

聪明的医者常常向病人隐瞒他的伤口。

我的孩子,你如今已经承受太多的苦痛,

人们必须在新的苦痛上浇上糖衣,

这样你就不知新的苦痛了。我的首领:商议并非决议。　　　280

之前我们所考虑的,由你起决定性作用。

尼罗河所孕育之人,人们做决定时需要你在。

克里奥帕特拉

人们做了很多表面功夫。

---

① 指两人中一人的死亡。

② 指克里奥帕特拉与安东尼二人中一人的死会是另一个人的慰藉。亦指屋大维离间克里奥帕特拉与安东尼的计策。

③ 此处运用了中断(Aposiopesis)的手法,克里奥帕特拉的话被急于摆脱猜忌的安东尼打断。

④ 指第二个凯撒,即屋大维。指他不会像屋大维一样背信弃义和狡猾。

安东尼

　　　　　　　　当人们不能改变时。

在面对罗马人时，我们必须像罗马人一样伪饰自己。

285　所以我的心！请收回你错误的猜忌。

克里奥帕特拉

人们可以为浑浊的雾气轻易寻找到明朗的颜色。①

尽管如此，如今用爱和正直对君王

忠心耿耿的我，即使时间的海绵将我抹去，

在我的坟墓里我也能交付完美无瑕的灵魂。

290　但是，我的君王，屋大维的索求是什么？

安东尼

他要求交出阿塔巴契斯，和全部的埃及国土。

克里奥帕特拉

怎么做？难道我不也会被驱逐吗？

安东尼

上天不会允许如此猛烈的苦痛发生！

克里奥帕特拉

母狼罗马难道根本不能忍受和睦吗？

295　该死的暴怒！受诅咒的嗜杀！

尽管去掠夺陌生的国家，但不要把利爪

放在我们的胸膛上！你作何解释？

安东尼

只要我们愿给他两件东西。

克里奥帕特拉

谁愿交出这两样东西，谁就把第三样也给出去，

---

①　指人容易将坏事误解为好事。

我知道人们为了王位与权杖会做些什么，　　　　　　300

为此朱利乌斯毁了我们的婚姻和誓言。①

安东尼

复仇之剑早就预料到他的假誓。

克里奥帕特拉

荣誉与王座的欲望不会有远见。

我们在墓穴中相见，我们的宝座在废墟之中！

哦神啊！完了！我的君王，我的首领，我的生命！　　　305

我们安心了！他把我们当作祭品！

上天已经昭示了我们的结局，

因为在正午困意袭来时，

有一个梦已予以指示，正如蜘蛛在

我们的珊瑚红唇上辛勤劳作一般，　　　　　　310

它的毒液也能落入我们的杯具之中。

安东尼

　　　　　　　　　　啊！夫人，请拽住这毫无根据的愤怒的辔头。

难道一个骗人的梦如今应成为我们的判官吗？

难道我们的良知会因为毫无根据的猜疑

而失去它的荣誉与声望吗？

这猜忌的狂风要将你吹向何方？　　　　　　315

尊贵的陛下，我承认，人们曾打算让我

抛弃你，我的慰藉，我的光，而去选择奥克塔维亚。②

---

① 史书中未有相关对凯撒的记载。此处运用了同义重叠（Hendiadyoin）的修辞，两个词"婚姻"与"誓言"指向同一涵义"婚约"。

② 屋大维派普罗库勒尤斯前来和谈的条件之一，是让安东尼重新接受奥克塔维亚。

但我安东尼又何时赞赏过这一建议？

浪花徒劳地击打在陡峭的岩石上。

320 我全心全意地将毒酒杯①搁置一旁，

只有荣誉的欲望才会为它而称赞我们。

克里奥帕特拉

这是那群人的建议，

那群心中流着胆汁、紫衣下藏着匕首的人。

安东尼

我看出你意有所指。你也许知道，

由猜疑带来世上的建议，

325 往往越过边界。但它不一定给人带来刺痛，

常因特定情况被人误解为恶意，

远远超出制定它或诅咒它的人的预想。

克里奥帕特拉

你们这些源自树根的嫩枝，

你们这些在岁月间由我们的婚姻孕育而成的蓓蕾，

330 如今将我们从这不幸的境遇中拯救出来吧，

可爱的孩子们，跪下吧，扑向父亲的臂弯里；

亲吻他的脚：让他怜惜你们的母亲。

迷人的安东尼！当我们、

我的命运和性命给你带来痛苦，

---

① 这里安东尼提及"毒酒杯"只是一个比喻，用来指代让他与克里奥帕特拉决裂、与奥克塔维亚结合的建议，这是他的谋臣在第一幕中出于国家理性的考虑向他提出的。而在之后克里奥帕特拉的回话中，克里奥帕特拉将"毒酒杯"直指她所偷听到、谋臣凯利乌斯、朱利乌斯、坎尼迪乌斯及安提勒斯在密探中的计划，即用毒酒秘密害死克里奥帕特拉。安东尼对谈话的转折感到惊讶并察觉，克里奥帕特拉所知晓的比他预想中的多。

当我们的心伤苦痛无法使你感化， 335

当你，我的心肝，不再愿意凝望我们，

当冰冷的胸膛和尚存温热的灵魂

不再在心上燃烧火焰，

当君王已对过去的情致感到厌倦，

当你，我的君王，不再爱慕我衰老的容颜， 340

不再亲吻我苍白的嘴唇，不再喜爱我黯淡的双眸，

当你听见我的叹息只会因此而烦闷，

那么请你将孩子的请求和眼泪放在心上吧，

他们由我艰难孕育，

却尚不知他们的命运如何， 345

因为他们的母亲如今必须要结束她的性命。

但是，不必为了我克里奥帕特拉去做任何事，

我本就终究想要在棺材与墓穴中安息。

唉！但这些没有母亲的孩子们！

他们有何希冀？啊！牢狱、侮辱和镣铐。 350

因为这暴风不会爱惜这摇摇欲坠的树枝，

暴风会将破损的树干连根拔起。

为了你，我的丈夫，我的君王，啊！愿我们的死

能让你赢得整个亚洲和埃及王国的宝座！

我们的血管里流淌着的忠诚比血液还要多。 355

我裸露的胸脯隆起，毒药、刀剑和炭火在何处？

我温热的嘴唇颤抖，勇敢地准备迎接匕首的亲吻，

若它能结果我的性命而赐予你宝座。

只要，我珍贵的首领，不要用虚假的污点

来玷污我忠诚的棕榈。毒蛇般的妒忌 360

环绕在所有美德周围。我请求你，不要相信

那些妄图通过诽谤来损害我声誉的人。

那些叛徒对我克里奥帕特拉充满怨怼,视我为仇敌,

但我自知我清白而虔诚。我为此而恸哭:

365　　人们抢走了她柏树①上的月桂果,②

且你安东尼如此相信皇帝的话,

那个虽然赐你王冠却给你镣铐的人。

他的善良远比他的暴戾使人心忧。③

我的宝贝,逃吧,远离那孵化毒蛇的杂草,

370　　不要再沉溺于享受那过甜的乳汁,

因为屋大维会向你们注入毒药。

我请求你,消除口渴,在浑浊的小水潭

尚未被诡计破坏之前。蜜蜂的蜂窝

带给我们刺痛。星星的背部④服务于

375　　异教徒,用以隐藏他们的蛇腹,

那海妖的尾巴也被胸脯掩盖。⑤

小克里奥帕特拉

主人,父亲,首领和保护者,我们献上我们的眼泪,

我们没有别的武器来保卫自己,

我们匍匐在您的脚边,亲吻您的膝盖和双手,

---

①　柏树是死亡的象征。

②　象征荣誉与声誉。此句意为在她死后还要玷污她的清誉。

③　指屋大维阴险伪装出的善良比他公然展现出暴戾要更加危险。

④　指星蜥,它的背部有星星状的斑点,自古代起,人们常认为蜥蜴如同蛇一样是有毒的。在譬喻中常作为虚伪的象征。

⑤　在古代,人们想象在海上存在海妖,用歌声诱惑水手,进而将他们杀害并吞食。

请您不要将我们送进坟墓。　　　　　　　　　　　　380

亚历山大

请您不要手握罗马的剑。

托勒密

请您不要将母亲驱逐至悲伤之境。

亚历山大

人们可让我戴上头盔、盾牌和盔甲。

来看看,一个孩子是否也能勇敢地战斗。

托勒密

我愿对着皇帝的胸膛拔出刀剑。　　　　　　　　　385

安东尼

哦我的孩子们,时间会赠予你们许多力量,

上天会赐予你们诸多美德。

看看小克里奥帕特拉这月亮的化身,①

太阳的化身在亚历山大身上闪耀,②

托勒密则胜过了北极星的光芒。　　　　　　　　390

这国家的保护者啊,众神啊,怎能让这一切发生:

我不能看到这星星黯淡无光!

北极星会偏离它的轨道,

在我对我的心、我的首领的爱有一丝一毫地偏离边界之前。

但我们承认:　　　　　　　　　　　　　　　　　395

阿谀奉承之人的磷火会指引我们一条错误的道路。

但你,我的光,我们时代的伊西斯,

能够通过你的智慧指引我们走向正道,

---

① 小克里奥帕特拉的别名是塞勒涅,与希腊神话中的月亮女神同名。

② 亚历山大的别名为赫利俄斯,希腊神话中的太阳神。

指引我们走向星路,永不犯错。

400　我们像往常一样朝拜她的神性,

它用万千喜悦照耀着国家、王座和我们。

我们对着创造了海洋和陆地的欧利西斯发誓,

对着掌管权杖的朱庇特发誓,

克里奥帕特拉被我们尊崇爱戴,

405　我们和我们的权力听命于克里奥帕特拉,

只要克洛托①没有剪断我们的命运纺线。

我们断然回绝皇帝的建议,

只要你平安无事,我愿和我的王国一齐

烟消云散,沦为废墟。

克里奥帕特拉

仁慈的上天啊,

410　请赐予这最尊贵的人以幸运和胜利吧,

连他自己的命运都要臣服于他!

我的首领、丈夫,但谁又能对这决定做出保证呢?

安东尼

普罗库勒尤斯将立即被直截了当地请回。

克里奥帕特拉

安东尼还可做一些事为我们带来安慰,给你带来福祉。

安东尼

415　我的宝贝,你有何发现?

克里奥帕特拉

让阿塔巴契斯的首级

偿还他对我们的不忠。

―――――――――

① 命运三女神之一,她为凡人纺织生命线并通过剪断纺线结束人的一生。

安东尼

　　甚好！你们尽可

　　看他像扬布里奇一般被处置的脑袋。

　　军官，你去立刻砍下阿塔巴契斯的头颅。

　　这场景也向敌人表示：

　　如今我安东尼尚能嘲讽皇帝。　　　　　　　　　　420

克里奥帕特拉

　　我的君王，此人的首级能触动米底人的首领，

　　为我们的王国和命运披上盔甲，

　　直至今天他们始终拒绝援助，

　　因为他们始终要求此人的头颅，

　　这个欺骗了他们和我们的人。　　　　　　　　　425

安东尼

　　　　　　　　　　让这个叛徒受难吧！

　　我们走吧，以便稍后宣告消息。

克里奥帕特拉(独自一人)

　　哦这悲惨世界的漩涡纷扰的大海啊！

　　船帆紧拉，渔网密布，

　　引领我们入海港，引他至圈套和坟墓。

　　月桂树总是装点聪明的女人，　　　　　　　　430

　　男人的智慧往往行不通！

　　瞧瞧，爱情之锚如今停驻何处，

　　它已被诽谤之风吹到流沙之上。

　　遮挡了我们的光明的浓雾要去向何处？

　　理性之光驱散这虚无的混沌。　　　　　　　　435

　　安东尼为了一个女人交出了宝座与王冠。

　　但我们扬帆去向何方？幸福和时间都将烟消云散吗？

一个聪慧的水手必须利用天气。

安东尼现在虽已被我的魅力降服，

440　并被美貌的诱惑哄骗，

但西风难道不会即将变成一阵暴风吗？

一颗变幻无常的动荡的心就像马匹，

在来回变动的缰绳的驾驭下左右踟蹰。

在头两个小时荣誉之心尚被深深掩埋，

445　在欧若拉①亲吻昏暗的浪潮前，

在他的脑海里便可能注入更大的幻想。

即使是用甜美的奶水养大的毒蛇，

人们也定不会将它抱在怀里。

人必须将这由诽谤之箭而来的中毒创口、

450　这猜忌的伤口通过这样的药膏治愈：②

这样人们就看不到任何的伤疤与痕迹。

因为此人不再值得信任，他亦不再信任我们。

恩宠、爱情、友谊就像精致的水晶，

未经人工雕琢，瞬息毁于一旦，

455　谅解有时可平息伤口，抑止鲜血，

但伤口会猛然裂开，消磨那在心间流淌的胆汁和血液，

人们抽干沼泽与浅洼，

微微细雨便能使它们再度湿润。

为了王座与权杖，有什么我们不可收买？

---

①　罗马神话中的曙光女神。

②　通过屋大维的离间计与安东尼谏臣杀死克里奥帕特拉的建议，安东尼与克里奥帕特拉的关系已不可挽回，只有极端的方法才能解决这一困境，即安东尼的死。安东尼的死即这里所指的"药膏"。

克里奥帕特拉,你必须请求援助与救赎,　　　　　　　　　460

将你着火的船只停靠在皇帝仁慈的港口。

我将皇帝之手、①埃及的康宁握在这手中。

这徽章、这字迹必是我们的指路明星。

安东尼,通过你的死我们才能驶进港湾!

但我们如何操控这船舵?　　　　　　　　　　　465

若秘密地将毒药与匕首注入他的胸膛,

必致恶名,且行动危险。

要拯救我们的家族、托勒密的宝座

须有更好的主意。安东尼如今在爱情中

被盲目的情欲驱动至最高点,　　　　　　　　470

它会按照我的想法将他轻易推下

绝望的山崖,我愿这样做,

我假装自己将生命之线剪碎,

爱意和痛苦将化作暴风将他击倒,

这样他生命船帆的桅杆亦倒向　　　　　　　　475

死亡之海。因为对于一个使朱利乌斯匍匐于脚下的女人,

要通过甜美的爱情魅力使屋大维臣服,

这技艺并非难事。

只需鼓起勇气! 幸福在闪烁,昭示好运之风吹拂,

伊西斯亦在雾霭之中依稀可见。　　　　　　　480

---

① 双重含义,既指皇帝的援助之手,也寓意屋大维交予克里奥帕特拉的亲
笔手信。

（议事厅）

人物：普罗库勒尤斯、阿西比乌斯

提要：阿西比乌斯代表安东尼与普罗库勒尤斯会面，以安东尼的名义拒绝了屋大维方的和解要求，并展示阿塔巴契斯的尸身，宣告谈判的破裂。

普罗库勒尤斯

　　安东尼将皇帝的恩惠与福祉这样弃之不顾？

阿西比乌斯

　　安东尼愿屋大维有平和的心绪。

普罗库勒尤斯

　　皇帝难道没有向他提议合约与和平吗？

阿西比乌斯

　　是啊和平！这和平无人称颂，亦无人赞许。

普罗库勒尤斯

485　　这么多国家都不值得收下吗？

阿西比乌斯

　　不！难道是这些向我们播撒危险与不幸的国家吗？

普罗库勒尤斯

　　从我们的恩惠中流淌出来的有何不幸与危险？

阿西比乌斯

　　正义之神的愤怒，①爱人②的灵柩。

---

①　指埃及众神，他们肯定对企图谋杀伊西斯在人世化身的克里奥帕特拉的计策感到震怒。

②　此处是从安东尼的视角考虑。

普罗库勒尤斯

一个女人①为国家而死,她不会没有声望与名誉。

阿西比乌斯

提出杀死王侯之人,满口罪恶之言。　　　　　　490

普罗库勒尤斯

最高的法则乃是一个国家的福祉。

阿西比乌斯

为了王座你们的良心与伴侣都可出卖。

普罗库勒尤斯

安东尼早已将伴侣与良心拆分。②

阿西比乌斯

婚姻按照你们的法律本就有权被拆散。

普罗库勒尤斯

改变你们僵硬的思想,屈从于命运吧。　　　　　　495

阿西比乌斯

弓弦会断裂,若人们张弓过紧。

普罗库勒尤斯

给你们宝座、王冠与权杖之人亦紧绷吗?

阿西比乌斯

这会带走,比王座与权杖更深爱的东西。

普罗库勒尤斯

将王冠给一个女人,无异于用黄金换了钢铁。

阿西比乌斯

为情欲选择忠诚之人,不会做出坏的决定。　　　　　　500

————————————

① 指代索福尼斯巴的典故。

② 指安东尼曾向奥克塔维亚寄去休书,乃不义之举。

普罗库勒尤斯

　　但此人却为了情欲葬送了王座,丢失了智慧。

阿西比乌斯

　　并非所有星球都受太阳青睐。

普罗库勒尤斯

　　相信吧:克里奥帕特拉亦非毫无污点。

阿西比乌斯

　　人们将地球的阴影归为月亮。①

普罗库勒尤斯

505　　我从这个海伦②中预见新的特洛伊之城在燃烧。

阿西比乌斯

　　让它燃烧吧! 人们只知标榜赫克托耳③的声望。

普罗库勒尤斯

　　在帕里斯破坏了誓约、婚姻与正义时,④特洛伊开始燃烧。

阿西比乌斯

　　复仇之剑未能宽恕阿伽门农。⑤

普罗库勒尤斯

　　但众神会爱惜皇帝的温和。

阿西比乌斯

510　　暴力从未能稳坐鲜血四溅的王座。

----

　　①　意为月球上的斑点实际上只是地球投射的阴影。
　　②　海伦与帕里斯在此作为克里奥帕特拉与安东尼的譬喻。
　　③　普里阿摩斯之子,特洛伊王子,帕里斯的哥哥,领导特洛伊部队与希腊作战,是特洛伊第一勇士。后被阿喀琉斯打败。
　　④　指帕里斯引诱了斯巴达国王墨涅拉俄斯的妻子海伦。此处隐射安东尼违背了婚姻誓言,休了奥克塔维亚。
　　⑤　因受到站在特洛伊一方的爱神阿芙洛狄忒的报复,阿伽门农在特洛伊战争结束凯旋后,被妻子克吕泰斯特拉及其情人埃奎斯托斯杀害。

普罗库勒尤斯

　　哪一件皇袍没有溅上敌人的鲜血?

阿西比乌斯

　　好! 难道它的箭镞还要对准友人和平民吗?

普罗库勒尤斯

　　人们砍下四肢,在躯体死亡之前。

　　你们急急忙忙奔进堕落的深渊。

　　污浊的淫欲使你们脸色阴沉, 515

　　以至于你们看不见王冠的黄金与智慧那

　　钻石般的亮光。但对于为自己的墓穴运沙、

　　为焚烧自己的火焰搬木之人,已无可叹惜。

阿西比乌斯

　　你们为我们的命运操心,

　　但相信吧,你们休想用花言巧语哄骗我们。 520

　　须知,安东尼一丝一毫不会改变他的主意。

　　他给不了克里奥帕特拉任何国家,

　　除了埃及,这个他无法离去的国度。

普罗库勒尤斯

　　安东尼是被翁法勒诱惑的赫拉克勒斯,

　　这与草药有关,他定是为爱情迷药 525

　　所迷惑,他给自己招来

　　这样的汤药,无法使用自己的理智,

　　在纵情欢乐中让智慧抽完吸尽。

　　确凿无疑! 扫帚星在安东尼身上

　　唤醒了许多沉睡的缺陷。在罗马和雅典, 530

　　数以百计的女人都胜过他那棕皮肤的女人,

　　她们心怀渴望地看着他,愿臣服于他。

有多少女王力求通过自己的美貌

引诱他,成为他的情妇?

535 现在他沦为奴隶,属于那个仅通过浮华的装扮

遮掩自己丑陋的女人,她把自己扮成维纳斯,①

使他成为伏尔肯,在白日吹熄了火烛,②

在一勺美酒③中葬送了整个王国。

阿西比乌斯

正如狗妒忌地对着星辰与美德狂吠,

540 你的亵渎也对她损伤甚微。

普罗库勒尤斯

尽管一意孤行吧! 如今你们彻底地盲目溺水。

阿西比乌斯

一个严厉的敌人尚有所图,一个圆滑的敌人无所希冀。

普罗库勒尤斯

有雄狮利爪④之人,无需狐狸皮。⑤

你们认为,你们的城会使罗马的军队不安?

545 一定不会! 地球为之转动的那人,

不会让亚历山大城获胜。

阿西比乌斯

尽管说你们想说的,并吹嘘一个人能吹嘘的,

———————————————

① 指安东尼与克里奥帕特拉在塔尔苏斯的第一次会面,克里奥帕特拉乘坐金色大船,扮作维纳斯,迷住了安东尼。

② 暗示安东尼被克里奥帕特拉美色诱惑,白日宣淫,纵情声色。

③ 此处指代了古文献中记载的有关古埃及宫廷豪华生活的轶事:克里奥帕特拉曾给安东尼留下深刻的印象,将价值数百万古罗马货币的珍珠放在醋里溶解并饮尽。

④ 雄狮利爪是权力的象征。

⑤ 狐狸皮是诡计的隐喻。

一个被坚定的敌人紧迫地攻击的人。

你们无法由此从我们手中夺下刀剑；

聪明之人不会被敌人的建议迷惑，550

他对敌人的目标之地背过身去，

只因船掉转向海岸航行。

尽管笔直的航线会使路程缩短；

但不愿使桅杆在海难中捣毁之人，

谨慎驾驶,来回纵横交错地航行，555

常向反方向驾驶,并用测锤探测海洋,

以便他能察觉礁石。① 你们也应是如此。

我们却必须使你们的指南针偏移。

普罗库勒尤斯

谁? 引你们去往太阳与幸福苏醒之地的人?

阿西比乌斯

不! 磁石将我们引向不幸的午夜。560

普罗库勒尤斯

在你们悔恨自己的决定时为时已晚。

但你们仍不愿释放

那个安东尼曾许诺我们要交出的人吗?

阿西比乌斯

你们是指阿塔巴契斯? 他已经在房间里。

把盖布揭开。② 在此他能使你们满意。565

---

① 这一航海者的比喻指代了现实情况,即屋大维保险起见未立即进攻,而是通过阴险的和谈导致内讧,争取更多的时间。

② ［译注］此处指阿塔巴契斯的尸体藏于房间中,掩盖于盖布之下。阿西比乌斯此时揭开盖布,宣告了阿塔巴契斯的死亡与谈判的决裂。

普罗库勒尤斯

上天庇佑！这是什么？为何？为何仍未至闪电，

将这该死的城市消灭为灰烬！

为何炽火与硫黄仍未将这罪恶之国洗涤！

你们怎么突然这样？你们还尚存理智吗？

570　为何？提西福涅①在你们这找到地盘了吗？

深渊②还未打开，将你们这些凶手吞下吗？

你们这些从幼时起就被巨龙毒液滋养的人？

为何？我在做梦吗？我看清了吗？这是阿塔巴契斯的尸身吗？

阿西比乌斯

你无需怀疑。

普罗库勒尤斯

惊愕的月亮,退去吧,

575　勿让这暴行玷污了你皎洁的银色！

你们这些凶手,你们把国王的头藏匿在何处？

阿西比乌斯

你们罗马人,从未放过喷溅任何一个王侯的鲜血,

使每一片水域浑浊不堪,你们却如此激动,

当你们看到叛徒的鲜血流淌在地上？

580　你们要求,他的头要安在躯干上。

那你们必须从米底人那里取回剩余的部分了。

普罗库勒尤斯

上天庇佑！是安东尼指示了这一恶行吗？

---

①　复仇三女神之一,她主要追杀谋杀者,尤其是血亲相残的凶手,并将凶手逼疯以示惩罚。

②　这里指冥界、地狱。

阿西比乌斯

正是。但你们却无法弥补任何损失，

安东尼从屋大维那里损失了扬布里奇，

他的首级供你们取乐，　　　　　　　　　　　585

我们在香膏中祭奠和爱戴它。

普罗库勒尤斯

好！愿惩罚对你们尽情讥笑、发怒、调教你们吧！

须知:皇帝的剑一定对此复仇到底。

人物:安东尼、阿西比乌斯、安提勒斯

提要:安东尼想要通过阿西比乌斯劝说克里奥帕特拉离开亚历山大城，带着所有财宝与他一起逃向西班牙，阿西比乌斯称克里奥帕特拉绝不愿离开埃及。这时安提勒斯前来报道说,凯利乌斯已带着所有舰队投奔了屋大维。

安东尼

阿西比乌斯,你已将使臣遣送,

如你所受命一般。和平的希望　　　　　　　　590

如今已烟消云散,皇帝的心胸

已满腔怒火。如今克里奥帕特拉的兴致

也在两具国王的尸体上得到了满足。

但我们如何实现我们的目标,

以至屋大维的攻打无法成真且难以实现?　　　595

确凿无疑的是,一支新晋的军队

随着阿格里帕已抵达皇帝的军营。

若我们继续等待,直至从海上撤离的

航线都被堵住,那我们便无法逃脱

600 　　镣铐的劳累。既然你们拥有王后的决议，

　　　　这个以聪明与善良著称的女人，

　　　　请你们成功劝说她应该做的事，

　　　　整个埃及的财宝在今夜尚能

　　　　以最秘密的方式被运送至船上，

605 　　我们乘顺风航行，

　　　　直至塞多留呼唤我们的地方。当这一切发生时，

　　　　人们使亚历山大城燃起熊熊大火，

　　　　而屋大维战胜的不过是一堆灰烬。

阿西比乌斯

　　　　伟大的君主，我早已劝说过她。

610 　　然而她用泪水浸湿了自己的双颊，

　　　　在她的祖国、父母安葬之处，

　　　　她愿在此死亡。

安东尼

　　　　　　　　祖国的空气是美好的，

　　　　只要幸福使它甜美，

　　　　自由予其抚慰。埃及如今却

615 　　失去了上天的恩惠、大地的丰饶，

　　　　因为罗马如蝗虫般收割下它所有的果实，

　　　　奴役使尼罗河变得如苦艾酒一般苦涩，

　　　　屋大维摧毁了那眷顾托勒密一族的庙宇，

　　　　并且，如他所闻名的，他强制埃及众神，

620 　　却迫使我们接受他作为一个神。

阿西比乌斯

　　　　您一番话有理有据。我愿尽力争取您想实现的。

　　　　但她如此厌恶海上撤退，

自从亚克兴海战一役失败，

她便称水上航行为智者的愚笨、　　　　　　　　　　625

船只的灭亡之夜与提丰①幻影的海洋。

安东尼

　　　　　　　　　　但在这里敌人的血盆大口

会不止一次地包围我们。

你去尽力尝试吧。因为这关系到我们的福祉与安宁。

安提勒斯

父亲,凯利乌斯携带了

大量船只从我们的港口逃向屋大维。　　　　　　　　630

从那背对着太阳的港口。② 在另一个港口

我和坎尼迪乌斯阻止了类似的恶端,

砍下了那些可疑之人的首级。

安东尼

　　　　　　　悲惨的境遇!

如今叛徒也向着我磨砺武器了吗?　　　　　　　　635

该死的凯利乌斯! 啊! 不知感激! 我曾给你的

除了你应得的,再无其他,你还想要得到什么?

然而背叛从未达到它所希冀的目的!

你会成为皇帝的眼中刺,

罗马痛斥你的行径,后世会唾弃你。　　　　　　640

此时用我们的船只逃脱的打算,

啊! 遗憾! 也付诸东流。

狂怒的不幸用多么强硬的铁掌

─────────────

① 希腊神话中象征风暴的妖魔巨人,有一百个龙头。

② 指亚历山大港口东部的防御部分,通过法洛斯岛与西坝相隔。

将我们袭击！上天取走了我们

645　用以区分忠诚、欺骗与诡计的理智，

因为厄运决心砍下我们的首级，

混淆了我们的判断力。走吧，我的儿子，接下所有的工作，

因为我无法再理性地安排。

凯撒里昂也能够聪明地准备部署。

650　但愿阿西比乌斯能守护第一道港口。

（风景宜人的群山）

人物：墨丘利、帕里斯、帕拉斯、维纳斯

提要：本幕合唱介绍了帕里斯与金苹果之争的故事，帕里斯作为判定朱诺、帕拉斯①与维纳斯美貌的判官，他放弃了允诺权杖的朱诺和允诺美德的帕拉斯，最终将金苹果赐予代表爱情的维纳斯。此处的帕里斯选择了代表爱情的维纳斯，影射安东尼为了克里奥帕特拉放弃了国家。

墨丘利

最尊贵的牧羊人，牧人的眼睛，

忒弥斯②用琼浆玉液哺乳之人，

看，用棕榈叶、③橄榄枝④与爱神木⑤织成

的花环盘绕着你。

---

①　即雅典娜。

②　忒弥斯是十二泰坦神之一，是正义女神与公正女神。此句意指帕里斯被自然赋予了公平与正义。

③　棕榈叶是胜利的标志，朱诺的象征。

④　橄榄枝是帕拉斯的象征。

⑤　爱神木是维纳斯的象征。

朱庇特的女儿①与妻子②必须　　　　　　　　　655

亲吻你被加冕的牧人杖。

在你的紫衣与围栏③成婚之前，

命运那钢铁般的决定

将你选为众神的法官，

看这美丽的珍宝！④　　　　　　　　　　　　660

你那纯粹公正的判决将此授予

三人中最美丽之人。

帕里斯

老天！我在何处？我成了石头！

难道我看见三个太阳在伊得山上升起？

但围绕那天空的却只有一个。　　　　　　　665

难道我看见众神的三叶草在此伫立？

我被他们选为评判天神的法官？

我怎敢平息众神间的争执，

我难道不是一个普通的牧者吗？　　　　　　670

我的双眼无法直视太阳，

更毋宁说看向天神。

愿我能再拥有两个苹果，

我愿将金苹果赐予每一位。

朱诺、帕拉斯、维纳斯

牧人，战争中唯有一方获胜。　　　　　　　675

---

① 朱庇特的女儿指帕拉斯与维纳斯。

② 朱庇特的妻子指朱诺。

③ 紫衣意指帕里斯出身王室家庭。围栏是牧民生活的常见意象。

④ 珍宝即指金苹果。

郁金香与玫瑰不甚相似，

钻石则为王室的宝石，

太阳使星光黯然失色。

你必须按照朱庇特的意愿

680　完成所希冀的要求。

帕里斯

好！我一介凡人罪不可赦，

竟对朱庇特严肃的请求充耳不闻，

但朱庇特也提点了我的愚蠢之念，

让我亦能辨识神明。

685　美丽的女神们，请靠近我吧，

若你们想获得胜利的桂冠与金苹果。

朱诺

天空与大地须点燃香火，

为我这个不缺装饰亦不缺崇高之人。

若能找到比我更美的人，

690　朱庇特便不会娶我为妻。

你若不愿指责朱庇特的错误，

便将我选为最美丽之人。

帕拉斯

傲慢与淫欲①是青年的瘟疫。

这是你们大加粉饰的光辉。

695　我却是神化的美德，②

能使众星之迹黯淡无光。

————————

①　傲慢指代朱诺。淫欲，指代维纳斯。

②　这里的美德并非指道德品质，而是军事上的杰出才能。

若你愿获得永世的美誉，

我必须作为最美之神获得金苹果。

维纳斯

桂冠布满荆棘，武器无比危险。

而我的殿堂却充满欢乐。 700

我偏爱的战争美妙无比，

杀死忧愁，鼓舞心胸。

那些人①喜欢举起权杖和武器，

这金苹果将赠予我这最美丽之人。

帕里斯

你们是上天之玫瑰，大地之星辰， 705

挑剔之人在你们身上也找不出任何缺点。

但想要按照头衔决定胜负之人，

请摘下你们外部的装饰。②

若人们想要区分珍珠与玻璃珠，

可从颜色与装扮上区分。 710

朱诺、帕拉斯

你敢于用你可朽的双眼

看我们赤裸的躯体吗?③

维纳斯

看！美丽女神脱下了衣服，

其他人需要它才能自我夸耀。

---

① 指朱诺和帕拉斯。

② 外部的装饰指衣服。

③ 在神话中，阿克泰翁(Aktaeon)无意中看到女神狄安娜沐浴，被罚变为牡鹿后死亡。

朱诺、帕拉斯

715　　不要害怕我们被遮蔽起来的瑕疵,

　　　看,我们同样愿意被发现。

帕拉斯

　　　你这蒙蔽诡计的有害的母亲,

　　　取下你这有魔力的腰带。①

维纳斯

　　　好!好!蓝眼睛的帕拉斯,

720　　莫让盔甲遮盖你的脸。②

帕里斯

　　　众神,请赐我阿耳戈斯③之眼,

　　　我才能履行法官的职责。

朱诺

　　　帕里斯,安提戈涅④的不幸

　　　与伊克西翁⑤永不停息的火轮教导着:

725　　曾经侮辱我的人,

　　　都受到我愤怒的闪电的伤害。

　　　但若你愿赐予我头衔,

　　　我会将整个亚洲的权杖赠予你。

---

　　①　维纳斯拥有一个宝腰带,使她充满魅力、令人倾倒。

　　②　维纳斯在此暗示,帕拉斯用盔甲遮挡了她的蓝眼睛,蓝眼睛本不符合美的标准中黑眼珠的要求。

　　③　古希腊神话中的百眼巨人,全身遍布一百只眼睛,可以看到四面八方。

　　④　拉俄墨冬之女,她曾宣称自己比朱诺(赫拉)还要漂亮而惨遭惩罚,最终变成一只鹳。

　　⑤　特萨利国王,曾追求朱诺,被驱逐并施以火轮之刑,在冥界永不停止转动。

帕拉斯

　　轻视阿波罗的艺术造诣

　　必须以迈达斯的耳朵为代价。① 　　　　　　　　　　730

　　那受人轻视的阿拉克妮②的织品，

　　能向你展示愤怒的帕拉斯的模样。

　　但若你将我称作美中绝美，

　　无尽的月桂将为你加冕。

维纳斯

　　不要转变心意，也不要屈从于你的才能。 　　　　　735

　　连朱庇特都要供奉于我。

　　难道普里阿摩斯的权杖不属于你吗?③

　　我们的爱神木远远胜过月桂枝。

　　赠予你的海伦的美丽光彩

　　将弥补你王冠与棕榈叶。 　　　　　　　　　　　740

帕里斯

　　最美丽的永远明亮的太阳，

　　请伸出大理石般的手臂。

　　维纳斯在三人中赢得了胜利。

　　请在我这里取走金苹果。

　　你姹紫嫣红的玫瑰已绝无仅有， 　　　　　　　　745

---

　　①　阿波罗在一场与牧神潘的音乐比赛中胜出，但在场的迈达斯国王却坚持认为牧神潘演奏更佳，阿波罗将其耳朵变成了驴耳。

　　②　阿拉克妮在吕底亚以纺织技艺高超而著名，挑起了一场与帕拉斯(雅典娜)的纺织比赛。当帕拉斯发现这位凡间女子的确技艺超出她时，她愤怒地撕毁了阿拉克妮的织品并用纺锤击打了她，最终将她变为了蜘蛛。

　　③　指帕里斯作为特洛伊国王之子，本就有王位继承，无需受到朱诺权力的诱惑。

其他的美丽不过是水仙与百合。

维纳斯

现在戴上花环吧,给获胜的女神戴上花环,

用月桂树枝给塞浦路斯人①的头发戴上花环!

为我建造一座香火缭绕、

750　高耸入天的祭坛!

将权杖与长矛粉碎!

愿胜利的维纳斯好运!

朱诺、帕拉斯

愚蠢的法官!神的叛徒!

你选择了刺眼的阴影而非光线?

755　你为了几片树叶就交出了果实?

相信吧,你的妄想不会损害我们分毫!

威严与美德如星辰般飞升,

在淫欲俯向大地之时。

朱诺

疯子!智者不会认为

760　千百个淫荡的妇女比权杖更有价值。

帕拉斯

谁愿相信充满魔力的喀耳刻,②

谁就会沦落为作孽的怪物。

朱诺、帕拉斯

你和你熊熊燃烧的特洛伊之城

---

①　维纳斯(阿芙洛狄忒)的别名,因美神降生在塞浦路斯岛。
②　在此帕拉斯将维纳斯与喀耳刻作比,在《奥德赛》故事中,喀耳刻曾将奥德修斯的船员们变成了猪。

将一定为你该死的鲁莽付出代价。

维纳斯

不！不！朱庇特强迫的爱，　　　　　　　　765
它能使苦艾酒变成蜂蜜，
爱情不应用如此苦涩的蛇毒滋养
带给他们月桂与棕榈之人。
全世界的糖对于女人而言
不过是糖衣炮弹伪装的厌恶与恐惧。　　　770

第三幕

（舞台展现了亚历山大城的伊西斯神庙以及与神庙相连的托勒密王室的墓穴。）

人物：克里奥帕特拉、查尔密姆

提要：克里奥帕特拉与查尔密姆在伊西斯神庙一旁的墓地会面，决定实施假死计划，从而让安东尼自杀，这样埃及或可依照屋大维的承诺得以保全。

克里奥帕特拉

亲爱的查尔密姆，我们所要完成的这件事情，

要求我们拜倒在塞拉匹斯足下，虔诚地膜拜他的雕像；

要求我们向这为三十位神永久不熄的火焰①中添入香火；

5　　要求我们用肉桂油染红他们的祭坛。

助我！即便是在困境中，虔诚也有帮手。

火焰越蹿越尖，如流金般燃烧。

上天似对我们不薄，众神也十分宽厚，

然而此神庙却无法于我们的事务有利。

10　　我们须得从此处下行，进入墓穴。

别害怕骨灰、灰烬和残骸，

---

①　关于燃烧的火焰，许多民族在其圣地里不仅维持长明的火焰，也会点燃祭品。埃及曾在地理上被划分为三十个地区，因而共计祭拜三十位神，每月的三十天也与此对应。

它们都是圣迹,是生者之光。

油膏阻止虫子在此处获得养分。

墓室中应当结出我的幸福之穗;

今夜应当有明日之星为我升起:　　　　　　　　15

就在我们此刻被哀叹环绕的地方,

希冀的欢愉之光会让我们神清气爽。

亲爱的查尔密姆,鼓起勇气!

我们已经看到预兆白昼的曙光!

查尔密姆

不安的女王陛下,这就是人生之路?　　　　　20

是抵御危险的港湾,我们期盼的落锚之处?

亡灵所在之处的恩典之门已为我们敞开?

这就是天堂? 纯粹欢愉的乐园?

您要将娇柔的身躯,雪花石膏般的乳房,

和血管中的紫色血液都献给阴间的幽灵吗?　　25

黑色的棺木要把我们从畏惧和害怕中解救?

您如此称赞的新道路,

绝没有玫瑰盛开! 而是满地草乌①。

克里奥帕特拉

不,亲爱的姑娘,不是这样!

有时云层给一方以有利的光芒,　　　　　　　30

却给另一方降下雷霆。

重病需下猛药。

你看,水从四面八方挤压而至,

第十场风暴就差没把我们击倒在地。

———————

① 乌头属,是一种有毒的植物。

是时候正确地掌舵了！①

35　　屋大维就在港口：他试图把他的宝座

建立在强大的安东尼的毁灭之上。

若这场风暴会将坚固的雪松②摧倒，

那它的倒塌也会击垮我这脆弱的枝杈。

因此是时候了：

40　　我们要远离那厄运已向其宣告最终判决的人。

尽管我们仍希望视其为与我结合之人，

并用我们的财产和鲜血为他筑造王位；

但毒药若已在心脏发作，

牛黄③也只会白白浪费。

45　　也别在死者身上浪费昂贵的珍珠饮品。④

这是皇帝的信⑤，它赠予我们生命，

只要我们将安东尼杀死献给他。

查尔密姆，这让我们内心沉重。

查尔密姆

啊！您是同星辰结合的灵魂，是智慧的明镜。

50　　谁若是在船毁时有能力从浪中逃脱，

而他却随旁人一起跳海，这便是愚蠢。

但是您如何从这个墓室中寻求帮助呢？

――――――――

①　这一番描述可能是受到寓意图的启发，寓意图中描绘了一艘在极度恶劣的暴风雨中遭受巨浪威胁的船。

②　雪松，在《圣经》中象征着强有力的统治。

③　牛黄，在哺乳动物的胃和其他内脏中形成的结石，常作为解毒剂使用。

④　珍珠饮品，即将珍珠溶化饮用，人们认为其有药用价值，可用来提神、解毒或者治疗严重的疾病。

⑤　屋大维给克里奥帕特拉写信，称只要女王杀了安东尼，埃及便可保全。

克里奥帕特拉

天真啊！你敢亲自动手杀死安东尼吗？

敢在清澈的葡萄酒中下毒,把酒染红吗?

你敢使用匕首吗? 55

不,查尔密姆,不行! 我们须得谨慎行事。

这有一条明智的建议:如你所知,爱人的生命,

比起对自身而言,于对方更为重要。

你也知道:正因爱情不加粉饰,

才让皮拉姆斯的胸膛没入提斯柏的刀尖。 60

我们也如此行事,在此处立起一块假墓碑,

相信可以见到安东尼自杀。

这样我心中便不再有负担,

可以用百合花的胸脯,丁香红的嘴唇来将屋大维诱惑。

查尔密姆

埃及的迷宫①将吞噬他的英名, 65

因为聪慧的女人们总能找到出口。

克里奥帕特拉

非常对! 因此你也要帮我,要机灵点。

因为于你无益无用的运气,它也不会助我。

但鉴于比起真相而言,假象更需要奢华炫目,闪闪发光,

所以你去找更多的姑娘来。 70

除此之外,我还有一件事要单独交代你:

当我沉睡的身躯如同死去时,

---

① 在海帕伊司托斯的祭司统治时期,埃及划分为 12 个部分,并立了 12 位国王。国王们相互结亲结友,决定共同做一番事业,于是共同修建了一座迷宫。迷宫有三千房间,分为地上地下两个部分,复杂程度甚至超过了金字塔。

直接去把我的假死当作真相告知安东尼。

去吧！你和我的得救就来自停尸床。

人物：埃及女王、查尔密姆、伊拉斯、伯利萨玛、斯达、萨拉波、巴比亚、埃及女王的侍女

提要：克里奥帕特拉决心实施假死计谋，她同自己的侍女告别，安排好自己的死亡仪式，随即饮下毒药。

克里奥帕特拉

75　　起来！克里奥帕特拉，振作智慧和精神！

　　　起来！挂起哀旗扬帆入海！

　　　尊敬的伙伴们，欢迎你们，带来幸运的姐妹。

　　　来吧，再恩赐我你们最后的目光；

　　　来吧，合上我这垂死之人僵滞的双眼！

80　　你们在哭吗？不要嫉妒我这甜美的死亡。

伊拉斯

　　　陛下您当真要让我们如此绝望无助？

　　　流淌新鲜血液的娇嫩身躯难道要苍白失色？

　　　血管中的源泉，躯干的象牙白，

　　　嘴唇的红宝石，都要成为毒蛇的美餐？

85　　胸脯的乳汁①，难道去滋养恶心的蠕虫？

　　　明亮的眼睛，竟要产生蝾螈②和毒蛇吗？

　　　上天请不要让我们眼见如此可怕的苦痛！

---

①　乳汁，同上文的"象牙白"及"红宝石"一样，作为色彩隐喻理解。

②　十六、十七世纪时，蝾螈被认为有剧毒，此处它作为毒蛇的近义词。

克里奥帕特拉

来吧,姐妹们,行动吧! 帮我建造棺椁和停尸床。

伯利萨玛

女神,您真的要削减自己的福祉与生命吗?

克里奥帕特拉

蚕不也亲自为自己织造坟墓①吗?   90

聪明的天鹅也勇敢地唱出自己的绝唱。

你们称赞我:外貌耀眼,青春正盛;

但美貌如烟,青春似影。

在我们未见蓓蕾绽放之时,

娇柔的花朵便已被蚕啃噬。   95

每一只蜂都会,

用诽谤的污点将我们的百合②涂抹;

就像蛇从三叶草中提取毒药一般,

它把从我们的甜蜜中吮吸出的汁液转变成污秽的毒液,

用我们爱的乳汁却只为滋养自己的快感。   100

你知道的,查尔密姆,我的激情目的何在,

凯撒用我们不也只为满足他的激情吗?

王室血脉的贞洁不也随着可鄙的情欲而褪色吗?

亲爱的姐妹们,时至今日,它依旧噬咬我的骨头和胸膛。

你们可预见到了我的地位与尊严?   105

我此时境遇证明:地位是重负,是劳累;

没有什么蓟草比丝绸和朱衣更扎人;

权杖比当啷坠落的水晶杯更先碎裂。

我还未看见白天的第一缕光时,

---

① 蚕的坟墓,指蚕为自己结成的蚕茧。

② 百合象征着纯洁无辜。

110　　不幸已将我揽入它的胸膛；

　　　　流向我的并非母亲的乳汁，而是苦艾酒。

　　　　在我通过牙牙学语消除舌筋之前，①

　　　　我就必须遭受父母的死亡②，兄弟的仇恨③，

　　　　还有龙争虎斗的种种不堪。

115　　我必须眼见我的水晶杯沾染毒药，

　　　　眼见凶残的剑悬于姐姐④颈侧。

　　　　若是在安东尼身上还能有一丝希望；

　　　　婚礼上的火把⑤也须得在坟墓中适用。

　　　　鳄鱼为它将吃掉的人哭泣，⑥

120　　塞壬在旋涡处让船原地打转。

　　　　因而当命运要埋葬我们时，也会爱抚我们。

　　　　要牢牢记住，自从运气和胜利在亚克兴海战背离我们，

　　　　自从我们的王国陷入外敌束缚，

　　　　我们还有什么没有遭遇过。

125　　我窒息的灵魂，我衰竭的心脏，

　　　　都已经昏死过去，无法承受这样酸涩的苦楚。

---

　　　① 舌系带，俗称舌筋，即张口时存在于舌头和口底之间的薄条状组织。舌系带过短会影响舌前伸，妨碍语音清晰。

　　　② 克里奥帕特拉的父亲为托勒密十二世，死于公元前 51 年，克里奥帕特拉当时仅 18 岁。

　　　③ 克里奥帕特拉两个弟弟中较年长的一位，即托勒密十三世，在父亲死后与姐姐成婚共同执政。

　　　④ 克里奥帕特拉的姐姐指贝勒尼基（Berenike），生于公元前 77 年。公元前 58 年，其父托勒密十二世的统治被人民推翻，贝勒尼基成为女王。公元前 55 年，托勒密十二世在罗马将军庞培的军事支持下又夺回了王位，之后残酷地处死了自己的女儿。

　　　⑤ 火把，是婚礼和葬礼上不可或缺的道具。

　　　⑥ 按照中世纪的说法，鳄鱼在杀死人之前或者之后会哭泣。鳄鱼的哭泣象征着虚假和伪善。

生命不值得：

倘若它总拿泪水的盐来滋养灵魂。

人生的所谓甜美,对我来说也就只差

亲眼见到我的孩子成为罗马的奴隶。　　　　　　　130

不！我的血液如此高贵,

美德如此伟大,性情如此刚烈,以至于我无法眼见此事。

下定决心吧！伟大的灵魂,正如你所设想那般,

通过勇敢的死亡来挣脱枷锁；

起来！灵魂,张开翅膀！①　　　　　　　　　　135

从污泥飞向天神；从尘埃飞向上空。

一场无畏的赴死流芳百世。

省却你们的眼泪吧,

亲爱的孩子们。

萨拉波

　　　　　　若我们的伊西斯②藏身黑云之中,

需让眼睛澄澈。

克里奥帕特拉

　　怯懦无法平息争斗。　　　　　　　　　　　140

斯达

　　哀痛也是正当。

克里奥帕特拉

　　　　　理智必须将其抑制。

伊拉斯

　　啊！女王陛下！谁能压抑爱的本能？

---

①　埃及人认为,灵魂都是有翅膀的,翅膀象征着明智。

②　伊西斯(Isis),此处指克里奥帕特拉。

克里奥帕特拉

> 不赐予我们宁静和天堂的,便是不爱我们。

巴比亚

> 拯救您的生命是我们的职责。

克里奥帕特拉

145　荒谬啊,如果你们再度依靠我们的众神,

> 那些屈服于怯懦的诸神。

伯利萨玛

> 莲花①在夜晚悲伤地
>
> 收拢起白天舒展的叶子,
>
> 因它最心爱的太阳已收敛起光芒。
>
> 那当我们的太阳消失时,我们也要变成无知无觉的鹅卵石吗?

克里奥帕特拉

150　你们在哭吗? 因为伊西斯最终找到了欧西里斯?②

萨拉波

> 因为伊西斯将要离去。

克里奥帕特拉

> 而成为女神。

巴比亚

> 所以您将国家、丈夫和孩子都抛诸脑后?

---

① 尼罗河中的莲花结出白色的、与百合十分相像的花朵。太阳落下时,花朵收拢起来,藏于水下;太阳升起时,花又重新露出水面盛开。

② 欧西里斯(Osiris),伊西斯(Isis)的丈夫,希腊神话中的冥王。欧西里斯被他的兄弟堤丰(Typhon)杀死,尸体装在盒子里扔进了尼罗河。伊西斯出发寻找她的丈夫,后在比布鲁斯(Byblos)找到了被冲上岸的欧西里斯的尸体。堤丰也随即赶到,尸体被撕成14块散落各地,伊西斯便开始收集欧西里斯的尸体残骸。伊西斯最终找到了欧西里斯,意味着自己的心愿最终得以满足。

克里奥帕特拉

国家、丈夫和孩子都已托付给众神。

伯利萨玛

没有您，他们都将脆弱而无助地活着。

克里奥帕特拉

用人民作支撑的人，要踏上断头台。　　　　　　　　155

萨拉波

倒下的树才让人明白，它的阴影多可贵。

克里奥帕特拉

别再用你们那无益的眼泪来逼迫我！

倒不如帮我开辟到这处花园①的道路。

这样才能将我的此生嫁接②到来生去。

将宝石系入我的卷发中，　　　　　　　　　　　160

为我神圣的头颅带上玫瑰和水仙花的花环，

让我赤裸的颈项亲吻珍珠项链，

在我的手臂上放置绿宝石，在肩上盖上紫袍，

让我不至于让新郎不满。

伯利萨玛

克里奥帕特拉在濒死之际，想与谁成婚？　　　　　165

克里奥帕特拉

与死亡，比起当时与安东尼和凯撒成婚，

此刻，我们更高兴选择了死亡。

伯利萨玛

人们竟赐予那幽灵，那让灵魂颤抖，

---

① 花园，隐喻陵墓，同时与下文的"嫁接"相呼应。

② 嫁接，本指一种园艺活动。此处与上句花园的隐喻相关。

让眼睛僵滞，让心脏冷却的幽灵，

170　　如此温柔的名字吗？

克里奥帕特拉

　　　　　　别说了孩子们，

你们延误了我的享乐。快乐地活着！晚安！①

你们看见由珍贵矿石制成的母牛雕像，跪在此处，②

当我死去后，把我安葬其中。

萨拉波

您不想用自己的像作棺材③吗？

175　　这像就在这里，是安东尼命人在科林斯④铸造的。

克里奥帕特拉

难道我不比孟卡拉之子高贵吗？

查尔密姆

埃及的伊西斯应当在自己模样的棺木中沉睡。⑤

巴比亚

啊！上帝对我们施加的皆是痛苦和惩罚。

克里奥帕特拉

查尔密姆，准备好入殓所需要的东西。

180　　而我跪着向塞拉匹斯的雕像乞求获得安详的死亡。

————————————

　　①　此处为垂死之人对生者的祝福语。

　　②　据记载，埃及法老孟卡拉（Mykerinos）曾将女儿葬在母牛雕像中。此处描写的镀金母牛雕像呈跪姿，身上盖着紫袍，两角之间还有金制的月轮。

　　③　埃及人按照死者的模样用木头制作相似的中空模型，作为存放尸体的棺材。

　　④　科林斯（Korinth），希腊名城，以金属铸造的高品质而闻名。

　　⑤　在众多伊西斯的图画中，常见各种各样的公牛和母牛，它们象征着自然的力量。

且让我亲吻你们,

在你们充满爱意的手合上我的眼睛之前。

现在命运在召唤我了。来吧,伊拉斯,

服侍我进行祈祷。

查尔密姆

你的孩子们会将这头母牛填满,

用没药、决明子、橡胶、肉桂①　　　　　　　　　　185

麝香②和芦荟,以及其他

用来防止尸体发臭和腐烂的东西。

斯达

啊!我应当为您去一趟赫卡忒女神③那里。

伯利萨玛

用剑划破皮肤,用刺碾碎肉体。④

克里奥帕特拉

你需袒露右臂和左乳,　　　　　　　　　　　　　　190

带上木棍和鼎,坐在老鹰头上。

把蜡像⑤给我;

从那用来敬拜尼罗河和坎诺普斯的水罐中取水,

倒入这个祭杯中来。

伊拉斯

伟大的神,请听!

———————

① 没药、决明子、橡胶和肉桂,均被埃及人用于尸体防腐。

② 麝香,为麝香猫腺体分泌的一种香料。

③ 赫卡忒(Hekate),希腊神话中的夜之女神,也是幽灵和魔法的女神,掌管着地狱的钥匙。

④ 是一种自我折磨的宗教仪式,用以抚慰地狱的神。

⑤ 蜡像象征着守护神,也需要放在尸体旁。

195　请满足克里奥帕特拉的心愿,这位拜倒在你们脚下的人!

请与她成婚吧,伟大的世界之灵!

查尔密姆

把月盘①放在这母牛的两角之间。

克里奥帕特拉

伊拉斯,把最肥沃的香料种子撒在这祭坛上。

查尔密姆

拿一盏灯来,它能通过狗头呈现出阿努比斯②的样子,

200　这盏灯需得长明,因此需要石棉油,还有石棉,

还有矿石和金银中提取的盐,

以及石棉石和蝾螈的毛发③。

萨拉波

阿努比斯神,请护佑克里奥帕特拉,

205　正如你守护欧西里斯的身躯,守护伊西斯寻找欧西里斯身躯的道路。

伯利萨玛

塞拉匹斯④,你从不用眼睑

来合上巨大的眼睛,

啊,世界的眼睛⑤,请不要从这座棺木

抽走你那神的光芒。

---

①　孟卡拉(Mykerinos)将女儿埋在母牛像中,在两角之间放置了日轮。此处文中改为月盘,强调伊西斯女神承担着月亮女神的职责。

②　埃及人认为阿努比斯能够帮助死者保存尸体,是欧西里斯和伊西斯的守护神。

③　金银中提取的盐、石棉等都被认为永远不会燃尽,目的在于维持灯的长明。

④　塞拉匹斯有着巨大的眼睛,没有眼睑。埃及人认为眼睛象征着能目视一切的神。

⑤　指太阳。

斯达

　　律法之母，果实的缔造者，

　　是您赐予尼罗河潮水，赐予天狼星光芒，　　　　　　　　210

　　是您通过播种粮食孕育世界。请您赐予这座坟墓生命。①

巴比亚

　　将伟大的赫耳墨斯②和堤丰③从这里赶走，

　　这样堤丰便不会像曾经对待欧西里斯那样，将棺木扔进尼罗河，

　　这样鳄鱼便不会用伊西斯女神来磨尖牙齿；

　　否则我会将欧西里斯的雕像献给堤丰，　　　　　　　　　215

　　让他将它撕碎。

查尔密姆

　　把紫色的布盖在牛背上。

伯利萨玛

　　在女王将见到永恒之光的地方，

　　人们必须永远安排祭司供奉她，

　　必须为她建一座祭坛，不断把鲜花撒在她身上。　　　　　220

　　十二位童贞女需在此处混合眼泪和油膏，

　　这油膏只能取自耶利哥城④，然后将这混合物喷洒在墓室中。

克里奥帕特拉

　　塞拉匹斯，请听我言。取一只黑色的羊羔作为献祭，

----

①　向伊西斯女神祈祷。

②　赫耳墨斯（Hermes），为伊西斯之父，是亡灵接引神。

③　［译注］在古希腊神话中，杀死欧西里斯的是他的兄弟赛特（Seth），前文称堤丰杀死了欧西里斯，是因为在希腊化时代后期，人们常视堤丰与赛特等同。此处做出说明，因为下文出现提丰（Typhon），区别于此处杀死兄弟的堤丰，仅指古希腊神话中那个残暴的怪物。

④　耶利哥，指巴勒斯坦城市杰里科（Jericho），位于约旦河西。古时，此处的树分泌的油膏质量很高。

伊拉斯,把它直接宰杀,让鲜血喷洒在祭坛上,

225 用水将其冲洗干净,要用那朱鹭①搅浑的水。

将伊西斯心爱的苦艾酒,倒入火焰中,

加入油使火苗旺盛。魂灵们,请与我和解,

即便是曾与我为敌的。开始吧!所有东西都齐备了吗?

那就来吧。啊!甜美的死亡。啊!最心爱的欢乐!

230 盛满毒药的水晶杯,来吧,让我神清气爽!

我要亲吻这毒药和水晶杯!

查尔密姆

您在做什么,女王陛下?

克里奥帕特拉

厄运所述之事。

伊拉斯

您要去哪里,女神?

克里奥帕特拉

去往永恒。

伯利萨玛

要赠她有毒的酒杯吗?

克里奥帕特拉

它让珍珠饮品②黯然失色。

萨拉波

235 毒药由提丰③制成。

---

① 朱鹭,埃及的圣鸟。

② 克里奥帕特拉为了向安东尼证明自己的财富,曾将贵重的珍珠溶于醋中作为饮品。而昂贵的珍珠饮品曾经所获的名声,现在因毒药显得相形见绌。

③ 提丰,此处非欧西里斯的弟弟,而是神话中可怕的怪物,他曾计划推翻希腊众神,后被宙斯用雷电击败。

克里奥帕特拉

　　　　　　　即便是提丰的饮料也很好，

　　只要它能像萨图尔努斯的烈焰①一样消散灵魂。

斯达

　　哎！我们不幸啊，竟让她如此可鄙地死去。

克里奥帕特拉

　　咒骂那些阻止我死去的人。

巴比亚

　　夺走她的酒杯，恐惧已使她发狂。

克里奥帕特拉

　　要听话，莽撞之徒！　　　　　　　　　　　　　　　　240

查尔密姆

　　　　　　　接受吧，上帝所赐之物。

伊拉斯

　　啊！请您深思。

克里奥帕特拉

　　　　　　　徒劳！你们的阻止都是白费。

查尔密姆

　　天哪！我们看见了什么？

克里奥帕特拉

　　　　　　　啊！生命的琼浆！

　　灵魂的清凉剂！甜如蜜的毒酒！

　　祝福那些因我而逃出困境的人！

　　祝福那些因我死亡而得救的人！　　　　　　　　　245

――――――――――

　　①　萨图尔努斯(Saturnus)，罗马神话中的农业之神。据推测，此处的大火应指迦太基的儿童作为祭品被焚烧时的火焰。

祝福他们!

查尔密姆

她渐渐苍白。

伊拉斯

陛下!

查尔密姆

她不说话了。

斯达

她还喘息着!

查尔密姆

她死去了。

伊拉斯

看看心脏还跳吗!

巴比亚

撕开她的衣裳!

伯利萨玛

脉搏已不幸变慢了!

查尔密姆

她已经去了! 眼神已散!

伊拉斯

250　　灵魂还在狭小的心脏内跳动。

萨拉波

胸膛还没有变冷,拿醋、甘松酒来!

查尔密姆

愚蠢,快唤醒垂死的人!

伊拉斯

唉,多么悲惨,多么痛苦!

灵魂和呼吸都没了吗?

查尔密姆

她的确,已经死了。

斯达

这么崇高的灵魂就这样消失在世间。

伊拉斯

我敬畏地颤抖,冒出一身冷汗。　255

伯利萨玛

惨遭不幸的祖国! 地基坍塌的房屋!

伊拉斯

天哪! 谁去将此事报告安东尼?

查尔密姆

安东尼应当立即得知陛下的死讯。

伊拉斯

我不愿成为这不幸消息的第一报信人。

查尔密姆

巴比亚,赶紧,去叫个士兵来。　260

伊拉斯

诸神啊! 你们已经遗忘了埃及人,

还有遭受如此毁灭的我们了吗?

难道我们不得逃脱任何乌云?

托勒密的统治必须要忍受再三的覆灭吗?

谁会记得为克里奥帕特拉悲叹呢?　265

让我再最后一次亲吻这

死去的女王! 她如今已成女神!

这张嘴的魅力足以让众神因爱而受伤。

　　人物：厄忒俄克勒斯、几个安东尼的士兵、查尔密姆、伊拉斯、斯达、伯利萨玛、萨拉波、巴比亚

　　提要：厄忒俄克勒斯见到克里奥帕特拉的尸体，要去向安东尼汇报此事。

厄忒俄克勒斯①

　　是什么光芒让我的头颅眩晕？要领我去往何处？

270　　人们为谁准备棺材、坟墓和墓碑？

　　怎么回事？我还冷静吗？是梦吗？还清醒吗？

　　这难道是埃及死去的女王？

查尔密姆

　　不幸啊！正是她！我们时代的帕拉斯女神，②

　　这自然的神迹正躺在停尸床上。

275　　帝国的太阳陷落于死海。

厄忒俄克勒斯

　　神啊！啊！是谁导致这可怕的事故？

伊拉斯

　　她用毒药割断了自己的生命网。

厄忒俄克勒斯

　　上天啊！您难道无法阻止这样的不幸？

查尔密姆

　　谁能为王者做出规定呢？

厄忒俄克勒斯

280　　王者也应当听取别人的建议。

―――――――――

　　①　厄忒俄克勒斯，被埃及女王和安东尼释放的战俘。
　　②　帕拉斯(Pallas)，即雅典娜，此处指克里奥帕特拉。

伊拉斯

我们尝试把毒药从她手中夺走,但却徒劳。

厄忒俄克勒斯

这种借口并不能免除你们的罪过与责罚。

查尔密姆

厄运所注定的,并不因我们的力量而止息。

厄忒俄克勒斯

你们认为,她为何作此决定?

查尔密姆

若非如此,她只会厌烦地活着!　　　　　　　　　285

活在这日日哀叹的不幸时光中,

活在这为屋大维所迫的危险中。

厄忒俄克勒斯

怎么? 你们曾无畏,如今却胆怯?

查尔密姆

一艘船,无论如何坚固,也会在汹涌的波浪、

狂乱的风暴中被撞成碎片。　　　　　　　　290

厄忒俄克勒斯

对这艘船监管失职的人,真可怜!

我现在速速去详细告知安东尼

这伟大的女王陛下不幸的死讯。

在此期间还要尽力救人,

拿提神的水,肉桂油和提神的油膏来;　　　　295

按摩她的太阳穴和脉搏,看看是否能通过按摩

让这僵冷的身躯重新焕发活力。

伊拉斯

愿上天给我们更多的帮助,而非希望。

（舞台变换为安东尼的会客室）

人物：安提柯、阿塔巴契斯、扬布里奇的国王魂灵

　　　安东尼（睡在床上）

　　　厄洛斯（伏在安东尼脚边）

　　提要：在安东尼的睡梦中，曾被安东尼杀害的国王控诉安东尼的暴行，预言了安东尼自杀的结局，也预示了埃及女王的死亡。

安提柯的魂灵

　　　大地开裂，地狱显现，

300　　复仇将我从阴暗的洞穴中召唤而出。

　　　在那里，被谋杀的魂灵们，

　　　因谋杀者恐惧的叫喊而醒来。

　　　你，凶手，总以谋杀和纵火为乐！

　　　看看我的阴影，我拳头的迷雾，

305　　都用烈焰和火把武装。

　　　这沥青，这烈火，这些你所畏惧的，

　　　都是预示你毁灭的血红色彗星，①

　　　它们用令人胆战的敬畏和持续的哀叹，

　　　染红你心中的黑夜。

310　　啃噬你良心的小虫不断成长，

　　　我被人责难的像则给予你一面镜子，

　　　你在其中可以照见自己的罪孽，

　　　在它们面前，你必会感到害怕。

---

　　① 血红色彗星，预示着十分严重的厄运。

愤怒的狮子,暴怒的老虎,看吧,

你是如何让刽子手亲手砍断神圣的权杖,　　　　　　315

如何奴颜婢膝地用鞭子和荆条撕碎涂油的身躯!①

你是如何让我那戴着王冠的头颅臣服于奴隶,

如何将我的身躯钉在该死的木头上。

你这残忍的野兽,正在被你弑杀的君主的影子面前

瑟瑟发抖吗?　　　　　　　　　　　　　　　　320

暴君们,它正在接近你们;

一片欧洲山杨的叶子,一场烟雾,一根簌簌作响的麦秸,

一个潜行的幽灵,一束错误的灯光都将让你们惊恐,

并且用血一般的紫色,

碾碎你们良心的伤疤!　　　　　　　　　　　325

你们在身前喂养毒蛇,

它们会咬伤、刺痛、折磨你们。

对! 恐吓还不够,更将你们逼迫。②

一条残暴的狗灰心丧气地熄灭自己的光,

并在自己的血液中清洗他那愤怒的爪。　　　　330

此刻他没有好运:

因他是被陌生人的匕首,而非他的奴隶,杀死的。

然而! 看过来! 我会对你十分仁慈,为你效劳,

履行那些为保护你而扛起盾牌、头盔和铠甲的奴隶们所拒绝的义务,

即把剑插入你的心脏,　　　　　　　　　　335

那时你将认识到,

之前就应当了解的:

暴君的棺材和外衣一直是紫色的,

---

① 涂油的身躯,指行涂油礼的国王的躯体。
② 此处及下文,都预示着安东尼自杀的结局。

340　　他们血腥的结局绝不是痛快的死亡，

　　　　他们在布西里斯①的谋杀台上

　　　　向着谷神的女婿②走去。

　阿塔巴契斯的魂灵

　　　　停！停！收手！别用匕首！

　　　　这残暴的狗并不配被陌生人的剑杀死，

345　　而更应这般：用别人的血汗滋养自己的人，

　　　　应当被自己的拳头扼杀。

　扬布里奇的魂灵

　　　　那个暴君应当事先体会死亡的滋味。

　　　　因为迅速死去是一种恩德，而非惩罚。

　　　　刽子手要和他周旋十二天；

350　　愿他蜷曲的身体被安放在马刑架③上，

　　　　愿他的背部受鞭子抽打，且鞭子尾部系有铅球，

　　　　愿他的肢体被钢铁般的齿轮刮花，

　　　　愿他的手脚被老虎钳剥离，

　　　　愿他被压板牢牢按在钉板上。

355　　人们拔下他的舌头，敲落他的牙齿，

　　　　无数次抽打他的脚掌；

　　　　用弦捆紧他的指甲直到流血，

　　　　拔掉他所有的头发，但一次只拔一根。

―――――――――

　　①　布西里斯(Busiris)，是神话中的埃及皇帝，他把所有来到埃及的陌生人都带到宙斯的祭坛上杀害。

　　②　谷神(Ceres)的女婿，指普鲁托(Pluto)，即冥王。谷神的女儿为冥后，故称普鲁托为谷神的女婿。

　　③　此处指一种四足的行刑工具，形状似马。行刑时，人的身体就像被放置在马背上一样，被来回拉动。

将硫黄、沸腾的铜和油滴在他的胸膛，

将蜂蜜涂进他的身体，让马蜂不停蜇他， 360

让他成为老鼠的食物，

让车轮碾断他的胫骨。

若是在这些消遣的游戏之后，

安东尼无法继续忍受，

那就让这条把我折磨致死的恶狗死去吧； 365

但要让他一次体会百次死亡的痛苦。

让他同毒蛇和恶犬一起下坟墓，

别让他被烘烤或投石致死，

把他的肠子从腹中缠出，

让他去饮污水，以茅房的烟气为食， 370

将他缝进熊皮里，然后扔到群犬中。

因为没有凶兽会比他更残暴。

把他放在铁制的座椅上，

用热铁制成的头盔为他加冕。

然后把他放入牛①中，在木桩上烘烤， 375

最后把他的肉喂给乌鸦和秃鹫，

将他的肢体燃成灰烬，撒进大海，

将他的名字从历史中划去。让他的家族也全部毁灭。

安提柯的魂灵

这可怕的宫殿，竟让这么多魂灵迷路！

众多房间不是别的，正像坟墓一般！ 380

怎样的魂灵能轻易穿过这样的大门？

---

① 指刑具"铜牛"，源于阿克拉伽斯（Akragas）的僭主法拉里斯（Phalaris），他以残暴而闻名于世。据说，他曾把敌人放在空心的青铜雄牛腹中，然后用火烤。

在缠绕这金锁链①的躯体周围,我听见了什么当啷作响?

金冠为头颅加冕,镣铐却缠在脚上,

他们被砍头的脖颈都留下血腥的伤疤。

阿塔巴契斯的魂灵

385 亚美尼亚的王还得

亲吻这弑君者的足和马镫。

这个强盗集人民的苦力,

来制造我身上这昂贵的枷锁装饰,

借此满足他自己的杀戮欲望。

390 除此之外,暴君还常惯于奢靡;

直到他最终因激情和盲目的爱,

因一个暴怒的女人而被驱逐。

他给无罪的我宣判死刑,

下令用刀砍下我的头颅。

395 但你这暴君,从恶龙和毒蛇身上吸取养分,

用鲜血染红你的紫袍,

阻碍国王们获得审判,

你这是引火自焚、以身饲虫,

是在磨快你那嗜血的剑,

400 你会把它亲手拿起,然后绝望地插入自己的心脏。

雷电不仅仅会击中你,

毒蛇也会夺取那人②的生命之魂,

她像巴西利斯克一样用愤怒的眼

---

① 阿塔巴契斯被安东尼抓住带往亚历山大城后,曾戴上金锁链参加安东尼的胜利游行。

② 指克里奥帕特拉。

向四周喷洒死亡和杀戮。

你这个施巫术的当代的美狄亚①，　　　　　　　　　　　405

你这埃及的海伦，因你那闪耀的外表，

因你那被麝香气味掩盖的毒药，

那个将你视为偶像的人就被谋害。

但是她，这火上浇油者，

也会在烟中窒息，同他一起受损。　　　　　　　　　　410

醒来吧！暴君，正如厄运所示，

你必将把利刃插进自己的胸膛！

安提柯、扬布里奇

醒来！暴君！复仇的雷电已轰隆作响。

醒来！叛徒，②醒来！

人物：安东尼、厄洛斯、士兵、朱利乌斯、安提勒斯

提要：安东尼醒来后，发现周围大乱，朱利乌斯报告称酒神已在半夜时分离开帕特农神庙去往罗马阵营，安提勒斯则称阿西比乌斯已经把法罗斯出卖给罗马人，他们现在已经无路可退。

安东尼

起来，厄洛斯！来人！现在不是睡觉的时候，　　　　　415

何况地狱正在向我们喷火！

起来！起来！谋杀、毒药和火焰正急着把我们杀害！

————————

①　美狄亚(Medea)，希腊神话中岛国科尔喀斯(Kolchis)的公主，伊阿宋的妻子，也是神通广大的女巫。为了伊阿宋，美狄亚实施了一系列暴行，包括杀死自己的弟弟等。

②　指阿塔巴契斯。

起来！它们用燃烧的油染红了玻璃灯罩！

起来，厄洛斯！难道本王身边竟无人清醒？

厄洛斯

420　啊！我还活着？或者已死？

谁在用烈焰、大火和光芒扰乱黑夜？

安东尼

　　　　　　　　起来！快！有敌人！士兵们！

士兵们！你们都聋了吗？是哪些叛徒

正从大门和岗哨逃离？

士兵们

　　　　　我们因震骇而僵住了！

安东尼

拿火把来！四处搜查！

厄洛斯

　　　　天呐！谁还在使用暴力？

士兵一

425　我们因恐惧而颤抖！

安东尼

　　　　　城堡和宫殿都已受损吗？

士兵二

我们什么也没看见，啊！但是听到了很多！

厄洛斯

怎样的寒光攫住了我！

安东尼

　　　　　没有人知道该怎么办？

说，何种畏惧将你们侵扰？

士兵三

我们寒毛直竖，浑身发颤。

君主的言语已经无法再给予我们理智；　　　　　　　　430

这样骇人的声响让整个大厅为之颤抖。

厄洛斯

天呐！啊！愤怒的雷电击中了我！

安东尼

说，说清楚你遭遇了什么可怕的事。

厄洛斯

陛下，我看见三个凶狠的魂灵正向屋内逼近，

他们手中拿着硫黄、沥青和利剑。　　　　　　　　435

烈焰正烧向你的头颅，利剑正刺向你的心脏！

安东尼

天呐！啊！我们就这样、我们已经、我们败了！

梦境是真的，竟赐予我们如此可怕的光景！

天啊！我们大势已去！

厄洛斯

　　　　　　　陛下，若是我没看错，

这儿躺着的短刀，正是魂灵扔在地上的。　　　　　　440

安东尼

那是我自己的短刀，这里插着空的刀鞘。

难道国王的运气竟如此悬于一线！

朱利乌斯

伟大的陛下，我需向您汇报一些坏消息。

安东尼

上天还有怎样的"爱抚"？说吧，怎么了。

朱利乌斯

刚到午夜，天上轰隆作响，大地震动，　　　　　　　445

以至于整座城市的居民都惊醒过来。

神庙①的大门自行裂开。

然后从酒神的女祭司②和疯狂的半羊人③那里传来呼喊声，

他们举着千把火炬，

450　　把数百件酒器摔成碎片，

如同他们在酒神节所为。

在前方，一头驴驮着醉酒的西勒努斯④，

其后跟着酒神⑤，头戴葡萄藤冠，

他的酒神杖和车架也缠绕着常春藤，

455　　四只山猫⑥拉着他穿过这不幸之城，

向城门驶去，驶向屋大维扎营之处。⑦

安东尼

诸神正逃离我们。可怜的我！我败了，

我的父系家族源自赫拉克勒斯，⑧

母系家族则源自酒神，⑨

460　　我装扮得如这解忧者⑩一般，

行为上也处处模仿。

---

①　指帕特农神庙。

②　酒神的侍女（Baccha），陪伴酒神进行游行狂欢。

③　萨堤尔（Satyr），半人半羊的精灵，贪杯好色，是酒神的随从。

④　西勒努斯（Silenos），酒神的陪同及老师。这位秃顶老头嗜酒，常醉酒后
卧于驴上。

⑤　酒神（Bacchus），宙斯与凡人之子，为酿造、狂欢、戏剧之神。

⑥　山猫（Luchs），拉着酒神的战车。

⑦　安东尼引入酒神作为守护神，此处酒神的离去预示着安东尼的失败以及
屋大维的胜利。

⑧　赫拉克勒斯（Hercules），希腊神话最伟大的半神英雄，男性的杰出典范。
根据普鲁塔克，安东尼将赫拉克勒斯视为自己父系家族的祖先。

⑨　母系家族的来源并不可考，可以证实的是，安东尼在生活方式上模仿酒神。

⑩　解忧者，是酒神的别名。

我伤害他如此之深：

以致我伟大的保护神从这里抬起脚步转向罗马皇帝。

我的灵魂畏惧他的灵魂，

在雅典，狂风撕裂了酒神像，　　　　　　　　　　465

阿尔西德斯的神庙在帕特雷化为尘土，①

我们在这里都成为屋大维的猎物。

退下吧，朱利乌斯。啊，这地狱般漆黑的夜晚！

此时恐惧更多地纠缠我，而非我的奴隶们！②

让人不安的惊惧！无比苦涩的人生！

噬心之虫难道要一直附在这香柏③之上？　　　　470

紫衣难道就必须沾染鲜血？

巨大的毒蛇难道只在猩红色衣料上④筑巢？

恐惧的水蛭难道要一直噬咬帝王的血管？

雷电难道总向宫殿劈来？

牧羊人的小屋能不受暴风损害吗？　　　　　　475

盲目的人们逃避这些，而崇拜那些，是为何？

命运三女神，为我们编织生命线的女神们，

为何如此？你们的纺纱锤，为有些人流淌出黄金，

为有些人变出银子，对其他人却只给铁和铅？

为何有些人的生命线断裂得早？其他人却晚些？　　480

你们这些命运之神，为何现在要把我早年的金子变成矿石？

---

①　阿尔西德斯（Alcides），即赫拉克勒斯，Alcides 之名来自其祖父 Alkeus。帕特雷（Patras），旧称帕特拉斯，位于伯罗奔尼撒半岛西北部帕特雷湾畔。安东尼停留在帕特雷时，赫拉克勒斯的圣庙因为闪电而被烧毁。

②　在一定情况下，君主比起奴仆们更有理由感到害怕。

③　香柏，统治权的象征。

④　猩红色，比紫色偏黄一些，也是帝王的象征。

为何要用众多不幸涂黑我的停尸床？

你们竟如此殷切地为我掘墓吗？

那就赶在我生命中的每一段线都成为死结前，

485 赶快切断我的生命线。

因为谁要是这样活着，他早已是行尸走肉。

安提勒斯

啊，父亲大人，很遗憾我必须告诉您：

阿西比乌斯也已经成为不忠的叛徒！

我方正是由于他的卑劣行径才失去法罗斯①。

安东尼

490 啊！厄运竟如此待我？

你说的是真的？

安提勒斯

我亲眼见到，

罗马的胜利旗帜在费拉德尔菲斯的塔楼②前飘扬。

安东尼

如此高的塔楼竟以玻璃螃蟹为地基吗？③

难道大理石、大海和钢铁不再是我们的屏障？

495 这灯塔也要成为一盏鬼火，

---

① 法罗斯（Pharos）指法罗斯岛灯塔（Pharos von Alexandria），即亚历山大灯塔（Leuchtturm von Alexandria）。位于埃及亚历山大港对面的同名岛屿法罗斯岛（Pharos），故而得名法罗斯岛灯塔，是古代世界七大奇迹之一。大约在前283年由来自克尼多斯（Knidos）的建筑师索斯特拉特（Sostratos）设计，于托勒密二世费拉德尔菲斯（Philadelphos）在位时期建造，约在前280年完成。

② 费拉德尔菲斯的塔楼，即托勒密二世在位期间建造的亚历山大灯塔。

③ 有说法称，亚历山大灯塔以四只玻璃螃蟹为地基。此处采用这一说法的隐喻意。玻璃象征易碎，螃蟹则象征失败和倒退，玻璃螃蟹说明了安东尼如今岌岌可危的处境。

就像运气也会成为不利的跳板？

为何就算付出智慧和努力,有些东西也无法再次拥有？

安提勒斯

智慧若不被运气的翅膀承载,

自然坠落于地。

克里奥帕特拉比起索斯特拉特①应获更多名誉。　　　　500

因为她努力让法罗斯岛与亚历山大城相接。

现在这个伟大的作品,却成了我们最凶恶的威胁。

两座海港一同被吞噬,

我们现已失去航船和所有储备船,

我们逃亡的每一条路都受到限制。　　　　505

安东尼

是时候了:我和你们都要考虑

怎样才能避免成为罗马皇帝的奴隶。

厄洛斯,我的短刀在哪?

安提勒斯

父亲大人,

若是我们要死,那便死去;但是要死得更光荣。

要让我们的死敌也被我们的刀剑所伤!　　　　510

港口已经失去,逃离已受阻碍;

然而城墙还在。让我勇敢的剑和

那些仍然忠诚之人的剑来庇护您和这座城市。

在屋大维把我们赶出这坚固的塔楼之前,

一些敌人也得丧命。　　　　515

我的盾牌由钢铁制成,运气却如水晶脆弱;

---

① 法罗斯灯塔的设计师。

谁能知晓这结局？若是终究一死，

那么我们也已获得荣耀，还有更多荣耀可期，

只要自己不因胆怯而绝望，

520　　只要我们用勇敢来斩杀一切危险和不幸。

安东尼

那就去吧。上天帮助你们战胜命运和敌人！

人物：厄忒俄克勒斯、安东尼、厄洛斯、士兵们

提要：厄忒俄克勒斯报告称埃及女王已经服毒自杀，安东尼因而失去理智，命令厄洛斯将他杀死，厄洛斯劝阻无效，用短刀自尽，安东尼深受震撼，也随即自杀。

厄忒俄克勒斯

啊！君主！但愿我没有带来这糟糕的消息！

安东尼

什么消息？

厄忒俄克勒斯

　　　　女王陛下。

安东尼

　　　　　　怎么了？快说。

厄忒俄克勒斯

伟大的女王陛下服毒自尽了。

安东尼

525　她服毒了？

厄忒俄克勒斯

　　　　确实如我所说。

安东尼

厄运竟在我不幸的烈焰上浇油?

可怜的安东尼! 这无法愈合的心灵创伤!

不幸的安东尼! 你所说的,的确是真?

厄忒俄克勒斯

我的君主,

我亲眼看见她苍白尸体上的死亡汗水,   530

脉搏也已没有生命迹象,

胸膛已经冰冷,血管成为雪色,红唇已经苍白。

女王旨在用死表明:

她,克里奥帕特拉,第二个伊西斯女神,

是贵族女性中的不死鸟,   535

她通过用金子和贵重的宝石、用碧玉和斑岩为自己建造墓碑,

虽然她魂魄已去,

却为死去的身躯留下了不死的赞颂。

安东尼

你们这些无常的众神,毫无怜悯之心,

为何总让雷电击打同一处?   540

我们现在的港湾要成为旋涡吗?

不幸的安东尼! 被遗弃在尘世!

现在你生命之船即刻倾塌,

你的锚无法保持稳固。

克里奥帕特拉,我的光! 克里奥帕特拉,我的命!   545

你是我灵魂的灵魂!

我的生命之魂在你的死亡阴影周围游荡,

这惨烈的困境迫使我为你献祭。来吧! 甜美的死亡!

来吧! 不幸的港湾! 我要将你的海岸找寻,

550　　谁选择了你的海岸,谁就径直驶向极乐之岛①。

　　　　克里奥帕特拉,我的光!

　　　　啊! 我已经看到你那星星般闪耀的容颜!

　　　　看,她是天上的那颗新星,②

　　　　同她超越尘世的灵魂一起在此处闪耀。

555　　听! 斑鸠③环绕它的伴侣发出叫声,

　　　　如若她的伴侣迷失在死亡荒原。

　　　　看,她神圣的头颅带着阿里阿德涅的华冠,④

　　　　看,她的眼睛如同勒达的孩子们⑤一般闪耀,

　　　　看,她的红唇如同那太阳一样,

560　　用湿润的香膏为气息带来清凉。

　　　　看,大理石般的胸膛在红宝石般的映衬之下更加闪亮,

　　　　弯曲膝间蒸腾出迷人的龙涎香,

　　　　心间和血中流淌出爱情的热焰,

　　　　这烈焰用金光将我们阴影中的虚无包围。

565　　你们看见了吗? 她就站在这里。把胳臂和手掌伸向我,

---

　　① 极乐之岛,原是具有美德之人或得神馈赠不死恩赐之人的停留之地,此处无这层含义,仅指死亡的国度。

　　② 指克里奥帕特拉死去之后,作为星星出现在天空之上。

　　③ 斑鸠,一生只有一个配偶,所以常用来象征忠贞不变的爱情。

　　④ 阿里阿德涅(Ariadne),古代神话中克里特岛国王米诺斯(Minos)的女儿。她在帮助雅典英雄忒修斯杀死迷宫中半牛半人的怪物米诺陶洛斯之后,与忒修斯一起逃离,中途却被他遗弃。正在她于岛上大哭之时,酒神狄俄尼索斯出现了,二人陷入爱河,酒神将一顶华冠戴在了阿里阿德涅的头上。在她死去之后,华冠飞到天上化作了星空中的北冕座。此处,华冠即指天上的这颗星星。

　　⑤ 勒达(Leda),是斯巴达王后。勒达的孩子们即指她所生的两兄弟卡斯托尔(Kastor)和波鲁克斯(Pollux),两兄弟感情甚笃,后化为天上的双子座。此处,孩子们即指天上的双子座。

她亲吻我,抱住我。克里奥帕特拉,别,

别移开你的面庞!不,我已经准备好

要从身体上脱下这腐朽的死亡之衣。

我这尘世的阴影,别害怕,

别不敢和那崇高的天上灵魂结合! 570

看啊!我更多地在你身上呼吸,而非在己身。

来吧,刀剑!来吧,甜美的死亡!让我与她结合。

王位,抛掉!权杖,抛掉!你那不曾被水淹没的光芒,

如同彩虹一般融化在这糟糕的洪流中。

我不愿再背负此般重担, 575

何况维纳斯已不再用爱让负担转变为甜美。

现在,晚安吧!被命运和上天仇恨的,必将死去。

你们这些奴仆,此刻起都自由了,

所以我的死亡于每个人都有利。

厄洛斯,你来为我履行这忠诚的义务,① 580

将那神圣的短刀刺进你主人的心脏中。

不要害怕,动手吧!怎么?你竟屈服于妇人般的痛苦,

屈服于忧伤吗?动手,厄洛斯,快动手!

对乐意去死的人,你不要拒绝赐予他安宁。

刺进来吧!胸膛已经赤裸着。对于一个随时能夺走你生命的人, 585

你难道不想还他以匕首、宝剑和死亡吗?

厄洛斯

陛下,难道您就不能终止您的念头?

---

①　仆人的义务,指奴隶或者自由民在主人要求的情况下帮助主人进行自杀行为的义务。

安东尼

　　闭嘴！奴隶不应向主人提出异议。

厄洛斯

　　为了您的福祉，我愿拿灵魂和生命冒险，斗胆如此。

安东尼

590　为何你不按我所要求的去做？

厄洛斯

　　主人的奴隶佩剑是为了帮助主人，而非谋害主人。

安东尼

　　完成我要做的事，并不是违背我。

厄洛斯

　　奴隶不该让自己的双手沾染尊贵的血液。

安东尼

　　拒绝让想死之人赴死的人该死。

厄洛斯

595　哦，崇高的灵魂！哦，星辰般的英雄！

　　好吧！如您所说，我要竖起风帆！

　　好吧！来吧，尊贵的短刀，拉开这序幕，

　　而奴仆还能因此赢得荣誉！

　　那些将自由之身投进焚烧主人的烈火中，

600　并用喷射的血液将木桩染红的奴仆们，罗马会以他们为荣。

　　在我确要将这过于忠诚的拳头借出之前，

　　我愿将这匕首刺进自己的胸膛。

　　看吧，英雄，刀剑就要刺入！

　　若是主人死去，奴仆也不该独活！

安东尼

605　哦，你不单是个崇高的奴仆！

你充满美德的性情超出了千万罗马人，你证明了：

出身或者为奴都无法让一个人真正成为奴隶。

安东尼，你真可耻！厄洛斯的所作所为

首先教会你，要在他之后有尊严地一同赴死。

行动吧！安东尼，做好准备！用你自己的血去染红这把匕首，　610

而且它还沾着高贵奴仆的新鲜血液。

刺进去！活够了的人，要有尊严的死去。

人物：安东尼、厄忒俄克勒斯、德尔策太乌斯、狄俄墨得斯、几名士兵

提要：众人用解毒药剂暂时唤醒了安东尼，得知埃及女王已被救活后，安东尼命人将自己抬到女王的陵墓中去。

厄忒俄克勒斯

你们这些残忍的诸神，伟大的君王总用鲜血来滋养冰冷的刀刃，

这难道是基本规律？

太阳般明亮的光芒常沉陷于水中，①　615

高楼的辉煌总面对倾塌的困境！

德尔策太乌斯

当船因失去缆绳和锚而不稳固，这不该是哭泣之时！

当舵手在潮水中溺死，

人们必须自行找到庇护者，自己求助。

让我们把锋利的短刀从胸口的伤口中拔出，　620

通过这牺牲让自己与那残暴的敌人②和解。

---

① 此处影射亚特兰蒂斯的沉没。

② 此处即指屋大维。

若是洪流无法避免,那就只得跟随其后。

这就是那把短刀吗? 它从那人的血液中得到滋养,

那个罗马磨刀霍霍所向之人。

狄俄墨得斯

625 好消息! 女王还活着!

让我立刻向君王报告此事。

厄忒俄克勒斯

狄俄墨得斯,他已无法听见或感知。

狄俄墨得斯

一定要相信,相信埃及女王还活着。

厄忒俄克勒斯

她可能的确活着,但他却已经无法知道了。

狄俄墨得斯

630 你们要阻止这个好消息传到君主的耳中吗?

厄忒俄克勒斯

你没看见,死亡扼杀了你的君主吗?

狄俄墨得斯

啊,真不幸! 是哪片云竟喷涌出如此不幸?

厄忒俄克勒斯

当他获悉女王死去时,

便因绝望而犯下这个错误。

狄俄墨得斯

635 一出疯狂的悲剧! 命运女神的残酷判决!

啊! 这位伟大的君王竟致如此血腥地覆灭!

为何? 难道没有人触摸这伤口?

没有人给他试甘松,用醋让他焕发生机?

愚蠢! 快拿酒和治伤口的香膏来。

640 怎么? 这屋子里竟没有纯麝香吗,

也没有熏龙涎香,没有提神的水吗?

赶紧拿中风药膏、酒、珍珠醋、肉桂油、

黄金油和珊瑚液①来,给他清洗伤口。

按摩他的太阳穴和脉搏:他的心脏和肌肉还在活动。

厄忒俄克勒斯

他有呼吸了,现在他动了动他暖和过来的四肢。 645

狄俄墨得斯

他张了张那乏力的嘴唇。

安东尼

是谁让我重获生命?

狄俄墨得斯

我的君主! 他呼吸了,女王还活着。

安东尼

她活着?

狄俄墨得斯

确实如此。

安东尼

省省这些虚假的慰藉吧。

狄俄墨得斯

如果她真的死去,我也愿意放弃生命。

安东尼

那是谁错误地告知我她的死亡? 650

---

① 中风药膏,由多种芬芳药油组成的药物,作为强效药和维持生命的药剂。它首先被应用在中风患者身上,故称中风药膏。珍珠醋,将珍珠溶解于醋中,作为一种药物。肉桂油,一种药物,直到近代早期一直被应用,有多种药效。黄金油,一种药物。珊瑚液,一种含有溶解的珊瑚的液体,可用于降温和伤口处理。

狄俄墨得斯

陛下，虽然女王中毒后像死去一般，

但在这不幸时，

人们用解毒药①和活力水

立刻进行救助，我们的女王好了起来，

655　　然后渐渐从虚弱中恢复过来。

安东尼

哦，这是好消息！应众神恩准，

我得以在闭眼之前再一次亲吻克里奥帕特拉，

我的光芒，我的太阳。

众神，请答应我的请求！

660　　士兵们，快将我抬去她那里。

（舞台再一次转换为王室的陵墓）

人物：克里奥帕特拉、查尔密姆、伊拉斯、斯达、伯利萨玛、萨拉波、巴比亚、安东尼、士兵们

提要：安东尼与克里奥帕特拉诀别，安排后事。

克里奥帕特拉

我们通向毒药和坟墓的道路也要被割断吗？

厄运终究要致我于死地？

现在你们的冒失意味着我要第三次②死亡了，

---

① 解毒药（Mithridat），一种由多种材料混合而成的解毒剂。其名来源于本都王国的皇帝米特里达梯六世（Mithridates）。他用毒药毒死亲人夺权，后畏惧被别人毒害，所以联合药师发明了一种预防中毒的药剂，此药因而得名。

② 第一次是指埃及女王自己服毒自杀，第二次是指她所爱之人安东尼的死亡，她的灵魂在所爱之人那里遭遇了第二次死亡。

因为我的灵魂在垂死的安东尼那儿

第二次亲吻了死亡的阴影。　　　　　　　　　　665

走吧，因为你们并不知如何治愈我的伤疤。

快去给那君主也喂下强效药水，

只把那毒药给我，就是那加在我饮品中的毒药。

一个奴隶尚可在枷锁之中将自己的头颅折断；①

你们却阻断我的死亡，我这困境的出口吗？　　　670

伊拉斯

陛下，人们正将君主抬来见您。

克里奥帕特拉

所有的云朵都没有闪电了吗？

这片海里再没有海妖②了吗？

没有匕首和毒药能解除我与生命的关联吗？

哦，上天！但愿我们不再眼见这样的悲楚！　　　675

是我们巨大的恐惧为我们建造了坟墓吗？

啊！什么能够将这一情景③遮盖，

这在他的心里扎入最深的伤口！

上帝啊！他们带他来了！我的君主，我的首领，我的光！

他还活着，他看着我们吗？他还清醒吗？！　　　680

是怎样的暴风让我们撞在这海难的礁石上？

他还呼吸着，他抬眼了，动了动那苍白的嘴唇，

话语渐消失在唇间，冷汗流下来。

---

①　此处可能指罗马少女埃皮夏利斯（Epicharis）参与谋杀尼禄的计划，计划泄露后在刑架上用胸带绞死自己的事件。

②　原文为 Scillen，是斯库拉（Skylla）海妖中的一种，她会埋伏在墨西拿海峡，等待船只经过时吃掉船员。

③　指人们可以预见的安东尼对屋大维的失败。

安东尼

　　我的珍宝!

克里奥帕特拉

　　　　我的君主!

安东尼

　　　　　　我的光!

克里奥帕特拉

　　　　　　　　我的首领!

安东尼

685　　愿她合上我僵滞的眼,祝福我的灵魂。

　　　　若她最终能再一次慰藉我的恐惧,

　　　　让她的怀抱成为我最后亲吻之处,

　　　　那么安东尼就满足地驶进死亡之港。

克里奥帕特拉

　　　　啊!难道我还要经历安东尼之死吗?

690　　这涂过油的身体要成为他的停尸床吗?

　　　　众神,请别准许这惨痛的不幸降临于我!

　　　　毒药、匕首和刀剑,请来吧!

安东尼

　　　　她安静下来了。

　　　　我的宝贝,她不会拒绝我最后的请求。

克里奥帕特拉

　　　　没有毒蛇能够再分泌致命的毒药吗?

695　　这儿没有能杀死我们的蝎子吗?

　　　　赶快,用水晶杯盛满更毒的酒①来。

---

　　① 更毒,是与她第一次服毒自尽时所用的毒药相比。

安东尼

　　你要用这新的痛苦再次杀死我吗?

克里奥帕特拉

　　在不忠将我们抹黑之前,应让血液将我们染红。

安东尼

　　忍耐与时间会赐予温和的帮助与建议。

克里奥帕特拉

　　说说看,现在克里奥帕特拉还有什么好事可以期盼? 　　　　700

安东尼

　　还有很多,因我的死亡会平息那皇帝的嗜血。

克里奥帕特拉

　　你要相信,罗马一方的暴怒更多要从我身上,而非你那里得以平息。

　　皇帝的恩赐又于我有何益处?

　　现在你,我的首领、我的珍宝,要离去,那对我们而言,

　　王位、冠冕和国家便是虚无,是雾,是烟,是影。 　　　　705

　　因不幸失去王位、冠冕和国家,我不再精神疲惫。

　　够了,克里奥帕特拉终于能舒服地安息,

　　她不需再给那皇帝伏膝跪拜。

安东尼

　　我的宝贝,你不要被这鬼火诱导。

　　鉴于我的痛苦不会扰乱你的想法, 　　　　710

　　也没有孩子伤害你作为母亲的心,

　　那你就不要在我死后还让我痛苦。

　　因为,若是你要因安慰我而断绝自己的生命,

　　那么我即使身在烈焰也依然不得安息,

　　沉重的尘灰会碾碎我的四肢, 　　　　715

　　我的坟墓荒凉空旷,我的棺材会被亵渎。

我因恐惧而苍白的灵魂,因害怕而颤抖的影子,

会在午夜与其他不安的魂灵结合,

然后惊惧地迷失在这荒废的城堡①中,

720　然后看见,人民、国家和孩子们处在何种困境中。

但是若你,我的光,能够装饰好我的棺木与身体,

合上我这垂死之人的眼睛,

按照托勒密王朝的方式为我身体涂油,

我的肉体就能得以保持,我的灵魂就能得以安息。

克里奥帕特拉

725　啊! 我这可怜人究竟还要面对怎样的痛苦!

安东尼

阴雨之后见暖阳。

我的珍宝! 我的精神渐渐虚弱,我的告别已经不远。

现在要说说我的遗嘱了。

不用我说,你作为母亲的心已经告诫孩子们,

730　屈服于厄运,向胜利者投降,

屋大维应当成为他们除你之外的次监护人。

充足的信心通常能把狮子哄睡,②

尽管它已在我们胸膛上磨快爪牙。

不要按照罗马习俗焚化我的肉体,

735　要把它放进托勒密的陵墓中。

释放德尔策太乌斯,狄俄墨得斯也获自由。③

---

①　指亚历山大城荒废的城堡。

②　此句意为,一份让人充分信赖的可信证明能让残暴的君主变温顺。

③　二人本就是自由民。但是义中德尔策太乌斯将自己视为奴隶,屋大维也这么认为。

安东尼之死

其他人都跟随你。我的最后遗愿是：

我的宝贝能完成最后的结局，

用她的唇给我以最后一吻。

克里奥帕特拉

740 啊！爱情的纽带竟要将两个灵魂分开！

安东尼

再给我一些酒。我要死了。

克里奥帕特拉

啊！他去了！

精神、脉搏和体温都没了，血液不再流动，变得苍白。

我的君主，我的首领，我的光！

伊拉斯

当我们的树根折断，谁还能帮助我们这些枝杈？

伯利萨玛

745 啊！是谁正站在这失去首领的王国不远处？

查尔密姆

可悲！我们的女王僵在君主的尸体前！

带这无力的人离开，去她的卧房。

现实总要屈服于无尽的哀伤。

命运三女神合唱

人物： 克洛托、拉刻西斯、阿特罗波斯①

———————

① 命运三女神。克洛托(Clotho)，命运的纺线者，负责缠线，即将生命线从她的卷线杆缠到纺锤上。拉刻西斯(Lachesis)，命运的决策者，负责分线，用她的杆子丈量丝线。阿特罗波斯(Atropos)，命运的终结者，负责剪线。

提要：命运三女神在合唱中说明，人类命运都是注定，预言了安东尼和克里奥帕特拉的死亡结局。

三女神合唱

你们这些终有一死的可怜之人，

为何如此愚蠢？　　　　　　　　　　　　　　750

竟然尝试用自己的机智，

来阻止时间和欢乐逃离？

要知道，即使意志和手掌变敏锐，也只是徒劳，

你们是在流沙中抛锚，注定无果。

拉刻西斯

你们运用智慧，却一事无成。　　　　　　　755

因为克洛托放好了卷线杆，

你们的生命将会如何、还剩几时，

都在你们的生命线上。

按照你们的命运结尾是悲是喜，

她分别用上亚麻、丝线、银线和金线。　　　760

阿特罗波斯

你们日日夜夜所为，

皆由拉刻西斯纺织。

看，你们钢铁做的锭盘如何嗡嗡急转，

你们的拳头如何缠进这纺线中。

星象运转虽然也会对你们有益或有害，　　　765

不过却都依照命运女神如何将纺线绕上纺锤。①

克洛托

若是拉刻西斯

---

① 星象虽然也会对人产生影响，不过是在命运女神允许的框架之内。

用珍贵的线来纺织生命之网，

那么我的姐妹就可省去力气，

770　　不必将纺线和灵魂分裂。

如同玫瑰在花苞绽放前就可能死去，

阿特罗波斯能把你们的午时变为子夜。

三女神合唱

少年之激情，老者之寒凉，

纵情之迷雾，美德之赞扬，

775　　王袍朱衣与粗布长衫，

赫赫权杖与平民铁铲，

并不给你们新的权利，也不以秩序逼迫我们，

我们就恣意划分出身、血统和灭亡。

克洛托

纺织克里奥帕特拉的金线，

780　　比我设想中抵御得更久。

在灾害将其扯断之前，

安东尼的银线已经成铅。

人们不过翻手一瞬，眨眼之间，

我已将丝线换成麻绳，将猩红布换成麦秸。

拉刻西斯

785　　我在尼罗河畔为安东尼

用金线纺织了朱衣和王冠，

用丝线从一位淫荡女人的胸口，

为他纺织了盲目的情欲。

是啊，就像蚕织就自己的坟墓，

790　　这金线银线也成为他的裹尸布。

阿特罗波斯

尼罗河见证我的力量，

正与尘世的神搏斗：

君主的线被短刀分开，

女王的线则由蛇咬断。

时间一到，我的断头台就掉落，　　　　　795

倒下的人都成为自己的刽子手。①

三女神合唱

然而我们却不该

因用闪电折磨你们而受责骂。

因为将你们颠覆的雷霆，

也常常提前结束你们的长吁短叹。　　　　800

当高贵的自由走向奴隶的枷锁，

死亡必在最终风暴②里成为你们的港湾。

---

①　此处说明，人们选择结束生命看似是一个自由的决定，但事实上人们只是执行了命运的安排。

②　指与屋大维的决战。

第四幕

（舞台转换为屋大维的营帐）

人物：屋大维、德尔策太乌斯、士兵统领

提要：德尔策太乌斯给罗马皇帝带去了沾血的短刀,讲述安东尼自杀的始末,并表决心效忠屋大维。

屋大维

你要向我们揭示的,是何秘密?

德尔策太乌斯

陛下,是这把锋利的短刀和他紫衣的碎片。

屋大维

是谁的手和鲜血滋润了这把短刀?

德尔策太乌斯

陛下,安东尼自己把短刀插进心脏。①

屋大维

什么原因,竟让他此刻作出如此举动?

德尔策太乌斯

是我亲自从他的胸膛里拔出短刀。②

---

① 实际上是下腹。

② 此处德尔策太乌斯并没有直接回答屋大维的问题,而想要通过自己拔出匕首的事实先让屋大维确信,安东尼的确已死。

屋大维

　　那此前也必定是你插进去的。

德尔策太乌斯

　　愿上天别用这谋杀罪名来抹黑我！

屋大维

　　奴隶常常做哪些谋害之事，众人皆知。

德尔策太乌斯

　　我知道，奴隶与主人是何等紧密相连。　　　　　　　10

　　我知道一个恶人背负重担能走多远。

　　不！德尔策太乌斯绝不沾上这耻辱的烙印。

　　阴影跟随光芒，痛苦跟随罪人。

　　人们爱背叛之事，却恨背叛之人。

　　虽说复仇要寻敌人的血，　　　　　　　　　　　　15

　　但对于要为复仇流血的人而言，复仇也无益处。

　　安东尼自己把短刀插进心脏，

　　直到他死去，我都忠诚而正直。

　　若夜晚和死亡还未彻底埋葬我的主人，

　　我现在也还不愿成为皇帝陛下的随从。　　　　　　20

　　但既然安东尼已不再是我的主人，

　　我也不愿去服侍那埃及人。

　　我生于罗马，熟习罗马话，

　　除了罗马人，任何人都不能成为我的主人。

　　况且我也十分钦佩对手的美德，　　　　　　　　　25

　　所以不愿为他人奉献我的灵魂与青春，

　　除非是为那在思想与行动上都永生的屋大维。

　　若是现在我胸中有一滴不忠的血液或是一丝虚假的气息，

　　就让硫黄之火撕碎我那堕落的心。　　　　　　　　30

　　若是屋大维认为我有奴隶之德，

　　那我便愉悦地让我鲁莽的步伐停留此地。

屋大维

　　你这一番言语可信否？

德尔策太乌斯

　　即使烈焰冷却，我也不会背叛。

屋大维

35　安东尼何时对自己下了狠手？

德尔策太乌斯

　　不到一个小时以前，那时已是子夜。

屋大维

　　你如何能穿过侍卫和哨兵迅速前来？

德尔策太乌斯

　　因为我事先听见了关键消息。

屋大维

　　你是何意？怎样的风暴将他击倒在地？

德尔策太乌斯

40　人们向他误报了克里奥帕特拉之死。

屋大维

　　真让人悲痛，一个男人因这样的女人而毁灭！

　　爱情之毒在所有毒药中最烈，

　　爱情侵蚀了多少伟大的灵魂，

　　爱情让多少城池①陷入硝烟！

45　可恶的女人，要千万次诅咒她！

　　愿我们被谅解。凡可以尝试的，屋大维都已尝试！

―――――――

　　①　主要指特洛伊因为海伦而陷入战火达十年之久的事件。

但是,安东尼结束了一切。

不愿一起毁灭的人,只能看着燃烧的房子成为灰烬。

然而,这毁灭迫使我们留下苦涩的泪水。①

安东尼啊,英雄气短害死了你自己、你的灵魂还有国家, 50

你那绝望的一刺剥夺了我们施恩的机会,②

也夺去了你的生命。

是否命运不愿意赐予我们这样的荣耀,

不愿让我们既得胜利,又施恩典?

但是,我们不能因痛苦而错失幸运和时机, 55

顷刻之间,胜利和机会就会贻误。

士兵将领,立即行动!让军队迅速准备。

对此人,则进行最严密的看管。

人物:屋大维、阿格里帕、梅塞纳斯、康内利乌斯·伽卢斯

提要:屋大维同身边人商讨如何接待安东尼一方的使臣,以及如何处置克里奥帕特拉和埃及人的后续问题。

伽卢斯

尊敬的陛下,安东尼的一名统帅

正战战兢兢请求谒见。 60

屋大维

　　　　　　　非常好!我们已经

事先体会到了他的恐惧。他在向十字架匍匐前进。

---

① 此处也影射凯撒见到被埃及人献上的庞培头颅落泪之事。

② 此处指夺走了屋大维作为胜利者宽恕失败者的机会。

迅速召枢密前来。现在夜里什么时辰？

伽卢斯

还有两个小时天亮。

屋大维

告诉该使者，他可以觐见。

伽卢斯

65 带着武器？

屋大维

像对待其他使者那样对待他，

吹奏号声，命士兵伴随。

刚刚好！你们出现得恰是时候。

阿格里帕

我们日夜准备时刻为陛下效劳。

屋大维

敌人的傲气已去。我们应当聆听。

梅塞纳斯

70 祝愿陛下永远幸运、常胜！

屋大维

你是何意？是谁的鲜血染红了短刀？

阿格里帕

什么，短刀插入了我们敌人的胸膛？

屋大维

对，安东尼自己夺走了他的灵魂。

梅塞纳斯

上天助我！短刀怎么到了陛下您的手上？

屋大维

75 通过那个从他胸中拔出短刀的人。

阿格里帕

幸运啊！敌人此番落败长我士气,此番不幸是我大幸。

梅塞纳斯

不论我们是否从敌人的毁灭中获得警示,我们都不应开心。

阿格里帕

但安东尼也必定不会因陛下之死而懊悔。

梅塞纳斯

将安东尼与陛下相提并论,已是错误。

阿格里帕

敌人的骨头,就是胜利者消遣的玩意儿。　　　　　　　80

梅塞纳斯

但是,凯撒也为庞培的头颅而流泪。

阿格里帕

眼里像是起了雾,心里却闪着光。

梅塞纳斯

伴随着敌人生命之光的熄灭,复仇也随之结束。

阿格里帕

不善伪装的人,无能统治。

屋大维

敌人的使臣究竟如何接待?　　　　　　　85

阿格里帕

现在可以嘲讽他。

梅塞纳斯

这违背人权。

阿格里帕

是安东尼开的先例。

梅塞纳斯

> 错误之事,不可效仿。

阿格里帕

> 失败者无权派遣使臣。

梅塞纳斯

90 > 克里奥帕特拉,已在陛下掌握之中吗?

阿格里帕

> 首领一死,她现在已经无力反抗。

梅塞纳斯

> 身躯可用刀剑击败,灵魂须用恩典战胜。
>
> 即使今夜赐予我们彻底的胜利,
>
> 但鉴于那么多罗马公民生活在这个城市,
>
95 > 且对于陛下而言,一个罗马人胜过千万埃及人,
>
> 那你认为,人们能在这里站稳脚跟吗?
>
> 不!罗马绝不会逼迫伟大的尼罗河,
>
> 罗马不会将人们推向尼罗河一侧。
>
> 这是怀柔的功绩,暴君不会如此。

阿格里帕

100 > 你知道的,非洲一直打破忠诚和誓言,
>
> 对于那些出生便戴上枷锁为奴的人而言,
>
> 他们没有戴上柔软的辔被驯服的机会。
>
> 只有嚼子能降服发怒的野马,
>
> 只有严苛才能管理人民,能粉碎他们所求。

梅塞纳斯

105 > 严苛、恐惧和逼迫无法建立任何稳固的联系。

阿格里帕

> 若是他们只需要敬畏君主,他们就会仇恨。

梅塞纳斯

　　可人们通过温言软语的艺术来引诱毒蛇。

阿格里帕

　　毒蛇会在最甜美的发情中将伴侣的头颅咬断。①

屋大维

　　让我们首先用温和的手法来对待我们的敌人。

　　若这不奏效,那就是杀人放火之时。　　　　　　　　110

　　人物:阿西比乌斯、屋大维、阿格里帕、梅塞纳斯、康内利乌斯·伽卢斯、普罗库勒尤斯、托勒密、亚历山大、士兵

　　提要:阿西比乌斯向屋大维报告归顺的意图,带来安东尼和克里奥帕特拉的孩子作为质子,得到了屋大维一番空洞的许诺。

阿西比乌斯

　　伟大的君主,上天此刻也在为您打算,

　　从不弯腰的尼罗河屈服于台伯河,

　　埃及在罗马面前退却,埃及女王在罗马皇帝面前退却。

　　众神为您,将死去的安东尼的柏树枝

　　变成了月桂花环。　　　　　　　　　　　　　　115

　　这些埃及人的神殿②乐意伏在您——朱庇特第二的脚下,

　　并为您献上王冠和荣光。

　　现在这个王国的太阳安东尼已经如此血腥地坠落。

　　但正如夕阳,

---

　　①　在交配时,雌性蝰蛇会咬断雄性蝰蛇的头。因为雄性蝰蛇从口中分泌出精液,会把头放入雌性蝰蛇口中。

　　②　此处指埃及人的塞拉匹斯神殿,阿西比乌斯此言意味着,塞拉匹斯神殿对埃及人的重要性可以与朱庇特神殿对罗马人的意义相提并论。

120　残阳如血落入海，

　　对我们而言却意味着太阳的晨光。

　　所以，既然安东尼已经如此残暴地为自己准备了墓碑，

　　那么在这冷酷的风暴之后，埃及期待着太阳之光。

　　并且希望着，陛下此时或可成为他们的太阳。

125　克里奥帕特拉，埃及人的女王，

　　她在如此艰难的情况下也不忘要寻求建议和帮助。

　　她，另一个辛西娅①，走在月亮之前，

　　现在她，在您——太阳②的面前遮住了自己可怕的光芒。③

　　当派利努鲁斯④在猛烈的潮水中死去，

130　船上的人们如何能迅速找到新的舵手，

　　这正是埃及女王所做的。她的舵手死去了，

　　她便将舵盘委托给了陛下。

　　亚历山大城如今向陛下敞开。

　　尽管我们和埃及之间还没有达成协议，

135　但是埃及女王是如此相信陛下。

　　陛下您所求的不是别的，正是共同的和平，

　　是您美德的名声和埃及女王的福祉。

　　若是凯撒您不仅战胜敌人，还能战胜自己，⑤

————————

　　①　原文为 Zinthie，即辛西娅（Cynthia），是月亮女神狄阿娜（Diana）的别名，源自女神降生的辛西斯山（Cynthus）。

　　②　指屋大维。

　　③　可怕的光芒，与民间迷信有关，即满月之时或者月亮变为圆月的过程可能会对人与自然的关系产生影响。

　　④　派利努鲁斯（Palinurus），埃涅阿斯的船员，在埃涅阿斯逃离特洛伊的航行中坠海死亡。

　　⑤　战胜自己，指屋大维抑制自己的复仇欲望。

不损害这个国家的权利，不触及女王的朱衣，

那您在生时便可称神了。   140

整个欧洲都会自发自愿向您朝拜，

从未有罗马人踏寻过的红海，

也自愿为您效劳，

马达加斯加的象牙，

月之山①的黄金，底格里斯河的珍贵宝石，   145

都将献给尤里乌斯②一族。

陛下将看见自己作为世界之主受人尊崇，

若他愿意用友好和温和来建造这个国家的地基。

这也是克里奥帕特拉所期待的，她打开了大门和港口，

而且，为让您不至于仅凭言语就相信这座城市，   150

她在祭坛前发誓，这位伊西斯将对您忠诚，

并将这一对最可爱的人，而非最不幸的送来给您。

这是伟大的安东尼最爱的孩子，

他们愿意屈服在胜利者脚下。

还请您不要嫌弃这质子。   155

你们快去亲吻皇帝陛下的手，

用你们童真的恳求与胜利者的武器和解。

看，罗马战斗至今，也收获不多，

而现在这些东西，您不需武力便唾手可得。

但是您也只能得到那些奴隶，   160

----

① 月之山（Montes Lunae），位于埃塞俄比亚东南部，是托勒密王朝探索尼罗河发源地时发现的山脉。

② 尤里乌斯是古罗马的贵族氏族，不仅屋大维的母系一族属于尤里乌斯家族，屋大维作为凯撒的养子也属于这个家族。

胜利者的名声也要屈服于勇敢的拳头，

赫克托耳并没有死于阿喀琉斯的胜利，①

大西庇阿并没有夺走汉尼拔的英名，②

汉尼拔的屹立与倒下就是迦太基的屹立与倒下。

165　这也让我们得到安慰。

如若现在您用善行来获得这座城市的忠诚，

并且作为胜利者，不蔑视我们的女王，

那么女王希望能邀请您到她的宫殿中去，

亲吻您的手背并屈膝欢迎您的到来。

屋大维

170　不幸的安东尼，让我心哀！众神见证，

我们感到如此遗憾，这位勇敢的英雄，

他本配享更好的命运，却如此不幸地倒下。

请相信，在那把可恶的短刀给我们带来这哀痛之时，

我们的泪水与他的血液混合。

阿西比乌斯

175　天啊！是谁已把这短刀带到陛下面前！

梅塞纳斯

哪座宫殿里能少了叛徒呢？

阿格里帕

这告诉你们，陛下知道你们所有的无力，

女王陛下必须要从困境中脱身。

---

①　赫克托耳（Hektor），特洛伊王子，在决斗中被阿喀琉斯杀死，但是他的勇者之名却永久流传，永垂不朽。

②　大西庇阿（Publius Cornelius Scipio Africanus，前235—前183），古罗马的统帅和政治家。在第二次布匿战争中，作为罗马的主要将领之一，以在扎马战役中打败迦太基统帅汉尼拔而著称于世。

阿西比乌斯

　　不,她更需要从情感而非困境中脱身。

阿格里帕

　　头颅一旦脱离,肢体即刻死亡。　　　　　　　　　　　180

屋大维

　　你们须得承认,安东尼与其说是因我们的武器而倒下,

　　不如说是因他自己的过错,

　　而这份我们曾赐予安东尼却未果的恩德,

　　现在可以完全施加于他的后人。

　　让克里奥帕特拉尽快知晓我们的恩德,　　　　　　　185

　　并且我也很乐意去亲吻她的手背。

　　是的,既然我们最终决定要相信她,

　　所以你们带回这质子吧。

　　但是,人们不能总相信暴民,

　　就像她和凯撒曾经眼见,①　　　　　　　　　　　190

　　愤怒的人民曾用令人惋惜、损耗惨重的大火

　　和极端的愤怒来索要他们二人的性命。②

　　因此我若用士兵来把守城堡和大门,

————————

　　①　此处指公元前48至前47年的亚历山大战争,这场战争中,凯撒和克里奥帕特拉一起对抗人民支持的埃及军队。凯撒派人放火烧掉了港口处皇家舰队的船只,火势蔓延中亚历山大著名的图书馆也付之一炬,因此这场大火带来了惨重的损耗,令人惋惜。

　　②　原文此处不合逻辑。该句若理解为人民"通过"这场大火来谋取二人的性命,则默认是人民放火而非凯撒,与事实不符。若理解为人民因为这场大火而十分愤怒,也不符合逻辑,因为凯撒放火之举乃是战争中的防守之举,并没有引起民众的暴怒。

克里奥帕特拉也必定不会有所怀疑。①

阿西比乌斯

195　暴民心中所念,陛下的恩德,我们都知晓,

陛下您在此事和一切事务上都不受阻拦。

屋大维

在城里、神庙和祭坛,你们依然保有旧权,

高官贵族依旧享有管理职权,

并且将尊女王陛下为女神。

200　罗马人不会损害市民一根毫发,

我们的守卫不只为了我们的福祉,更是为了大家,

市委员会的所有成员都获得罗马公民权,②

穷人得到救助,无辜者得到帮助。

还有被关押的人,都无偿释放。

205　那些至今仍在你们军队中的罗马人,

将会得到他们被剥夺的荣耀和财富。

从我面前离开时,

没有一双眼睛会含泪,没有一只手掌会空着。

阿西比乌斯,你也应当在埃及得到自己的荣耀地位。

阿西比乌斯

210　这将陛下与我们相连,陛下将我们与他自己相连。

　　人物:屋大维、阿格里帕、梅塞纳斯、普罗库勒尤斯、康内利乌斯·伽卢斯、埃帕夫洛狄图斯

---

　　①　屋大维此言是为占领亚历山大的举动披上一层合乎情理的外衣,以保护克里奥帕特拉作为占领的借口。

　　②　屋大维认为赐予埃及人罗马公民的身份是对他们的优待。

提要：屋大维与身边亲信商讨如何对待克里奥帕特拉,最终决定用花言巧语将她引诱到罗马去。

阿格里帕

　　陛下作出太多的承诺,

　　而这些并不可能兑现。

屋大维

　　　　　　　　对手已经断一臂膀,

　　我们要和克里奥帕特拉协谈还是直接决断?

阿格里帕

　　埃及人应当作为女仆,伏在罗马人脚下,

　　您要迈着胜利的步伐来接见女王。　　　　　　　215

屋大维

　　我不同意,这太不合情理。

阿格里帕

　　没有罗马参议院和人民的支持,您能赠予这么多东西吗?

屋大维

　　是我对抗了尼罗河和埃及女王。谁能削弱我的胜利之权?

阿格里帕

　　胜者夺得桂冠,而祖国从中获利。

屋大维

　　罗马在获利时也要给胜者自由。　　　　　　　　220

阿格里帕

　　穆米乌斯不曾想要保留任何科林斯的雕像。①

_____

　　①　穆米乌斯(Lucius Mummius),因在公元前146年的亚该亚战争中摧毁科林斯城而得名。穆米乌斯将科林斯城内的雕像、绘画等艺术作品作为礼物赠送给了意大利和西班牙的城市。

屋大维

　　这是老辈的迷信和无知，

　　庞培①和大西庇阿②都将王国出让。

阿格里帕

　　那谁来偿还罗马的流血？罗马战斗，目的何在？

屋大维

225　　为了实践我的权力，为了向安东尼复仇。

阿格里帕

　　那么埃及女王必须和安东尼一样被歼灭。

屋大维

　　为何？

阿格里帕

　　　　比起安东尼，她不是让罗马遭受了更大的侮辱吗？

屋大维

　　一个女人吗？

阿格里帕

　　　　　　红颜祸水，历来如是。

屋大维

　　她并不像安东尼那样与伟大的罗马密切相关。

阿格里帕

230　　她因凯撒的恩德而获得埃及的权杖。

----

　　① 此处指庞培对待亚美尼亚王国的温和态度。公元前66年，庞培打败与罗马对立的亚美尼亚王国之后，不仅没有将国王提格兰二世（Tigranes Magnus）带回罗马游行，反而接纳他作为罗马同盟。

　　② 大西庇阿被政敌指控，在公元前190年的马格尼西亚战役中战胜叙利亚国王安条克三世（Antiocos III）后因收受贿赂而对其十分宽容。

屋大维

　　权杖是她所获的遗产。

　　此外她还努力通过安东尼自裁一事来向我示好。

阿格里帕

　　她实施谋杀,难道也能成为她的优点?

屋大维

　　难道我须得收回成命?

阿格里帕

　　您正义的要求,她却用诡计完成。　　　　　　　　　　235

屋大维

　　谁若是违背诺言,即使合乎情理,也十分可耻。

阿格里帕

　　共同的福祉将消解这样的诺言。

屋大维

　　该死的国家理性,摧毁了忠诚和联盟!

阿格里帕

　　属于罗马的东西,不能赠予他人。

屋大维

　　克里奥帕特拉会向罗马宣誓效忠,尽责。　　　　　　240

阿格里帕

　　然后在我们有所准备之前,拔走我们的牙齿和利爪。

屋大维

　　梅塞纳斯,你怎么看?你赞成他的劝告吗?

梅塞纳斯

　　没有埃及,罗马不能成为世界之主。

为此,我们可以将昔兰尼①让与她,

245　　这样克里奥帕特拉和罗马都会满意。

屋大维

一旦克里奥帕特拉听到此处一点风声,

亚历山大城内就会燃起一场不可扑灭的大火,

她从各个神庙中搜集而来的埃及宝藏,

全部堆积在城堡中,会随她一起付之一炬。

阿格里帕

250　　那么您的胜利就可以称为一场损失了。

因为若是宝藏不在,罗马以何为战利品?

若是不能让女王随队伍凯旋,您以何为战利品?

若这个放浪的女人,这个时代的灾祸,

255　　非洲的毒蛇,这个让罗马与罗马自相残杀②的女人,

这个将利剑悬于我们自由头颅③上的女人,

不能在陛下班师回朝时作为俘虏被众人围观,

您在罗马准备拿什么来让众人消遣?

罗马会为您修建祭坛和上百座神庙,

用科林斯的矿石,④用金子和大理石为您塑像,

260　　因为抓获女王,罗马能够看见雅努斯神庙的关闭。⑤

因此,您须在女王面前许些美好承诺,

---

①　昔兰尼(Kyrene),位于北非海岸上的罗马省。公元前34年,在克里奥帕特拉被尊为"众王之女王"之际,安东尼宣布他与克里奥帕特拉唯一的女儿克利奥帕特拉·塞勒涅二世(Cleopatra Selene)成为昔兰尼的女王。

②　指东部罗马与西部罗马之间相互残杀,即安东尼与屋大维之间相互残杀。

③　安东尼也视自己为罗马自由的守卫和代表。

④　科林斯有十分贵重的青铜。

⑤　雅努斯神庙(Janustempel)只在战争中开启,关闭神庙象征着重获和平。

以便能成功地将这个女人带回罗马去。

伽卢斯

　　成熟的浆果吸引鸟儿，金子勾起贪念，

　　静止的荣誉雕像激起恶毒的傲慢。

　　人们必须给这位骄傲的女王事先勾勒出　　　　　　　　265

　　陛下对她的炽热爱火，还有罗马作为世界之城的神奇。

　　陛下起誓为伊西斯在罗马修建圣坛，

　　我们也为她呈献香火，

　　把她的像送往罗马，让人们为她点燃挂灯，

　　而且依她所想，让她可以自称女神，　　　　　　　　270

　　因她整日穿着伊西斯那仙子般的长裙，

　　因而我们甚至可以赠予她圣坛和祭司。

　　若她如我所料，努力要通过她的爱情魅力

　　来吸引陛下的心，

　　那么人们就用自己的神奇能力来捕捉这条蛇，　　　275

　　并且撒谎说：屋大维已经深陷爱河。

　　人们为她描绘美好的画卷。

　　两人之间的好感不能继续开花结果，

　　恰因罗马人的反感和仇恨，

　　而她平息这些反感和仇恨最好的方法就是，　　　　280

　　她亲自前往罗马，

　　通过她那美德的光芒和优雅的星辰，

　　来将疑云从罗马和全世界驱散。

　　然后她和您会带着更多渴盼的收获，

　　在神圣的朱庇特神庙达成那甜美的目标，　　　　　285

即凯撒所追寻的,安东尼不惜一切渴求的。①

您看见足下的大海抚摸风帆,

全世界都将臣服,前来效忠纳贡,

看见其他星辰围绕着北辰旋转。②

屋大维

我们违背对她的诺言,这难道还不足够?

290　我们还需要编造这些虚假的爱意和虔诚的表象吗?

然后还通过奸计和欺骗让她被人嘲笑和羞辱?

这不应是帝王所为。

普罗库勒尤斯

您只需同意,

自有他人用甜美的语句来诱惑这个女人,

这条狡猾的蛇自己就让自己陷入迷茫,

295　而男人即便迷失,激情和野心也会将他刺醒。

屋大维

别用一般人的准绳来衡量克里奥帕特拉,

你们会发现她是如此麻木,如蛇一般,

不被任何东西驱动,

而会用自己的回声和魔力的乐曲③来将你们捕获。

埃帕夫洛狄图斯

300　很早以前就可以看出,她的心如何充满激情,

她的心为您跳动。

---

①　他们所求的,正是对罗马帝国的君主统治。

②　北辰,即北斗七星,对于环绕着它的星星而言,北辰就是一个静止的中心。此处则将克里奥帕特拉和屋大维或者罗马视为世界的中心,四面八方来朝。

③　类比海妖的歌声。

屋大维

　　　　　因为你们希冀

　　最后得到收获,因此我想告诉你们,

　　你们要带着宽容和体谅同她交涉,

　　也要注意不得对我的名声有丝毫损害。

埃帕夫洛狄图斯

　　我们将依您的吩咐对待她。

305

屋大维

　　阿格里帕守卫城市,康内利乌斯守卫城堡,

　　你们不可带更多人去见克里奥帕特拉,

　　因为屋大维宽厚待她,是她的朋友和保护人。

　　(舞台转换为克里奥帕特拉的房间)

　　人物:凯撒里昂、克里奥帕特拉

　　提要:克里奥帕特拉知道自己在劫难逃,将凯撒里昂装扮成摩尔人,让他去逃亡,以便以后可以为她复仇。

凯撒里昂

　　母亲大人,我们大势已去! 我们被出卖,被欺骗,

　　被困住,并且已经死去。罗马人会实施暴行,

310

　　没有什么残暴的敌人比他们更残忍。

　　他们抢劫城市和市场,袭击军队,

　　安东尼命人雕上您的像的盾牌,①

————————

　　①　实际上,克里奥帕特拉身边罗马护卫的盾牌上并没有雕刻上她的像,而只是她的名字。

会被他们击碎。他们会搜寻财富，
315　　会拆毁托勒密王朝的大理石柱。

他们会问：凯撒之子在何处？

人们会积极寻找安提勒斯。

人们直言：我们必须死。

现在人们正在装备船只，
320　　女王就要前往加埃塔。①

克里奥帕特拉

是啊，不幸！败局已定！

我该被人同情，更该被人嘲笑，

因为我竟让自己亲眼见到硝烟。

愿蜜蜂和敌人能别再蜇人，

巨毒的根茎之上长出有益的谷物。
325　　我愿用我的覆灭弥补这罪过，

愿我能够用我的死亡，为你，我最爱的儿子，

开辟一条通往自由的道路！

凯撒里昂

城堡已被包围，

任何托词都是徒劳！

刀就要在我的颈侧磨快，敌人要用我的血
330　　才能冷静下来。

克里奥帕特拉

屋大维难道

要以尤里乌斯家族的流血为目标？

------

①　福尔米亚区域的一个港口，如今的意大利城市加埃塔，位于意大利西海岸罗马和那不勒斯中间。

然而复仇、暴怒和权欲从来都不在乎鲜血。

我刚想到一个方法，能把你从罗马人的手中救出。

凯撒里昂

应该只有死亡了。我不怕死，只怕枷锁。

克里奥帕特拉

不，不！凯撒里昂，你应当为我复仇，　　　　　　　335

成为摩尔人和埃及的保护伞，

将罗马人驱逐出昔兰尼和希腊，

甚至要在罗马让屋大维见识你的厉害。

凯撒里昂

众神啊！为此请赠予我幸运、勇气和时间。

克里奥帕特拉

带上这顶假发，穿上这件摩尔人的长袍，　　　　　340

还要用这个药膏把你的手和脸涂黑。①

凯撒里昂

这是畏惧的表现。我宁愿高贵地死去，

也不愿成为奴颜婢膝的摩尔人。

克里奥帕特拉

我儿，你竟为此烦忧？

整个世界都在伪装，

若是美德不想遭难，那么也得戴上面具。　　　　　345

汉尼拔不是也数千次地变装吗？②

---

①　[译注]此处的前提是，凯撒里昂的肤色并不像他的母亲，而是有着白皮肤。

②　公元前218年，时值第二次布匿战争中的特雷比亚河战役，汉尼拔为了预防罗马一方的暗杀，经常改变自己的服装，甚至是与他身份不合的服饰，而且每次还佩戴相应的假发。

你的父亲,凯撒,因为想要逃离苏拉,

所以也不得不穿上奴隶的衣服和木制的鞋子。①

凯撒里昂

我听话,谁能够拒绝母亲的忠告呢?

克里奥帕特拉

350　　若他缺少机智,则磨炼他的忠诚。

啊,朱诺②将自己变为牛,

战神③变为鱼,还有爱神④,

还有变为公羊的朱庇特⑤,还有狄阿娜⑥

她为了逃避提丰的杀戮,变成了一只猫,

355　　酒神⑦变成了山羊,还有变成朱鹭的墨丘利⑧,

阿波罗⑨变成了渡鸦。就让蛇与风向追踪者们

抹去凯撒里昂逃亡的痕迹!

---

①　公元前 82 年,苏拉战胜马略获得罗马统治权,时仅 18 岁的凯撒必须逃亡。首先因他与马略的亲属关系,他已经在政治上为苏拉不喜,其次他还拒绝和当时的妻子,即苏拉政治对头秦纳的女儿分离。

②　朱诺(Juno),罗马神话中对天后赫拉的称谓。此处及下文中众神变为动物,是为了逃避怪物提丰对众神的袭击。

③　战神(Mars),对应希腊神话中的阿瑞斯(Ares)。

④　原文为 Dione,爱神维纳斯(Venus)的别名,对应希腊神话中的阿芙洛狄忒(Aphrodite)。

⑤　朱庇特(Jupiter),天神及万神之王,对应希腊神话中的宙斯。

⑥　狄阿娜(Diana),月亮和狩猎女神,对应希腊神话中的阿尔特弥斯(Artemis)。

⑦　酒神(Bacchus),此处原文为 Lyaeus,即解忧者,对应希腊神话中的狄奥尼索斯(Dionysus)。

⑧　墨丘利(Merkur),商业之神,对应希腊神话中的赫耳墨斯。

⑨　阿波罗(Apollo),太阳神,在希腊神话中名称相同。原文为 Delius,源自太阳神降生的德洛斯岛(Delos)。

我的孩子,真像,现在你就是一个摩尔人了。

我自己都快认不出你了。把宝石和珍珠都拿走,

把它们缝在你的衣服里,逃去提拜德①吧。　　　　　　　360

那上百个神奇的洞穴,②

受到无数魂灵永恒的照耀和鼓舞,

这众法老的杰作,

将会成为你长期的容身之所。

若计划不幸失败,　　　　　　　　　　　　　　　365

尼罗河确定要选乌鸦和鸵鸟作为不幸的鸟,

若孟斐斯,那被鳄鱼选中作为终点的地方,③

也不能阻止残暴罗马人的胜利进程,

那你还有时间逃亡麦罗埃,④

甚至逃往尼罗河的源头,　　　　　　　　　　　370

那最先淌出甜美水流之地。

凯撒里昂

众神! 请别

将甜美变成盐巴,把我的逃亡变成作茧自缚!

---

① 提拜德(Thebais),上埃及的一个区域,它的首都为底比斯(Theben)。

② [译注]此处很可能指向底比斯地区所发现的帝王谷,岩壁上的洞穴里埋葬了埃及新王国时期的众多法老和贵族。

③ 孟斐斯(Memphis),埃及的一个城市,位于开罗南方20公里处。尼罗河流向为自南向北,从尼罗河上游来的鳄鱼选择在开罗南方栖息,而非开罗,一方面因为有位圣人要求鳄鱼到这么远的地方栖息,另一方面则因为开罗藏有能杀死所有鳄鱼的神物。

④ 麦罗埃(Meroe),尼罗河东岸城市,古库施王国的首府。库施王国的发展过程中曾出现过两个中心,第一个是纳帕塔(Napata),第二个就是麦罗埃。

克里奥帕特拉

女王甘达刻①会怜悯我们，

同情地凝视我，把你如同她的孩子般拥入怀中，

375　若是埃及像罗马人那样不听从她的命令，

她便能通过掌控干旱和饥荒，

向敌人展示海上和沙漠中的道路，

只要她关闭埃塞俄比亚的水坝从而截断尼罗河，②

一边让尼罗河溺死在荒野沙漠，

380　一边迫使它流通向陌生的河床。

凯撒里昂

我热切希望执行您的命令。

克里奥帕特拉

你要在我们倒下之处，努力复仇。

再给你一个吻，保佑你平安。

要牵挂你的祖国。

凯撒里昂

母亲大人，晚安！

385　愿诸神置您于永恒的保护和屏障之下，

---

　　① 甘达刻(Kandake)，此处指埃塞俄比亚女王，不过实际上"甘达刻"并不是名字，而是对国王或王位继承人母亲的称谓。尽管克里奥帕特拉将甘达刻视为自己的帮手，但实际上甘达刻对抗罗马的事件发生在克里奥帕特拉去世之后约公元前 22/23 年左右。当时，埃塞俄比亚人在甘达刻的带领下一直攻打到埃及象岛(Elephantine)，被当时埃及的罗马行政长官击败。王城纳帕塔被罗马人占领，甘达刻和儿子成功逃脱。在后来的征战中，甘达刻再次败给这位罗马长官，被迫缔结和平。

　　② 埃塞俄比亚的国王可以改变尼罗河的流向。有具体记载称，因埃及不断虐待最古老的住民科普特人，所以他们的兄弟埃塞俄比亚国王便写信威胁埃及国王要让尼罗河转向，让埃及人干渴而死。埃塞俄比亚人确曾将尼罗河改向，迫使埃及派出主教携礼物前往这摩尔人的国度，恳求他们打开关闭的水坝。

别在罗马皇帝的诺言上建造稳固的塔楼。

蝎子是鳄鱼所生,

罗马人孕育杀戮,荼毒荣誉和血脉,

但是他们的聪明才智绝不让自己被捕,

为了阻止最狡猾的毒蛇,鹦鹉总将巢筑在　　　　　　　390

最脆弱的枝杈上。①

克里奥帕特拉

　　　　　　　　要确信,我的孩子,

我们能赴死,却不能为奴。

人物:普罗库勒尤斯、克里奥帕特拉、康内利乌斯·伽卢斯、查尔密姆、埃帕夫洛狄图斯

提要:屋大维的亲信们打前阵,试图用虚假的诺言引诱克里奥帕特拉前往罗马。

普罗库勒尤斯

陛下,愿众神赐予您和平与生命。

克里奥帕特拉

上天赐予你们胜利,却给我们留下匕首。②

埃帕夫洛狄图斯

您要拒绝这温厚上天的恩赐吗?　　　　　　　　　　　395

克里奥帕特拉

不过是无常众神的怒火,还有他们荣恩的迷雾。

———————

①　为了保护自己的鸟巢和幼鸟免受毒蛇侵害,鹦鹉总是将鸟巢筑在最高最薄弱的枝杈上。这样若是毒蛇前来谋害幼鸟,就会首先受到侵害,这就是所谓的用诡计破解诡计。

②　匕首,用来自杀。

普罗库勒尤斯

　　人们不应通过咒骂愈加激怒众神。

克里奥帕特拉

　　对除死亡以外别无所求的人而言,又有何畏惧?

埃帕夫洛狄图斯

　　怯懦赴死的人,不配有任何荣誉。

克里奥帕特拉

400　　没有任何荣誉值得让人遭受这种耗费心力的困境。

普罗库勒尤斯

　　屋大维派我们速来给您安慰和帮助。

克里奥帕特拉

　　啊! 屋大维不能治愈我的伤口。

埃帕夫洛狄图斯

　　伟大的女王,是什么伤您如此之深?

克里奥帕特拉

　　是那个被命运抛入深渊的人。

普罗库勒尤斯

405　　您曾屹立,如今依然,将来也会屹立不倒。

克里奥帕特拉

　　即便婚姻、王位和国家都已毁灭,成为废墟?

埃帕夫洛狄图斯

　　皇帝不会夺走您所有的东西。

克里奥帕特拉

　　婚姻因安东尼而失去,国家也因战争权①而丧失。

---

　　①　战争权指战胜一方对战败一方所具有的权利,或者是战争所带来的权利。

普罗库勒尤斯

　　于前者,只能说变换是有益的,而后者则创造了胜者的财富。

克里奥帕特拉

　　是的,假使统治欲望不会夺走我们的任何安慰。①　　　　　　　410

埃帕夫洛狄图斯

　　屋大维看重宽厚胜过一切利益。

克里奥帕特拉

　　不可能! 厄运不会赐予我这样的幸运。

普罗库勒尤斯

　　当大海逐渐平静,人们便可期待好天气。

克里奥帕特拉

　　虚假的平静后,总有更大的风暴袭来。

埃帕夫洛狄图斯

　　一艘船只有禁受住第十次浪的击打,才是真正的船。②　　　　　415

克里奥帕特拉

　　第十次的风浪向我们的头颅和房屋席卷而来。

查尔密姆

　　啊,陛下,人们正攻入墓室。

埃帕夫洛狄图斯

　　别惊慌,伽卢斯只是想和普罗库勒尤斯说话。

查尔密姆

　　让人害怕的是,奴隶的枷锁正逼近我们的脖颈。

---

　　①　[译注]若屋大维能够克制自己的统治欲望,允许克里奥帕特拉再婚或者屋大维能采取宽厚的统治政策,这样才能够抚慰丧失了婚姻和国家的克里奥帕特拉,前文普罗库勒尤斯所说的好处才有可能成立。

　　②　奥维德在《变形记》第11章描述了刻宇克斯(Ceyx)的故事,他乘坐的船在经受了九次浪潮打击后,没能承受住第十次的大浪冲击,船只成为碎片。

普罗库勒尤斯

420　　　恐惧和猜疑会极大地误导你们！

克里奥帕特拉

　　　我的灵魂在耳边诉说，我的内心也告诉我：

　　　自由都是假象。快消除这样的痛苦，

　　　克里奥帕特拉，死去，死去吧！以女王之身死去，而非女仆。

普罗库勒尤斯

　　　住手！你要干什么？什么荒唐话让你产生这样的幻觉？

425　　　把匕首给我。否则你将伤害

　　　皇帝①和你自己。

克里奥帕特拉

　　　　　　　　　啊，可悲！

　　　你置我于这种臣属关系中，它不会压迫奴隶，

　　　却让我无法自裁。

伽卢斯

　　　　　　　　　　　伟大的皇帝陛下派我前来，

　　　为您在方方面面提供帮助。

克里奥帕特拉

430　　　人们用这样的甜言蜜语包裹毒药，递给我们。

伽卢斯

　　　您认为凯撒是骗子，而我不可信任？

克里奥帕特拉

　　　啊！屋大维于我而言，是另一位凯撒。②

――――――――――

　　①　伤害屋大维，指克里奥帕特拉通过自杀而夺走了皇帝赐予她恩宠的机会。

　　②　尤里乌斯·凯撒曾帮助克里奥帕特拉夺得王位，此处将屋大维与他相提并论，称其为"另一位凯撒"。

伽卢斯

　　您可以相信他,如同信任那位凯撒一般。

克里奥帕特拉

　　怎么相信? 他甚至认为我们不值得他亲自一见。

普罗库勒尤斯

　　皇帝就在不远处,正守卫您的安全。　　　　　　　　　435

克里奥帕特拉

　　我愿献出我的灵魂,换取他的恩宠!

伽卢斯

　　通过您的盛名,您已经得到老凯撒的恩宠了。

克里奥帕特拉

　　美貌在我身上消逝,恩宠也随他衰去。

伽卢斯

　　另一位凯撒了解您的光辉,一位更好的凯撒。

克里奥帕特拉

　　说说,他打算如何施恩给我们。　　　　　　　　　　440

伽卢斯

　　他要为您建造圣坛,铸造雕像。

克里奥帕特拉

　　他能将伏在他脚下的人,视为女神并给予尊重吗?

普罗库勒尤斯

　　伟大的皇帝认为自己已被您征服。

克里奥帕特拉

　　我从不敢如此妄想,倒下的人总要被人践踏。

埃帕夫洛狄图斯

　　罗马要把您的神像置于维纳斯神庙中供人朝拜。　　445

克里奥帕特拉

　　罗马？那连我的名字都不愿听的罗马？

普罗库勒尤斯

　　罗马憎恨您，是因并未亲眼得见。若是见到您，必会喜爱。

克里奥帕特拉

　　若是亲眼得见，仇恨只会加深，而不会消解。

埃帕夫洛狄图斯

　　在您的美德面前，一切仇恨和嫉妒都会消解。

克里奥帕特拉

450　　阳光孕育阴影，美德招致嫉恨。

普罗库勒尤斯

　　地影只会将低处的月球①染黑。

克里奥帕特拉

　　我们的恩赐难道是更高处的星辰？

埃帕夫洛狄图斯

　　罗马会因您的光彩而大为震惊。

克里奥帕特拉

　　既如此，为何老凯撒从不为我说话？

普罗库勒尤斯

455　　新王国的状况不允许这种事情发生。

克里奥帕特拉

　　只愿陛下赐予我们埃及安宁。

埃帕夫洛狄图斯

　　您不想赐予伟大的罗马以您的面容吗？

---

　　①　比起其他"更高"的星体，月球离地球的距离更近，所以描述为低处的月球。月食时，地球遮住了太阳，地球的阴影投射在月球表面。

克里奥帕特拉

　　那阳光照耀的城市一定会抛弃我们。

普罗库勒尤斯

　　为何？屋大维也不愿放弃您的光芒。

克里奥帕特拉

　　世界之城必须是罗马吗？　　　　　　　　　　　　　　460

埃帕夫洛狄图斯

　　罗马不会允许皇帝的任何驻地从自身分割出去。

克里奥帕特拉

　　那就称亚历山大城为新罗马。

埃帕夫洛狄图斯

　　您竟如此鄙夷尊崇罗马这件事？

克里奥帕特拉

　　毕竟罗马的众神①不会保护议事厅和祭坛。

普罗库勒尤斯

　　屋大维，罗马的庇护者，绝不会让您处在无助之中。　　465

克里奥帕特拉

　　他的保护人老凯撒也不得不死去。

埃帕夫洛狄图斯

　　陛下所愿和您自身之幸都庇护着您。

克里奥帕特拉

　　我明白，屋大维也不愿看见我们远行。

普罗库勒尤斯

　　屋大维来了，他一定比我们了解得多。

————————

　　①　罗马的众神即罗马的众多统治者。上一句提及"尊崇罗马"，所以这里讽刺地称罗马皇帝为罗马众神。

克里奥帕特拉

470　　我们脱下鞋子,赤脚①向他问候。

　　人物:屋大维、克里奥帕特拉

　　提要:屋大维和克里奥帕特拉都想利用情欲作为斡旋筹码,一番虚情假意之后,克里奥帕特拉仍无法劝服屋大维放弃带她前往罗马的念头,只得借口安葬安东尼拖延时间。

屋大维

　　是世界的眼睛,埃及的太阳在微笑着注视我们吗?

克里奥帕特拉

　　是神祇屋大维可以让她成为女神的人。

屋大维

　　请起!美丽的女王,您不必行此屈膝大礼。

克里奥帕特拉

　　但被征服者须得避让胜者的怒火。

屋大维

475　　是女王陛下征服了我们,还有整个世界。

克里奥帕特拉

　　我?现在从王位上跌入深渊的克里奥帕特拉?

屋大维

　　是从黑暗和忧愁中,如幸运之星般冉冉升起的克里奥帕特拉。

克里奥帕特拉

　　我愿因你所愿走向停尸床。

屋大维

　　我更愿意在高处看你。

────────────

　　①　赤脚象征着谦卑。

克里奥帕特拉与屋大维,Louis Gauffier

克里奥帕特拉

480　　啊！但愿我这条失败的小船能系在这锚上！

屋大维

　　我将永远是你的港湾和下锚之处。

克里奥帕特拉

　　在如此漆黑的夜晚，真有这样的光为我们升起吗？

屋大维

　　大雪后有莲花和三叶草，暴风后是安详平静。

克里奥帕特拉

　　啊！愿你能止住我们的泪泉！

485　　天神，皇帝，世界之主，这些名字

　　　　在凯撒之后，只留给了你，

　　　　因为毋庸置疑，伟大凯撒的魂灵，

　　　　那将你从死亡中拯救出来，使你成为众神之一的魂灵，

　　　　就藏在你的灵魂之中；

490　　因为神圣的纪念能让暴怒的敌人慈悲；

　　　　因为被亲吻的凯撒像①能让敌人动容。

　　　　啊！这样屋大维不会不当地轻视我们。

　　　　虽然凯撒的胜利本就已经记入星象，

　　　　但是他还将那个被国家驱逐的人②

495　　送上王位，即使这于他是损失；③

----

　　①　在与屋大维会面时，克里奥帕特拉在沙发旁摆放了许多凯撒的像，还随身携带凯撒的信件，期望能劝服屋大维。

　　②　被国家驱逐的人指克里奥帕特拉自己，她在与弟弟争夺埃及统治权时曾被驱逐。

　　③　损失，指凯撒因介入埃及内部的王位争端在亚历山大战役中经历了艰难且损失惨重的战事，此外他还让克里奥帕特拉得享胜利的好处，让她登上王位。

他还用敌人的血来滋养土地、尼罗河和海洋，

这些让他在埃及跻身诸神之列。

假如现在我还能保有王位和自由，

虽然这些现在正掌握在陛下你的手中，

那么屋大维在生时就可以位列诸神。　　　　　　　　500

伟大的凯撒！若我能用

这些我虔诚地留在你像上的泪水和亲吻，

去软化那最伟大的屋大维的硬心肠和灵魂，

那即便在你死后，纪念你也让我们快乐。

只要人们还认我为女王，　　　　　　　　　　　505

我就会在千百座寺庙中为你燃烧香油、熏香和龙涎香。

屋大维

惊惶的女王陛下，请平复你的悲伤。

尤里乌斯家族无人有这样的铁石心肠，

无人会对皇家血脉犯下杀戮暴行。

你不会受到任何伤害。　　　　　　　　　　　510

我们之间爱的标记，早已由西尔索斯向你表达；

普罗库勒尤斯也已说明，我们是多么重视你的福祉。

国家、权杖、自由和生命，都只是举手之劳。

我还想给你更多。

克里奥帕特拉

如此我愿将我的心献给伟大的皇帝陛下。　　　　　515

我在伊西斯的祭坛上宣誓效忠和尽职，

献出通向托勒密财富①的钥匙，

---

①　指托勒密家族的王室珍藏，在克里奥帕特拉自杀之后，这些财富都被屋大维运往罗马。

对,献出那些我自己不敢用来陪葬的东西。

屋大维

你对自己这样不信任?

克里奥帕特拉

520　沉默的凯撒,啊! 快为我说话。

屋大维

沉默的大理石难道能比你的舌头说得更好?

克里奥帕特拉

因为烦扰常常让人失言。

屋大维

若你准许我的恳求,还请向我说明这烦扰。

克里奥帕特拉

谁若是胆怯地去请求,就会得到拒绝!

525　沉默,沉默吧,克里奥帕特拉! 即便是眼神和面容

也会表露那人炽热的心灵之火,

她爱如今的凯撒就如同爱那位凯撒。

我的主人,我的首领,我的光,别抛弃我燃烧的心灵、流泪的眼睛!

我要燃烧了! 我在燃烧! 屋大维! 因为通过陛下的身躯,

530　我的凯撒重新出现了,我的凯撒。①

那随他一起已经成为灰烬的烈焰

又得到了新油。今天真是有福啊!

就在我用手拥抱这世界首领的时候!

---

①　此处可类比淮德拉(Phädra)的故事,她是希腊神话中忒修斯的妻子,后又爱上了希波吕托斯,即忒修斯与亚马逊女王的儿子。根据塞涅卡记载,淮德拉对希波吕托斯解释道,她在他的身上看见了他的父亲忒修斯,对他的爱也唤起了对忒修斯的旧爱。

你们①这些最后的见证者,见证他的爱情烈焰,

你们这些标志,象征着坚定的忠诚,你们这些炽热动情的使者,　535

你们这些信件,去揭开那毫无虚假的恩赐,

去向皇帝陛下事先展示我如今爱的楷模;

去把那屋大维和克里奥帕特拉相连,

正如你们把凯撒与我相连,直到坟墓为止。

我的光! 你不会从我身上移开目光!　540

因为那么多泪水之盐都从这泉眼中涌出,

现在眼睛的黑色太阳流出泪水,

但太阳光芒的源泉仍是不受损害。

恐惧消退我脸庞的红晕,

干燥的风叹息着,让我的红唇褪色苍白。　545

这乳房已不复年轻,

如今软弱无力的心脏也无法让胸膛动情,

无法再赋予乳汁活力,再激起乳头战栗。

但是,我还要让屋大维感受到欲望的激情。

看,眼睛的黑夜怎样闪光,　550

看,嘴唇如何在红宝石点缀下变红,

看,脸颊如何渐染红晕,

四肢如何变得珍珠般洁白。

看,这胸膛随着急促的呼吸快速起伏,

爱情让这甜美痛苦的武器更加锋利,　555

若是陛下不爱我,他定是有着铁石心肠。

他叹息着,他面色苍白! 怎么了? 我明白了,

陛下现在所想的是利维娅,

---

① 指克里奥帕特拉曾收到的凯撒的信件。

我的光啊，请相信，爱情让人喜悦，

560　然而只有那喜欢变换的人，才能品尝它的甜美。

红色的金子驱走了郁金香和水仙花，

即便是太阳，也会有时亲吻这颗星星，有时亲吻另一颗，

月亮则是有时圆，有时缺，

这样他们单一的光芒才不让天空反感。

565　陛下在利维娅身上看见珍珠般洁白的光芒，

而我的面容则染着朝霞一般的色彩。

红宝石的深红①让苍白的珍珠黯然失色。

我的内心毫无虚假，我的身躯完美无瑕。

屋大维

哪块石头不会在此软化为蜡，哪块铁不会化为硫黄？

570　美貌的强大引力，举手投足的魅力，

造就了甘愿臣服于女王的屋大维。

克里奥帕特拉

我的君主，还请你把握这壮年时的爱欲，

时光如梭般飞逝，欢乐似暗影蒙尘。

不愿给爱情空间的心灵，

575　就如乌云遮蔽的星星，如洪流中的珍宝，

如同紫红色的蔷薇花，虽然绽开了花苞，

却让这绿叶中的宝藏未经采撷便坠落尘土。

珊瑚不被采摘，对大海又有何益处？

相反，一位伟大的君主将会多么满足啊，

580　当他将胜利和爱情的果实一同收获时，

当他在温柔的怀抱中用爱人的吻，这甜美的露水，

---

①　此处指克里奥帕特拉的肤色。

让半死的身躯重新焕发神采。

屋大维

啊，你这此世的维纳斯①，这世界的太阳，

我那陷入爱河的灵魂视你为宠儿，

我也听从于你，为了你的爱神木放下了月桂花环。　　　585

日食中，月亮的阴影在地球上投射的范围内，

你都应当称神。

但是前车之鉴教导我们要谨慎行事。

伟大的凯撒经历了罗马人的仇恨，

安东尼则经历了仇敌、战争和死亡，　　　590

皆因他们先让罗马得知了那爱情的创伤？

而非你本人以及你美德的光辉。

骄傲的罗马并不相信，这片棕色的大地上能孕育出洁白的摩尔人，②

也不相信，一个崇高的灵魂能在这里让另一颗心灵激荡不已。

罗马因而怨恨，那些他们后来反而尊崇的东西。　　　595

既然现在没有什么能让罗马打消怀疑，

也没有什么能预防我们的毁灭以及罗马人的愤怒，

除非我能够恳请女王陛下，

希望她——哦，太阳——能够施恩，亲临罗马，

人们期盼着，屋大维因她而变神圣，　　　600

以至于她放弃尼罗河而选择台伯河，

从而让她与罗马成婚，让我与世界成婚。③

---

①　指安东尼和克里奥帕特拉第一次会面时她装扮成维纳斯之事。

②　尽管有着深色皮肤，但在道德、个性和品质上都如同白人一样伟大。

③　克里奥帕特拉选择了屋大维，选择了罗马，屋大维也从而和平地获得埃及。

克里奥帕特拉

我的首领,我的君王,我的主人,我们难道应当去罗马?

那里有着上千条毒龙向我们喷射毒液和火焰。

605　被怨恨者若在场,只会增加仇恨者的痛苦,

我们的美德只会更折磨他们的心灵,

那心灵会像毒蛇一样甚至从莲花中吮吸毒液,

会让美德的尊名沦为恶行,

会因自己的耻辱和别人的荣耀而羞愧。

屋大维

610　巴西利斯克①的眼睛即使在远处也会致命,

从近处的镜子中,这毒虫的暴虐目光,嫉妒者的利剑,

却将自己吓退,让自己蒙羞。

当金色的太阳从大海中升起,

如同蒸汽在完全明亮的雾气中消散一般,

615　仇恨、敌对和妒忌也将同样在爱中得以澄清,

只要埃及的太阳满足我们的愿望,

并用她的恩宠来照耀罗马的天空。

克里奥帕特拉

不,不!自负要以咒骂和死亡为代价,

我的主人,若是我对陛下还算有些意义,

620　若是在您的血液中还留有一丝恩宠,

若是我的眼泪还能让陛下的心为之动容,

若是我的灵魂不应在顷刻间苍白失色,

我的君主,请不要逼迫我离开埃及。

---

①　巴西利斯克,不仅仅指神话中可以用目光杀人的蛇怪,也指下文的嫉妒者。

屋大维

你自己拒绝了我的恩典,也拒绝了你自己的福祉。

克里奥帕特拉

我宁愿失去生命,也不愿失去您的恩宠, 625

但是还请屋大维宽限我:

既然前往罗马之事已尘埃落定,

我也满足陛下所有的要求,

就让我先按照埃及的仪式①安葬安东尼。

屋大维

克里奥帕特拉在此永远享有自由。 630

合 唱

(舞台转换为尼罗河边十分欢快的区域)

人物:埃及男女园丁的合唱

提要:园丁们讽刺虚伪而危险的宫廷生活,赞颂自由真诚的爱情,点明了屋大维与克利奥帕特拉之间浅薄的爱情只是互相欺骗。

男园丁合唱一

多么神圣啊!那些舍弃宫殿中的金子,

选择草地中的绿宝石的人!

还有那些不在光滑的冰面上追名逐利,

不受自己的诡计折磨的人!②

那些在无忧的草地上, 635

---

① 指尸体涂油的仪式。
② 不会因自己的罪行而遭受苦果。

　　　　围绕着水晶般的河流，

　　　　弃了王位而选择园林的，

　　　　弃了烦闷而选择快活的，

　　　　除了美丽的女园丁们，

640　　不去赢得他人喜爱的人们。

　　女园丁对唱一

　　　　啊！多么神圣啊！那些热爱纯粹美德的人！

　　　　他们仇视所有虚伪，

　　　　允许不含猜忌的纯粹讽刺，

　　　　咒骂带有恶意的人。

645　　热爱宝石这等死物的人，

　　　　热衷于借无趣的虚假恩赐①上位的人，都为他们厌弃。

　　　　只有灵魂才值得被爱，

　　　　用来装饰的赠品却不值得，

650　　因它们丝毫不懂以爱报爱。

　　男园丁合唱二

　　　　蜗牛血②是什么？凶手的颜色。

　　　　王位又是何物？蠕虫灵魂的坟墓。

　　　　比起令人鄙夷的牧羊人手杖，③

　　　　权杖的水晶有更多缺口和裂痕。

655　　我们不需隐蔽酒器和温床，④

　　　　就将它们安放在红丝绒上，敬而远之。

――――――――――

　　①　指获得虚假的地位或感情。
　　②　蜗牛的血，紫色，象征着帝王的颜色。
　　③　埃及人鄙视牧羊人。
　　④　酒器中可能下有毒药。温床指人们可能在梦中遭到谋杀。

你们的琼浆,或许同牛奶和果汁一样并不美味。

其中还常常掺有毒药。

若是我们有幸能见到第二天的太阳,

我们就感到快活,没有忧伤。 660

女园丁对唱二

就让海藻①和朱砂②将他人装点,

我们不加修饰已经很美。

在鲜花面前,麝香和麝鼠都会发臭。

就让她们站在抛光的镜子前,

用发粉将头发染色,③用香膏给皮肤上妆。 665

而我们只需一汪清泉。

那里的妆容必被发螨和毒药④毁坏,

这里却永远散发舒适的光芒。

比起这边的灌木丛,

那里房间里能听见更多的蛇嘶嘶作响。 670

男园丁再唱

在那里,淫乱颠覆爱情。

我们这是蜜蜂,那里却是黄蜂,⑤

只会把大自然为我们培育的蜂蜜

吞噬一空。⑥

---

① 一种海洋植物,人们从中提取出红色颜料用于化妆。

② 一种矿物质,可以用于化妆,使皮肤变红。

③ 古罗马的女士们喜爱红色头发,所以常用发粉来把头发染红。

④ 发螨,即头发中的螨虫;毒药则指香膏等化妆品中含有的有害物质。发螨与毒药对应上文扑发粉和抹香膏的化妆手法。

⑤ 蜜蜂授粉,可以提高产量,而黄蜂却只会捕食和伤人。

⑥ 本句的引申义为,甜蜜的爱情在宫廷中却可能让人遭受伤害。

675　啊,人们从甘蔗①中倒出毒药,

　　　在卧室里搭起断头台。

　　　那些不能用匕首公开杀死的人,

　　　就得通过恩赐和友谊②来迫害。

　　　黄金装饰的朱红卧床,

680　成为死亡的坟墓和奴隶的枷锁。

女园丁再唱

　　　尼罗河正为我们

　　　描绘一出关于埃及女王的卑劣戏剧。

　　　人们为她燃香,但也想让她为奴,

　　　不愿赐她自由、死亡和坟墓。

685　可恶的恩赐！爱情的畸胎

　　　只浮于这浅薄的嘴唇。③

　　　逃吧,(园丁们)逃离塞壬和让船沉没的危岩吧。

　　　若是心间还有绝对忠诚在闪烁微光,

　　　那灵魂相连之人的爱情之油

690　便不会在棺材或坟墓中燃尽。

---

①　本意指十七世纪时作为奢侈品供人享受的甘蔗。甘蔗作为“管道状”的物体,一方面可供宫廷中那些自私自利的爱人,即“黄蜂”们从受害者那里汲取财富等“蜂蜜”;另一方面则成为他们在对方失去利用价值时给对方下毒的途径。

②　即狡猾的伪装。

③　克里奥帕特拉和屋大维之间互相用言语作保的爱情,都是浮于表面的欺骗。

第五幕

（舞台为亚历山大城的伊西斯神庙，王室墓穴与之相邻）

人物：克里奥帕特拉、查尔密姆、伊拉斯、放置在高台上的安东尼尸体、斯达、伯利萨玛、萨拉波、巴比亚、若干祭司

提要：克里奥帕特拉同侍女们一起安葬了安东尼，然后她向侍女们揭露了屋大维虚伪言语下的真实面孔，决心用死亡获得荣耀。

克里奥帕特拉

　　谁若是相信这盲目命运的无常之轮，

　　若是以德性为基石，在其上建造奢华的塔楼，

　　若是将世界的君主称为尘世众神，

　　若是对自身之外了解甚多，对自身却知之甚少，

　　若是以权杖的水晶、王座下的冰面①来作支撑，　　　　　5

　　那么他将来到此处并认识到，身居高位之人，

　　身形竟摇摇欲坠。一切英雄的典范，安东尼，

　　南方和东方视他为不死之人，

　　波河、幼发拉底河和尼罗河都为他臣服，

　　不仅轻易因一道霹雳而毁灭，　　　　　　　　　　　10

　　甚至几乎不能获得一座坟墓。

---

①　本意指河流底部形成的底冰。在近代早期常常用来形容脆裂的、易断的冰面，此处也是如此。

好吧！让我们拥抱这尊贵的身体,做最后的告别吧！

来吧,亲爱的姐妹们,过来,用你们的手

使他成为真正忠诚和爱情誓言的祭品。

15　要污浊你们的身体,敞开并击打你们的胸膛!①

七日不行沐浴。用葡萄藤包裹棺材,

穿上麻布衣裳而非锦缎。

饮水而非酒,这样你们才能更多地流泪,

要为你们的面包和微薄的食物哭泣。

20　伊拉斯,用这个弯曲的铁片穿过安东尼的鼻子,

舀出他头颅里的脑浆,

然后灌入香膏。②

伊拉斯

厄忒俄克勒斯已经取出脑浆,

用石块③从腹部取出肠道的腐败物,

并且用棕榈酒④清洗干净,

25　然后沉入尼罗河中。

他高贵的身体也已经用盐浸渍了。

克里奥帕特拉

那就用香柏汁和甘松给他的肢体涂油。

查尔密姆,拨开他那我之前合上的眼睑,⑤

让他能在成魂之前再次看看天空。

30　死神,让光芒再次照耀他和我,

———————————

① 击打胸膛,表悲痛。

② 香膏在此处指一种液体,用来清除脑内残留的物质。

③ 一种锋利的埃塞俄比亚石头,用来切开腹部,移除内脏。

④ 棕榈酒,用枣椰树的含糖树液酿造而成。

⑤ 在死者被焚烧之前,把死后合上的眼睛重新打开,是罗马人的传统。

让他能欢欣地看见，

我是多么忠诚、多么痛苦地为他立起墓碑。

萨拉波，用芦荟、没药和决明子塞满他的身躯和胸膛。

去吧，伯利萨玛，

把这块金格罗森①放在他的舌头下。 35

安东尼，假使你的灵魂并没有随着肉体一起毁灭，

那么只要死者的灵魂能够看见世间之人，

你安东尼就一定不会拒绝听见我的声音。

让我们的身躯在同一座坟墓中腐烂，

让爱情的烈焰在我们的灰烬中继续燃烧， 40

让我们俩的灵魂占据同样的星轨，

让我们日日为夫妻。

现在，用这神圣的丝带缠绕他的身躯，

在上面用图画写出祝福，

这样才不会有蠕虫来啃噬身躯，不会有鬼怪来扰乱墓穴， 45

不会让堤丰②来折磨他的灵魂。

把红宝石和月桂花环放在他的前额和头发上，

把铠甲、头盔和盾牌搁在他的停尸床上，

把玫瑰撒在棺椁之上，为他点火，

这烈焰，如同灵魂一般，永不会烧成灰烬。 50

这里没有祭司来为他建造祭坛吗？

这样人们才可以终年为他焚香。

---

① 格罗森，旧时货币单位。在死者舌头下放置钱币，用来作为摆渡费，交付给卡隆（Charon）。卡隆，即古希腊罗马神话中冥王的船夫，负责将死者摆渡过冥河。

② 埃及女王将自己视为伊西斯，将安东尼视为被堤丰杀死的欧西里斯。

巴比亚,为此事支付三千磅。

祭司

这里绝不会缺少香火,不会缺少为长眠的安东尼

55　　获得安宁而献出的祭品。阿努比斯将会护佑他;

荷鲁斯①为他投下光芒,向堤丰掷出雷电;

塞拉匹斯将会成为他的保护伞和强大的守护神。

克里奥帕特拉

人们要敬拜他的像,并在大理石上刻字:

"此处沉睡着埃及的救赎,罗马的自由。②

60　　二者的福祉皆随着安东尼一起逝去。"

啊!感谢上天!最后的职责,现在也已完成。

再给他最后一个吻!我的心爱之人,晚安!

都已完成了!啊,不!还有什么要做的?

我现在还要坚强,经受住这场战役,

65　　克里奥帕特拉应当通过死亡再次

与安东尼结为连理,逃离这悬于头顶残酷的困境,

并通过自己的鲜血发现,

在这样的血液中藏着的绝不是奴仆般的灵魂。

伊拉斯

尊贵的女王陛下,

70　　苦痛又要将您推向怎样的绝望和纷乱之中?

难道您想为了安东尼而让自己成为献祭?

您的死亡只把我们也带入坟墓,而无法让死者复生。

──────────────

　　①　荷鲁斯(Horus),古代埃及法老的守护神,象征王权。荷鲁斯常常被视为
由许多其他与皇权、天空等有关的神祇组成的合体,这些神祇大多是太阳神。

　　②　安东尼自视为罗马自由最后的代表和守护者。

查尔密姆

克里奥帕特拉,我的陛下。

不要觉得糊涂的名声和自杀是神圣的。

一个奴仆可以轻易地将自己鲜血撒在主人的柴垛之上, 75

从而享受长生和自由。①

而这与自由的灵魂何干?

整条大船因为舵手而沉没,

整个国家则因您而毁灭。

克里奥帕特拉

怯懦的人!

你们不明白这刻骨之痛的缘由。 80

伊拉斯

不幸的阴云已经消散。

人人都感受到,温和的屋大维对您是如何有益,

他传告民众,允许您可以不屈膝,

没有剥夺您在这座城市的权利和财产。

这所有一切都不是为了我们,而只是为了您。 85

简而言之,他把您置于利维娅之前。

伯利萨玛

鉴于这点,我已为婚礼做了许多准备,

设法准备了全部物品,

婚床也已装饰好。塞拉匹斯神庙

在火光中闪闪发光,伊西斯的祭坛已经冠上 90

———————

① 仆人殉主,例如上文安东尼的奴隶厄洛斯的自杀行为,奴仆通过自杀殉主得以脱离奴仆身份而获得自由。

爱神木花环,人们呼喊着伊西斯的上千个名字,①

乞求福祉和安康,期盼着托勒密家族凭借您的子孙后代

能在尼罗河畔繁衍昌盛,

与埃及的上千个天狼年②一样长久。

克里奥帕特拉

95　愚蠢,糊涂! 这些都是金色的圈套,

人们用这些来把敌人引入牢笼。

上天爱护我们,才仁慈地让我们发现,

屋大维把我们引入怎样的陷阱之中。

查尔密姆

上天啊,救命! 这场暴风雨难道永远无法停息吗?

克里奥帕特拉

100　可恶的罗马竟会想要使我成神,

他们明明想要用咒骂和屈辱把我推向深渊。

可恶的复仇欲念! 无耻的恶毒把戏!

屋大维已将我们拔骨、抽髓、吸血,

用恶毒的权力夺走家族的王位,

105　用流氓的手段掠走王室的珍藏,

然而他的野心还未平息。他现在思索着,

把我带往罗马参加他的胜利庆典,游行示众。

这就是我最后的价值。

但是,绝不! 鱼钩在鱼上方盘旋,就会抓空。③

————————————

① 伊西斯有许多别名,数目可达三万。

② 古埃及人根据对天狼星的长期观测制定了太阳历,把天狼星与太阳同时出现在地平线上的那一天作为一年的起点,这样 365 天的历法纪年就称为一个天狼星年。

③ [译注]克里奥帕特拉要让屋大维的计划破产。

君主若死在亡国之前,就须得死得伟大。　110

比起让统治者被统治,

光明正大地赴死并非是这世间的不幸。

你们知道,我生于王室,

世界上没有国家能与埃及比肩,

我的子民证实了我的神圣荣耀,　115

托勒密家族以赫拉克勒斯和酒神为祖先。①

阿杜利斯城②的大理石作为见证,

讲述了托勒密的统治到达了顿河、锡尔河③的发源地

还有海格力斯之柱,④

到达了海洋之源将非洲南端不断急速冲刷的地方,还有更远的地方。　120

比起让我耻辱地活着,

甚至在罗马成为利维娅的女仆,

怎能说尊贵的坟墓不是我舒适的去处?

伊拉斯

我的陛下,也许您的忧虑仅仅是出于怀疑。　125

----

①　赫拉克勒斯(Herakles),希腊神话中最伟大的半神英雄。托勒密家族以赫拉克勒斯和酒神为祖先,实际上便是将家族的祖先追溯到了二者共同的父亲宙斯或者朱庇特身上。这一信息则来自阿杜利斯城(参见下一脚注)中留下的两句铭文中的第一条,即父系家族以赫拉克勒斯为先祖,母系家族以酒神为先祖,二者皆是朱庇特之子。

②　阿杜利斯(Adulis),如今厄立特里亚北部红海岸边的一座古城。阿杜利斯城中留有两句希腊铭文,于公元六世纪被人发现。第一条铭文刻在石制的宝座之上,出自托勒密三世(在位时期公元前246—前221年)时期。第二条铭文刻在王座后的石碑上,出自一位姓名不详的阿克苏姆国王,约在公元二或三世纪时。第一条铭文记录了家族的开端,第二条则讲述了家族的主要经历和结局。

③　锡尔河,发源于天山山脉,中亚的内陆河。

④　海格力斯之柱,对西班牙直布罗陀海峡的旧称。

克里奥帕特拉

不仅仅是怀疑！注意那些行为，

他是否表现得像我们的朋友和守护者？

他呈现罗马人为我们服务的假象，实际上不是将我们作为奴仆看

管吗？

他们不是禁止我们离开宫殿吗？

130　　不是作为敌人占领了这座城市，不是清空了宝库和兵器库吗？

他让军队服役，让民众向他宣誓，

不是在转瞬之间削减了我们的权力和忠仆吗？

这就是他的允诺给我们带来的甜美果实。

面对此人，难道人不会产生高度怀疑吗？

135　　我们的死敌竟然伪装成迅速坠入爱河的样子。

当漆黑的天空突然明亮，

膨胀的乌云之夜必定孕育雷电：

屋大维明面上摆出的亲切姿态要以我们的毁灭为唯一代价。

太过谦卑、友好的人，

140　　很少会与忠诚和真实为伴。

人们许给我荣耀之柱的美妙幻境，

正是他们虚构的、我在罗马将得到的荣耀。

而这些除了在皇帝的言语之间，并不可能存在于任何地方。

我们绝不会被邀往罗马，不，我们不能被逼往罗马。

145　　既然荣誉和喜爱总伴随着强迫，

为何我们还要仔细考虑这些或那些细节？

这是皇帝的信，是我们几个小时之前

在安东尼的屋中发现的，它告知安东尼应如何行事。

查尔密姆

正义的诸神！闪电不应该立刻劈开

这前后不一的嘴唇,这双刃的刀剑吗? 150

屋大维要您用最爱之人的鲜血把手染红,

这里他又让安东尼把您杀害,

还给两个人都允诺了杀戮和死亡带来的好处。

克里奥帕特拉

现在判断吧,我从屋大维的行为中几乎找不到任何益处,

这难道是冤枉了他吗? 155

怎么,或者你们还想了解更多原因和证据吗?

我恳请你们看一看,这是多拉贝拉①,那罗马人中

最正直的人,传给我们的手书。

查尔密姆

我们该如何理解这封秘密手书?

伊拉斯

这样理解,屋大维将要穿过叙利亚再回罗马, 160

而战船已装备妥当,

即使违背女王意愿,

船也要开往加埃塔。最后陛下身陷枷锁,

出现在凯撒要举行的胜利节会上。

查尔密姆

你们这些愚蠢的凡人!认清事实吧, 165

这是一件乞求敌人恩典的下流事!

他让言语炫目,自己便不用动手,

他只要勾勾手指,权力便自动从我们手中坠落。

---

① 多拉贝拉(Cornelius Dolabella),屋大维的亲随。出于对克里奥帕特拉的喜爱,他暗中送信告诉她屋大维计划把她和孩子们一起送往罗马。

克里奥帕特拉

单纯的查尔密姆！尘埃落定后，

170　　结局会告诉你许多东西,再狡猾的枢密

也不能提前预见这些。降生时的智力

以及众神恩赐的,都是无法挑选的。

难道这就让我们的罪孽减少,而可怜增加了吗?

既然我给安东尼的,并非甜美的苦艾酒,①

175　　那么为何我要拒绝饮下自己的毒药呢?

振作起来！我已经看见安东尼向我的灵魂招手！

起来！克里奥帕特拉！拿起毒药和宝剑。

正如真金不怕火炼,人的灵魂也要经受住命运和死亡的考验。

人物:安提勒斯(身穿祭司长袍)、埃及女王、查尔密姆、伊拉斯、斯达、伯利萨玛、萨拉波、巴比亚、狄俄墨得斯

提要:安提勒斯咒骂克里奥帕特拉害死了安东尼。克里奥帕特拉写信将孩子托付给屋大维,之后利用毒蛇自杀,侍女们也纷纷殉主。

安提勒斯

可恶的女巫！杀人犯美狄亚!②

180　　现在是时候了:用你的心好好想想,

想想你为了荣耀、王国和生命,

在安东尼身上实施了怎样的杀戮。

众神会让你那被玷污的良心,

---

①　[译注]此处暗示女王因诱骗安东尼自杀而自知有罪。
②　前文中,阿塔巴契斯的魂灵已将克里奥帕特拉比作美狄亚。

受恐惧蚕食,被蛇虫啃噬,

你的绝望会让你自裁, 185

不然这个拳头就成为你的死亡和刽子手。

克里奥帕特拉

上天啊！难道现在这地狱还要派遣祭司来折磨我吗?

安提勒斯

不论在此处还是在地狱,折磨都不会少。

而且我将用你的鲜血,

带着长青的美名和甜美的兴致, 190

把我这新的祭司之身献给复仇,

倘若你不自行了断的话。

克里奥帕特拉

可悲！我成了怎样的人?

我要被嘲讽、谴责、责骂、诅咒、唾弃吗?

我的灵魂要被驱逐吗? 真是悲哀啊！

祭司,我究竟犯了怎样的错误而伤害了你呢? 195

安提勒斯

无耻之徒,你不是将我置于危险之中,

让我付出丧失荣耀和生命的代价,就像对我的父亲一样吗?

克里奥帕特拉

天啊！这一定是安提勒斯。

安提勒斯

是,当然是我,你这个女人中的畸胎！

抛掉伪装看着我。不过,你能够直视我 200

而不羞愧脸红吗? 你的内心会告诉你,

你对我的伤害有多深。

克里奥帕特拉

　　　　　　安提勒斯,请原谅我,

原谅我那些伤害了你和安东尼的行为。

我承认我的罪过,罪过无法得到辩护。

205　　可我的孩子,你为何将自己隐藏在祭司长袍中?

安提勒斯

若非如此,我还能够怎样逃离罗马人的暴行?

正是你将我送到他们的手中。

克里奥帕特拉

愿欧西里斯将你怀抱! 伊西斯母亲①

把一切不幸从你身上转移,而后如数加之于我!

210　　我的孩子安提勒斯,于你于我,这皆是抚慰,

就让仇恨和愤怒以我的鲜血为食。

我的胸膛已敞开,这是锋利的匕首!

刺入吧。

安提勒斯

　　　这颠倒的把戏!

克里奥帕特拉

　　　　　动手吧。

安提勒斯

　　　　　　　我想如此,

却不能如此。

克里奥帕特拉

　　　　　这一刺和死亡于我是享受。

_____

　　① 伊西斯,埃及女神,也有母神的功能。在伊西斯和儿子荷鲁斯的雕像上,她把儿子放在胸前哺乳,这也是圣母与圣子形象的先例。

安提勒斯

这乌黑的血液①不可污染我的双手。 215

克里奥帕特拉

那么安提勒斯就让我不受责骂地死去。

安提勒斯

不论你是否应得这些，我不愿向你的墓上

投石或咒骂。②

克里奥帕特拉

　　　　　那我便愉快地死去了。

伊拉斯

你们这些残暴的众神！敬拜你们的像有何用？

为你们准备诸多献祭有何用？我们的祈祷不能让你们更温厚， 220

我们的虔诚也无法使你们更柔和！

不幸是命运注定的吗？又或者一切皆是偶然？

克里奥帕特拉

现在不是咒骂敌对的诸神之时。

还不如我们向他们乞求恩典和帮助。

这毕竟能让将死之人尚可以忍受死亡。 225

好吧！将信拿来签字。③

你们要读我给屋大维的最后一封信吗？

----

①　黑色的血液，不仅仅象征罪恶，也与当时的体液病理学说相关。该学说认为人体由四种体液构成，即血液、黏液、黄胆汁和黑胆汁。血液变黑，是因为黑胆汁过多，表现出抑郁特征。抑郁这种病态障碍会扰乱人的名利欲望和野心，正是克里奥帕特拉身上具有的特质。

②　向坟墓投石，若同时伴随着咒骂是一种极大的羞辱；不伴随着咒骂的投石行为则是同情的体现。

③　签字，指在下面查尔密姆所朗读的这封信上署名。

查尔密姆

　　"陛下,现在您获得了我的王国,

　　我的灵魂则获得了自由的王座,

230　现在低贱的求生欲望要在镀金的停尸床前退却。

　　然而我这将死之人还要对您有所请求:

　　我希望与安东尼一同安眠,希望您不要拒绝。

　　人们赐给农奴沙洲,也赐予虫子土地和沙子。

　　请不要在我的孩子身上打磨那嗜血的刀剑,

235　并宽待他们可以不戴锁链。

　　那么屋大维将会带着声望踏上埃及的王座,

　　您的家族也将永远繁荣善战。

　　只是一具棺木也不能将我完全封锁。"①

克里奥帕特拉

　　你们听见了我最后的愿望。把信封上,

240　交给我的守卫②,他需尽快将信

　　送到皇帝手中。

伊拉斯

　　　　　　天啊! 不要告诉我,

　　我们的心脏和首领要先于我们在坟墓中安息。

　　只有四肢僵死后,心脏才会死亡。

　　查尔密姆! 让我们现在以死来获得荣耀!

克里奥帕特拉

245　忠实的人儿,不,你们错了。

━━━━━━━━━

　　①　克里奥帕特拉不会因为死去而被人遗忘,而会在后世的纪念中长存。
　　②　守卫即指埃帕弗洛迪图斯,此人被屋大维派到克里奥帕特拉身边,监视她的一举一动。克里奥帕特拉派他给屋大维送信,在他离开后自杀。

因你们如此正直地爱我，真诚待我，

所以你们才要完成更远大的目标，这才对大家有益。

当人手上沾染了高位首领的鲜血，

就会用温柔的手让下面的四肢入眠。①

为此屋大维要对你们发怒吗？　　　　　　　　　　　250

是的，若是你们让自己被怯懦引诱，

谁来为我准备符合我身份的入殓和棺木？

要相信，比起为死者履行最后职责的那些人，

因为痛苦而死去的人，会得到死者更少的眷顾！

查尔密姆

就没有什么方式能够逃脱死亡和束缚？　　　　　　255

克里奥帕特拉

结束已定。药也备好。

查尔密姆

您为何要藏起无花果篮？

克里奥帕特拉

那不愿赐予我的死亡，它现在就藏在这叶子中，

你们看见那舔舐蜂蜜的黄色小蛇了吗？

看见它的尾巴如何摆动，它的眼睛如何闪烁了吗？　　260

它会在我的胳臂上磨快它的舌头、毒药和尖牙。

伊拉斯

我的灵魂在颤抖！

这就是用虫杀死自己的温柔途径吗？

用这样的怪物？

———————

①　当首领被惩处时，必须先麻醉他的肢体，以防他还能够活动从而导致人们不能一举击中头部。

克里奥帕特拉

　　毒蛇那刺痛的毒药,比起凯撒的利欲熏心,

265　　也并不势头凶猛。若是无法在人那里找到安慰,

　　便只有向毒蛇与恶龙寻求建议了。

查尔密姆

　　众神啊! 毒蛇真的要将这百合般的手臂噬咬?

克里奥帕特拉

　　对! 为了高贵的灵魂,我敞开肢体的大门。

狄俄墨得斯

　　是的! 现在是赴死的时候了。皇帝已经下令,

270　　人们立刻要将所有宝物都运到船上。

　　我看见欧西里斯的像,已经无人珍视,

　　这由绿宝石雕成的、足足九肘尺高的像,①

　　被人从神庙中拖出。

克里奥帕特拉

　　众神啊! 屋大维如此渎神、如此冷酷,

275　　不会因掳掠神庙而感到羞愧吗?

狄俄墨得斯

　　正是,若是您还信任多拉贝拉,

　　他亲口告诉我,阿格里帕今天

　　还要把女王也掳到船上。

克里奥帕特拉

　　　　　　　　啊! 打破罗马人对我们的束缚!

　　让屋大维为世人嘲笑。

---

　　①　肘尺(Elle),古埃及的长度单位,指从手肘到中指顶端的距离。据记载,埃及确实存在着九肘尺高的欧西里斯的绿宝石像。

因为人们会对与毒蛇成婚感到愤怒。　　　　　　　　　　　280

来吧,让人愉快的小动物! 来吧,

将你自己盘在这赤裸的胳臂上!

通过这刺痛让血管中温暖的液体与你那温柔致命的吻结合。

怎么,你的嘴唇只想从无花果汁中汲取甜美吗?

我这大理石般的皮肤配不上这刺痛和毒液,　　　　　　　285

而它却能在转瞬之间将犯人撕碎吗?①

为了惩罚我,现在连毒蛇也缺乏毒液了吗?

狄俄墨得斯

女王,让我来先为您做试验,

用死亡来证实我的忠诚。

它咬了。你们看,皮肤只是微微发红。　　　　　　　　　290

查尔密姆

天啊! 他已经倒地死去。

巴比亚

已经没有脉搏了,毒素已经

让他的四肢冰冷。

克里奥帕特拉

　　　　　　　这忠诚的奴仆

赢得了他的荣耀,并教导我们如何轻巧地死去。

他让我们羞愧,我们竟如此畏痛。　　　　　　　　　　295

伯利萨玛

这条让奴仆迅速死去的毒蛇,

----

①　史学家几乎一致认为,当克里奥帕特拉意识到自己并不能用爱情来把控屋大维,并且屋大维要把她送往罗马后,她便让人在无花果篮子里放了一条毒蛇,以便自杀。蛇毒迅速发作,立即致人死亡,无法救治。克里奥帕特拉此前在犯人身上试验了各种毒药,最终挑选出这种痛苦最少、见效最快的毒药。

不咬女王陛下，是因为命运

扼住了它的舌头。①

克里奥帕特拉

　　　　　　别说这样的话。

它是唾弃我的胳臂，它想到胸口这来。

300　　来吧。我因我的放浪而应得一死。

现在咬吧！分泌毒液吧，

在这红唇曾吮吸奶与蜜之处。它咬了！我被咬中。

我已经感到昏睡和晕眩的来临。

查尔密姆

啊，命运除了赠予我们这胆汁，没有任何其他馈赠！

克里奥帕特拉

305　　来吧，亲爱的人，再给你们最后一个亲吻。

萨拉波

她在颤抖，她沉睡了，她完了！

查尔密姆

这令人战栗的雷电！穿透骨髓和肢体！

心脏已冰冷，眼睛已化石，

血管中冰冷的血液阻碍了管道，②

310　　让僵化的眼泪凝固在眼中。

女王将去哪里？我们灵魂的宠儿。

她眼睛的太阳就要沉入漆黑的地狱吗？

要在那里唤醒爱与光？

――――――――――

①　毒蛇爱护虔诚之人，杀死有罪之人。此处，伯利萨玛将毒蛇不咬女王的行为视为女王无罪的证明。

②　管道，指眼睛作为渠道可以将事物传递到内心。

CLEOPATRA.

克里奥帕特拉之死，Guido Reni

她身躯之雪白要将黑夜转变为白日吗?

315　她那丁香花装扮的嘴唇要在坟墓中播撒花种吗?

原本晦暗的深渊地狱要让天堂也黯然失色吗?①

埃及要成为东方世界享乐之地,

而它的统治者却将进入地狱?

伊拉斯

是,不仅仅是地狱,更是虎穴!

320　我们为何僵滞,为何发抖?

我们要倒在残暴敌人的刀剑或爪牙之下吗? 看看我们的女王!

她教给我们如何羞辱你的敌人和枷锁。

她不是已经为我们打破这命运轨迹了吗?

不是已经用短暂的死亡预言了永恒的赞扬吗?

325　敌人,不论如何凶残,也必须为她的美德造纪念像。

光荣的死亡遮盖人世间最恶的罪,让凡人成神。

人们将在千百块大理石上、在朱庇特神殿的石头上,读到女王。

如同阿尔西诺伊二世②被称为西风之子,

330　与天同高的尼罗河③也称女王为维纳斯,

称我们为美惠女神,④

只要我们依照她们的教导舍弃灵魂。

而若是我们被敌人捕获,

接踵而至的就只有咒骂和耻辱了。

---

① 埃及女王为地狱带来了光芒,让地狱甚至比天堂更好。

② 阿尔西诺伊二世(Arsinoë II.,约公元前 360 年—268 年),埃及的女王。她在世时就已经被尊崇为西风神之子,这一名字来源于她位于亚历山大城东方的"西风之神"山上的神殿。

③ 尼罗河显然暗指埃及,因而"与天同高"则指埃及金字塔。

④ 诸美惠女神同时也是维纳斯的侍女。

正是为此,敌人才让我们活着,　　　　　　　　　　　335

即便没有这些,这身躯又能再活多久而不变苍白呢?

现在要为这短暂的余生,

舍弃可能随我们千古流传的后世之名吗?

不,亲爱的查尔密姆! 谁若是要光荣地追随女王而去,

就不得视其发肤过于柔弱,视其血液过于娇贵。　　　340

用一滴血就可以径直获得的东西,

若是要用许多的汗水去挣得,就会带来恶名。①

我们至今通过忠诚的职责所获得的永恒,

若是能在死后融入血液,

于我便是盈利。　　　　　　　　　　　　　　　345

若非此举,后世怎知查尔密姆何许人也,

伊拉斯又居于何处?

来吧,姐妹们! 摧毁我们首领的东西,也要摧毁我们的肢体,

在它之前咬的地方,我们同样的地方也要被咬。

它咬了。我要死了! 请光荣地跟随吧。②　　　　350

查尔密姆

这般死亡带来名誉,而活着却带来耻辱和负担,

人们正在这里用死亡和鲜血争夺胜利的桂冠,

那第一个获得忠诚、权力和名誉的人,

要在这里最后加入到圆舞曲中去吗?

烟雾抑制火焰,　　　　　　　　　　　　　　355

---

①　塔西佗在《日耳曼尼亚志》中称,用汗水来获得原本用鲜血才获得的东西,是腐败而软弱的。

②　克里奥帕特拉自杀后,伊拉斯和查尔密姆殉主。此时,伊拉斯已经死亡,查尔密姆则是半死倒在地上。

引人落泪的痛楚减弱美德的光芒。

本想借用顺从来驯化凶残的敌人，

可我们已经因为过多屈从而失去了许多名誉，

我们现在应当真诚地用死亡来弥补。

360 但是首先让我们完成女王下达的命令，

并为她的遗体完成最后的职责。

鉴于现在这项任务比起重视虚饰

更在于爱意，

我想用一束鲜花表达爱意，向遗体告别。

365 鉴于命运和时间无法提供更多，

我眼泪的盐就成为膏油，

我的目光就作为葬礼的火把。

现在鼓起勇气吧！查尔密姆，现在到了，

能正义地反抗敌人、不幸和死亡的时候了。

370 振作起来！勇敢地把刀剑和匕首插进胸膛！

人物：安东尼、克里奥帕特拉和伊拉斯的尸体，康内利乌斯·伽卢斯、埃帕夫洛狄图斯、西奥多勒斯、安提勒斯、皇帝的几位将领、查尔密姆、斯达、伯利萨玛、萨拉波、巴比亚

提要：屋大维的亲信赶到，已经来不及阻止克里奥帕特拉自杀。西奥多勒斯认出了安提勒斯，安提勒斯被杀害。

埃帕夫洛狄图斯

住手！

查尔密姆

已经晚了：

看，鲜血已四溅！

伽卢斯

你们做了什么？

什么愤怒引诱了你们？在你们的敌人尚且保护你们时，

你们居然把毒药、死亡和刀剑对准了自己的身体？

查尔密姆

比起枷锁，我们更能接受毒药、死亡和刀剑。　　　　　　375

伽卢斯

枷锁？即便是死亡也无法把你们从咒骂中拯救。

你们自己玷污了灵魂，丑化了身躯。

这只染血的蠕虫，可怖的女人，

就是美丽的查尔密姆吗？

查尔密姆

对！比你们想象的更美。

因为我们的名誉同星辰一样闪耀。　　　　　　　　　　380

因为坟墓中也有坚定的忠诚。

伽卢斯

看！这虫子如何蠕动！她呼吸沉重，她死去了。

埃帕夫洛狄图斯

可耻之徒！难道你们就无法阻止

女王自杀吗？

伯利萨玛

是谁赋予了胜利者

阻碍死亡意志的权力？　　　　　　　　　　　　　　　385

你们不必如此指摘我们，

我们不过是享有服从的荣誉而已。

伽卢斯

　　克里奥帕特拉不会被安葬入殓,①

　　不仅如此,杀人的手也要被砍下,②

390　　正是没人事先向皇帝陛下传信,

　　才让她获得了自杀的权利。

斯达

　　你们强加于我们的困苦,

　　为她们的死亡和自杀权利辩护。

西奥多勒斯

　　每个人都是神的子民和奴仆,

395　　谁要是在天父下达命令前,就扯断生命赋予的羁绊,

　　便不配躺在母亲的怀抱之中。③

萨拉波

　　神通过残酷的神迹暗示祂的命令,

　　若人活着却失去了名誉,就应死去。

伽卢斯

　　并非天神,而是沽名钓誉才让她陷入死亡。

---

　　① 由此引出关于自杀正当性的讨论。柏拉图在《法律篇》中称,一个人若是不经国家宣判,不是因为残酷而无法避免的命运,亦不是受到极端的耻辱驱使,而仅仅出于自己的无力和软弱就不公正地终结生命,那么他就只能获得一个空墓穴而不被安葬其中。他要被安葬在国家的边界地区,即那些无人居住甚至没有名字的地区。这些地区毫不出名,墓葬不会因为立柱或是铭文而被人认出。亚里士多德在《尼各马可伦理学》中称,自杀的人因其行为构成对国家的犯罪,所以要被国家处罚且剥夺荣誉。

　　② 将死者的右手割下,是为了将身体的这一部分与身体分离,因为是这一部分做出了荒唐的自杀行为。

　　③ 根据赫格西仆在《历史》中记载,自杀不仅仅受人类礼仪的禁止,法律也禁止自杀。因此,那些不等父亲的指令到来就死亡的人也被剥夺了进入母亲怀抱的权利,即入土安葬的权利。

巴比亚

　　死亡的权利削弱了你们实施伤害的权力。　　　　　　　　400

埃帕夫洛狄图斯

　　难道不是那婊子狡诈地用那封信

　　将我驱走，让我不能阻挡克里奥帕特拉

　　被蛇的毒牙咬死？

巴比亚

　　不赐予我们幸福的人，总得赐予我们死亡吧。

　　就算人们拿走我们的毒药和匕首，　　　　　　　　　　405

　　人们剩的最后一口气也能成为死亡的工具。①

西奥多勒斯

　　埃帕夫洛狄图斯，若是我没看错，

　　那儿站着的是安提勒斯。

埃帕夫洛狄图斯

　　　　　　　　　　　让我们一起走近，

　　仔细端详。

伽卢斯

　　　　　　等等，

　　在你们还没意识到时，你们将为自己的罪孽付出代价，　　410

　　那时你们的嘴就不会这么犟了。

伯利萨玛

　　我们也将自愿陪伴死者。

西奥多勒斯

　　是的，这是安提勒斯。就算他的发型和衣服不对，

————————————

　　①　指后来的罗马少女埃皮夏利斯（Epicharis）在刑架上用胸带绞死自己的
事件。

　　他的面容也不会欺骗我。

埃帕夫洛狄图斯

　　　　　　　　告诉我，

415　　何时、何人接受你成为祭司的？

安提勒斯

　　谁？我吗？

埃帕夫洛狄图斯

　　　　　　就是你。

安提勒斯

　　　　　　　我从孟斐斯来到

　　这座神庙。①

埃帕夫洛狄图斯

　　　　　　你的名字？

安提勒斯

　　　　　　贝里勒。②

西奥多勒斯

　　这不是安提勒斯的声音吗？

埃帕夫洛狄图斯

　　　　　　　你认识安提勒斯吗？

安提勒斯

　　认识。

西奥多勒斯

　　　　　扯下他的头发。

――――――――――

①　本场地点在亚历山大城的伊西斯神庙。

②　贝里勒(Beryll)，是安提勒斯给自己取的假名，因为它与安提勒(斯)
(Antyll[us])在发音上相似，无更深层的含义。

安提勒斯

　　　　无耻的叛徒。

埃帕夫洛狄图斯

　你是不是安提勒斯？　　　　　　　　　　　　　　　　420

安提勒斯

　　　　　　是，但并非如这位西奥多勒斯一样是罪人。

　啊！小偷！刽子手！

　杀人犯！幸灾乐祸之徒！

西奥多勒斯

　　　　　你们不应将他了断吗？

　我知道安提勒斯的意图，你们也了解屋大维的意志。

埃帕夫洛狄图斯

　伽卢斯，我应在他身上完成陛下的愿望吗？

西奥多勒斯

　安提勒斯是屋大维的死敌，　　　　　　　　　　　　425

　他心中翻腾着愤怒，在胸中涌动着复仇。

安提勒斯

　你身上则充斥着诽谤。啊！你们别被他误导。

伽卢斯

　真相在他一侧，正义却在我们一侧。

　我们就在神庙之中。

西奥多勒斯

　　　　　这样才是神圣的，

　即把安提勒斯的血液献给屋大维。　　　　　　　　　430

伽卢斯

　死狗的狗头还能咬人。

安提勒斯

                你们这些罗马人是要亮出武器

对我吗？为何要惩罚我？

西奥多勒斯

你是安东尼之子。

安提勒斯

           也是福尔维娅的，①

她也是屋大维的岳母。

西奥多勒斯

           毒蛇在体内孵化蛇卵，②

435   其中藏着的却并不是毒蛇，

孵化出的是巴西利斯克③的卵，

就连屋大维也难以将其消灭。

安提勒斯

             但不会伤害罗马人。

埃帕夫洛狄图斯

快刺向这个混蛋。

伽卢斯

        这毒蛇还要自卫！

安提勒斯

请允许福尔维娅无辜的血脉向你们恳求。

---

    ①   福尔维娅（Fulvia），安东尼的妻子。福尔维娅的女儿是屋大维的第一位妻子，所以福尔维娅也是屋大维的岳母。

    ②   一般种类的蛇产下蛇卵，然后在体外孵化小蛇。但也有蛇类在体内产卵，在体内孵化小蛇然后生出，如蝮蛇。

    ③   巴西利斯克，此处象征安东尼。

埃帕夫洛狄图斯

　　这血液已经在尼罗河畔变成毒液。　　　　　　　　　440

安提勒斯

　　　　　　　　　　若你们的怒火

　　连我这罗马血脉也无法避免，

　　也请爱惜这欧西里斯、尤里乌斯的像，

　　他们正被我环抱着。①

伽卢斯

　　　　　　　　抓住他，把他从像前拉开。

西奥多勒斯

　　众神的像不可为恶毒作庇护。②

伽卢斯

　　谁对君主本人造成损害，便不可将它们的石柱　　　　445

　　挑选为自己的守护像。

安提勒斯

　　　　　　　说说，安提勒斯犯了何罪。

埃帕夫洛狄图斯

　　他与祖国和屋大维为敌。

---

　　①　根据苏维托尼乌斯在《罗马十二帝王传》的《神圣的奥古斯都传》一章中的记载，安提勒斯在许多徒劳的恳求之后逃到凯撒的肖像那里，被屋大维拖出来杀害了。

　　②　人固然可以向诸神和皇帝寻求庇护，但罪行不受庇护。例如，根据苏维托尼乌斯在《罗马十二帝王传》的《提比略传》一章中的记载，人们在奥古斯都雕像附近殴打奴隶或更衣是有罪的，人们携带印有奥古斯都肖像的戒指和钱币去厕所或妓院也同样有罪。显然这些行为并不受众神庇护。根据塔西陀《编年史》第三卷中的记载，罗马元老认为，皇帝固然和神一样能庇护众人，但神尚且只受理请求者的正当控诉，因此谁都不能试图通过逃往神殿来逃避自己的罪行。

安提勒斯

可那是为了我的父亲。千万人中，

哪个罗马人遭受过我所经历的一切？

伽卢斯

450　　扯开这无耻之人，

用他的性命来弥补他的荒唐。

神庙不会庇护那些连民众之家都不配进入的人。①

安提勒斯

众神！人们在此处如此亵渎你们，伤害你们，

人们认为你们不公，认为你们不存在，

455　　向罗马人复仇吧，用厄运把他们埋葬。

埃帕夫洛狄图斯

当罪人死的时候，人们赐予他们辱骂的权利。

西奥多勒斯

他抽搐着。

埃帕夫洛狄图斯

　　　　他不说话了，

他不动了。

西奥多勒斯

　　　　我去试试他是否还有心跳。②

人物：六具尸体；屋大维、阿格里帕、梅塞纳斯、西奥多勒斯、普罗库勒

---

①　斐洛在《论律法》的《特殊的律法》一章中写道，若是杀人犯要进入神庙寻求庇护免除刑罚，必须要阻止他们；即便他们已经潜入，但因渎神者不享有神庙的庇护权，他们也要受到惩罚。那些犯下不可洗刷罪名的人甚至都不曾被正派的人邀请进入私宅，更不配享有进入神庙的荣誉。

②　就在此时，西奥多勒斯从安提勒斯身上偷走了猫眼石，被萨拉波看见并报告给屋大维。

尤斯、康内利乌斯·伽卢斯、阿里乌斯、埃帕夫洛狄图斯、斯达、伯利萨玛、
巴比亚、卫兵们、两位普西勒人

　　提要：屋大维试图让普西勒人吸出蛇毒也只是徒劳，克里奥帕特拉已
经死去，屋大维赞颂她的美德光辉，命人将她风光下葬。

屋大维

　　她怎么了？还活着吗？啊！难道她已死去？

　　她那惊惶的灵魂已离开尘世？　　　　　　　　　　　　　　　460

　　快！救她！快！赶紧！去拿强效水来，

　　试试看，是否还有脉搏，伤口又在何处？

伽卢斯

　　陛下，已经没有脉搏，也找不到伤口。

屋大维

　　灾祸不可能从天而降。

　　仔细检查她冰冷身体的每个部位。　　　　　　　　　　　　　465

普罗库勒尤斯

　　看看，是否能找到匕首、毒药或者刀剑的痕迹。

屋大维

　　把尸体的胳臂和胸膛裸露出来。

伽卢斯

　　在胸膛上发现两个红色斑点，

　　但这种小伤不可能造成死亡。

阿里乌斯

　　不！正是。这是毒蛇的咬伤。　　　　　　　　　　　　　　　470

屋大维

　　拿蛇粉①和蝎子油②来，

――――――――――

　　①　把蛇晒干或燃烧制成的粉末，可以用来治疗有毒的伤口。

　　②　将活蝎子放入橄榄油或杏仁油中加热制成蝎子油，可以用来治疗有毒动
物的咬伤。

牛黄没拿来吗?

阿里乌斯

> 陛下可以

让水蛭一般的普西勒人①来治疗所有毒液。

屋大维

快,救人,立刻把他们带来。

普罗库勒尤斯

475　给她的心脏上贴上一副解毒的膏药,

趁她昏厥的灵魂还没有彻底从身体中逃走。

屋大维

埃帕夫洛狄图斯,你竟如此不小心?

埃帕夫洛狄图斯

她用恶劣的计谋把我打发走,

在她要给陛下您呈送那些财宝清单时。

480　那上面记录着那些她事先隐秘转移走,

且借口要用来向利维娅表示尊敬的财宝。②

---

　　①　根据老普林尼(Gaius Plinius Secundus)在《自然史》(*Naturalis Historia*)中的记载,普西勒人是非洲的一个民族,具有屠蛇的能力和驱蛇的气味。关于解毒,凯尔苏斯(Aulus Cornelius Celsus)在《医术》(*De Medicina*)中写道,其实普西勒人并不具备特殊的解毒方法,只是比常人更勇敢,不怕吮吸毒药。实际上,吞咽蛇毒也并不致命,蛇毒进入伤口才会致人死亡,因此像普西勒人一样从伤口吮吸蛇毒既能救人,又不伤害自身。对此,卢坎(Marcus Annaeus Lucanus)在《法沙利亚》(*Bellum civile*)中有同样说法,称蛇毒只有在混合血液后才致命,毒蛇害人的关键在于蛇的毒牙咬出了伤口。所以只要中毒之人还没有死亡,普西勒人就能直接吸出蛇毒救人,而此处由于埃及女王已死,吸毒显然没有成果。

　　②　在屋大维和克里奥帕特拉谈话的最后,她把财宝清单交给屋大维。当时,负责掌管克利奥帕特拉财物的塞琉古(Seleukos)也在场,还指责她有私藏财产清单并不完整。对此,克里奥帕特拉则辩解道,有些饰物是她特地为屋大维的姐姐屋大维娅和妻子利维娅准备的。

屋大维

　　聪明的男人不会被愚蠢的女人糊弄。

阿里乌斯

　　普西勒人可能还有办法。

普罗库勒尤斯

　　好了！他们到了。

屋大维

　　　　　　　　直接把蛇毒从伤口吸出来。

伽卢斯

　　看,嘴里产生了绿色的泡沫,　　　　　　　　485

　　死亡的冷汗已经浸湿了额头和太阳穴。

　　那被蛇咬伤的胸膛多么肿胀。

普罗库勒尤斯

　　这里还可以看到蛇爬行的痕迹。①

屋大维

　　为了丰厚的悬赏,定要尽全力。

　　若是你们能够救活她,金钱和自由　　　　　490

　　都将赐予你们。

普西勒人

　　　　　　　　陛下,这是徒劳。

　　她死去的身体丝毫没有生的迹象。

　　毒蛇的牙一旦接触温暖的血液,

　　便立刻将毒性传播到心脏。

屋大维

　　众神啊,你们用诸多月桂来装点我们,　　　495

———————————

① 在墓穴朝向大海的窗户一侧,可以看见毒蛇爬行的痕迹。

你们认为伟大的罗马常胜不败，

你们像击碎玻璃一般击碎敌人的兵器，

你们将幼发拉底河和尼罗河远远置于台伯河之后，

可为何你们又不赐予我们这份荣耀，

500　让我们把这妇人带到罗马进行游行呢？

我们的一半胜利，罗马的一半安慰，

现在都变泡影！什么虫子会如此发怒，

什么豹子会如此光火，以至于它在被捆绑之前，

就已经把自己的爪子刺入血肉之中？

505　克里奥帕特拉，怎样的怒火发作在你身上，

让你戕害自己，给我们留下痛苦？

现在难道要用这尸体来装点我们的胜利庆典？

就算我们现在立刻用金属为她塑像，

死者的像也是不可击败的敌人，

510　它们并不会削减复仇的欲望。

然而，高贵的妇人的咒骂让我们想到：

她的注视能融化任何冰冻的心脏，

她就算失去灵魂，仍然比两个灵魂更伟大，

她就算沉入坟墓，也依然像太阳般发光。

515　她死亡的面容依然保有英雄和帝王的面貌。

鉴于她的人格，摩尔人、安息人、罗马人、希腊人、

希伯来人、阿拉伯人、伊朗人、犹太人和埃塞俄比亚人，

他们在自己的语言上虽有名气，

却也无法超越她。① 我不能蔑视那尼罗河，

520　它总视女王为伊西斯女神的化身；

———————————

① 克里奥帕特拉掌握以上各族语言，让众人为之惊叹。

那将尤里乌斯的心牢牢拴住的磁铁般的引力

也牵扯住我的灵魂。

在这大理石般的身躯上，

在柔美的珍珠般的胸膛上，在这红珊瑚般的唇上，

安东尼如何自持，怎能不败呢？他怎么能赢？ 525

没有太阳的光芒能遮盖她的英雄气质。

屋大维怎么能将这失去灵魂的身躯，

置于看台之上呢？

阿西比乌斯

　　　　　　　　陛下，人们将安东尼的像

掷到地上。但因我清楚，

陛下绝不会要求凌驾于死的石头之上， 530

或要求毁损雕刻品，所以我斗胆请求：

请陛下制止军队和民众向那些石柱泄愤，

那些为埃及女王所立的、

在古代极为神圣的石柱。

我已准备好为此支付千磅。① 535

屋大维

荣誉纪念碑映出美德的光芒。

多么残酷的人才让英雄像化为灰烬？

克里奥帕特拉会站立不倒，即便罗马不再是罗马。

倒不如让我们在罗马人眼前展现她的像，

―――――――

① 安东尼的像都被毁坏，但是阿西比乌斯以一千塔兰同（Talent，埃及货币单位）的代价保护了女王的像。

540 　　展现毒蛇是如何夺走她高贵的灵魂；①

　　　　展现她果敢的死亡是如何洗刷了生平的污点；

　　　　以及她喷射的血液是如何浇熄罗马人的怒火。

　　　　普罗库勒尤斯，立刻命令军队掌管者，

　　　　不得亵渎任何女王的像；

545 　　让神庙的方尖碑②保持屹立，

　　　　不得蓄意毁坏。

　　　　还有伽卢斯，负责管辖尼罗河地区，③

　　　　你要将女王，连同安东尼一起，风光下葬。

　　人物：屋大维、阿西比乌斯、普罗库勒尤斯、伯利萨玛、斯达、萨拉波、巴比亚、康内利乌斯·伽卢斯、阿里乌斯、安提勒斯的尸体、埃帕夫洛狄图斯、小克里奥帕特拉、托勒密、亚历山大、几位统帅、士兵们

　　提要：屋大维命人安葬殉主的侍女，处死叛徒西奥多勒斯并下令追杀凯撒里昂。他宽厚地对待克里奥帕特拉与安东尼的孩子，获得了开启宝藏的钥匙。

屋大维

　　为何尸体又多了？

普罗库勒尤斯

550 　　是克里奥帕特拉的两位侍女，

　　　　女王挑选她们处理自己的私密事务。

屋大维

　　谁逼迫她们为主殉葬？

----

　　①　在罗马的胜利游行中，屋大维携带了克里奥帕特拉的雕像，用来展示她被蛇咬伤的情景。

　　②　方尖碑源自古埃及对太阳神的崇拜，常常立于神殿之前。

　　③　屋大维占领埃及之后，让罗马贵族伽卢斯作为该地区的行政长官。

斯达

    一位是女王的左膀右臂,一位是她的半个心腹,

    名誉是她们的偶像,因此她们的痛苦

    和死亡纽带①迫使她们证明自己的忠诚。   555

屋大维

    她们内心滋养神圣的烈焰,

    比起一个共同的坟墓,应当获得更多。

    每个人都应在神庙中获得一块纪念碑。

伯利萨玛

    好! 上帝会报答您的善举!

    伟大的屋大维! 愿上帝为你创更多的世界,   560

    愿好运总向你的怀中投来月桂枝。②

    因为你的功绩对于一个世界来说太过伟大,

    命运总会用这或更多来将你颠覆,

    还请允许我们向你恳求这份恩典:

    让我们将贞洁献给自己和伊西斯,   565

    让我们为女王的墓撒花,

    让我们能在祭坛上焚香。

屋大维

               我满足你们的愿望,

    并赐给女王以祭坛和女祭司。

萨拉波

    屋大维,神啊,尘世的太阳和首领,

---

    ① 伊拉斯和查尔密姆也属于安东尼所建立的"共死"的联盟。

    ② 据老普林尼在《自然史》中记载,在与屋大维成婚之前,天空中飞翔的雄鹰曾向利维娅怀中扔下一只口衔月桂枝的白色母鸡。

570　　是否能够允许我再向您请求一件事？

屋大维

　　请畅所欲言。

萨拉波

　　　　　　请陛下的恩典

　　也眷顾安提勒斯和他苍白的尸体，

　　他将自己的鲜血喷洒到众神的像上，

　　我并非要责骂那将他胸膛撕碎的人，

575　　我知道，追名逐利常常迫使王侯将相流血。

　　但罪孽更深重的，是那个将他们了断

　　在一件好事中却充当了极度恶劣的工具的人。

　　我说的是西奥多勒斯，

　　他被选中作为安提勒斯的老师，

580　　他受安东尼的恩惠，比他所求的更多；

　　可就是他，犯下黑心的暴行！

　　是他背叛安提勒斯，出卖他害死他。

　　要是陛下不惩罚他的忘恩负义，

　　便是安提勒斯入土也难以为安。

屋大维

585　　你承认她所控诉的吗？

西奥多勒斯

　　　　　　　　谁会为陛下的敌人隐瞒？

屋大维

　　命运和时间不会用伪证

　　来为任何朋友或囚犯谋求利益。

萨拉波

　　我还要指控西奥多勒斯偷窃。

因为他的窃贼之手连尸体也不放过。

西奥多勒斯

我认为,陛下绝不会相信这等诽谤。 590

萨拉波

可以搜他的身。若是他没有从安提勒斯身上夺走那块猫眼石,

那被诺尼由斯用来与安东尼和解的猫眼石,①

我愿付出我的生命为代价。

屋大维

搜身。

西奥多勒斯

在这儿。

屋大维

歹徒!

你所得的要与你的罪等同,无耻之徒! 595

人们爱背叛之事,却恨背叛之人。

统帅,直接将他带走,

把他钉在十字架上。

斯达

祝陛下繁荣昌盛,

愿每年都有诸多花环装点陛下的头颅,

同每一年的天数一般多,像那斑斓的豹蛇② 600

身上的斑点和颜色一样多。

---

①　罗马元老院成员诺尼由斯(Nonius)收藏了一块十分珍贵的猫眼石(O-pal),安东尼为得到这块宝石故意向他施压,以剥夺法律权利作为威胁。可诺尼由斯宁愿被流放,也不愿交出宝石。这个故事反映出安东尼的掠夺欲和诺尼由斯的固执。本文设定的诺尼由斯将宝石交给安东尼寻求和解,是虚构情节。

②　据记载,此蛇身上的颜色同每年的天数一般多。

屋大维

　　　　　　　　将安东尼死去的儿子

　　与他一同葬入托勒密的王陵。

巴比亚

　　哦！宽厚的尘世之主！仁慈的胜利者！

屋大维

　　我们亲近的克里奥帕特拉，她的孩子们在哪？

605　　把他们带来我这儿。我要成为他们的保护人，

　　成为他们另一位父亲。

伯利萨玛

　　　　　　　　愿人们在金字塔中

　　刻下陛下的姓名。愿所有神庙中，

　　陛下的像都有一席之地，在伊斯曼德斯的坟墓中，

　　对您的赞扬将被刻到金圈上。①

屋大维

610　　凯撒里昂可能藏在哪里？

伽卢斯

　　他已经悄悄潜入摩尔人的国度。

屋大维

　　说，凯撒里昂为何逃亡？

伽卢斯

　　他邪恶的良知畏惧陛下的恩典和光辉。

---

　　① 根据狄奥多罗斯（Diodorus Siculus）在《希腊史纲》（*Bibliotheca historica*）第一卷中的描述，陵墓顶端有着环状金质边沿的是埃及长老奥斯曼达斯（Osymandyas）的宏伟陵墓。此处，罗恩施坦将这座陵墓与另一座陵墓的信息杂糅了，即斯特拉波（Strabon）在《地理志》（*Geographica*）中描述的国王伊斯曼德斯（Ismandes）的迷宫陵墓。

屋大维

　　谁若是猜忌我们,我们也同样不信任他。

阿里乌斯

　　若天上不止一个太阳,世界就会毁灭,　　　　　　615

　　而地上只有一个君主,才是尘世的首领和福祉。①

阿格里帕

　　对,统治的欲望一旦扎根,

　　就必会摧毁整个家族。

　　他会自夸为安东尼的伙伴,凯撒的继承人,

　　陛下觉得要如何做?　　　　　　　　　　　　620

阿里乌斯

　　　　　　　　凯撒里昂必须死。

屋大维

　　杀死他,若他三个月还没有

　　自行回到罗得岛上。②　为了国家安全,

　　那些有权统治的人必须死。

　　伽卢斯,务必抓获这逃亡者。

普罗库勒尤斯

　　埃及女王的三个孩子马上就到。　　　　　　　　625

————————

　　①　此时,埃及女王和凯撒的儿子凯撒里昂已经逃离亚历山大。阿里乌斯此言旨在说明,凯撒的继承人太多,会威胁屋大维的统治地位,这坚定了屋大维杀死凯撒里昂的决心。后来,凯撒里昂在逃亡过程中被引诱回到亚历山大城,遭到杀害。

　　②　[译注]罗得岛(Rhodos),希腊岛屿。实际上,这个岛屿与此处的历史背景毫无关联,只是罗恩施坦混淆了凯撒里昂的老师罗东(Rhodon)和这座岛。实际上,凯撒里昂是被这位老师以屋大维要让其回去继续统治的理由诱骗回到亚历山大的,而非被引诱到罗得岛上。

阿格里帕

　　这些小孩子就是太阳、月亮还有天狼星?①

萨拉波

　　三位承王冠者伏在凯撒的脚下。

　　这些可怜的孤儿现在已因谦卑而十分勤勉,

　　而陛下,您作为这世界的仁慈的父,

630　　也是他们的母亲亲自挑选出来,作为守护之星的人,

　　请您也成为他们的父亲。

小克里奥帕特拉

　　　　　　　　我不知还有什么

　　能献给伟大的屋大维,除了我的泪珠,

　　我母亲的恳求,还有我们这些托勒密家族的细枝。

　　一阵剧烈的风折断了橡树和香柏,

635　　却放过了脆弱的枝丫。

　　因为高贵的血液,在胜利者那里也一直享有祖先的荣耀。

　　即使是尘土,也保留了价值。

　　当烈焰和时间粉碎了珍贵之物,

　　人们连灰烬也珍惜万分。

640　　您的性情是多么高贵,伟大的君主!

　　王室的血脉本该被贬为低贱的奴隶。

托勒密

　　论年岁我尚幼小,论罪孽我则洁净,

　　论力量我甚虚弱,然而我却感受到

---

　　①　此处的三个星体指向三个孩子的绰号。双胞胎亚历山大和克里奥帕特拉分别对应太阳和月亮。托勒密则对应天狼星,因为天狼星是除太阳月亮之外最受埃及人尊崇的。

烈焰已在我胸中激荡，

人们称其为美德之母，英雄的火药；　　　　　　　645

如果他那恩典之手拒绝将我推入奴隶之中，

这就是伟大君主的神圣火焰。

亚历山大

　　　　　　　　伟大的屋大维，

我澎湃的内心应是陛下神庙中的一枝神圣蜡烛，

因为陛下的名望需让整个世界都成为其圣地。　　650

在其中，我不焚香，而是燃烧我的忠诚，

只要我的生命不过早地消逝，

我脆弱的拳头，就只会为了陛下的福祉

和陛下的家族而让利剑出鞘。

屋大维

亲爱的孩子们，请起。我多么开心：　　　　　　655

在厄运用它沉重的铅手向你们施压时，

我能够减轻你们的不幸和悲伤。

我将你们三个都接纳为孩子，①

作为父亲，我将不让你们缺少任何一点点东西。

我要让小克里奥帕特拉和尤巴成婚，　　　　　　660

把这里和他父亲的王国交给他，②

你们两兄弟就跟着你们的姐姐，

---

①　屋大维保留了安东尼和克里奥帕特拉的孩子们的性命，并赐予他们相应的待遇。

②　尤巴二世（Iuba II.），努米底亚国王。根据卡西乌斯在《罗马史》中的记载，因为尤巴在战争中为屋大维效力，所以屋大维将其父的王国，即努米底亚交给他，同时也把埃及和小克里奥帕特拉一同赠予他。然而前文中，埃及成为罗马行省，屋大维命卢斯伽接管，此处的矛盾只能归因于作者一时之间思虑不周。

　　你们的精神若是不会像野马脱缰一般，

　　那么你们便能够在非洲承接王位和权杖。

托勒密、亚历山大

665　　屋大维将是众主之主，

　　众王之王。

屋大维

　　　　　　都起来。梅塞纳斯，

　　你看管好这三个孩子，

　　管理我为他们划定的遗产。

　　阿格里帕，关于伽卢斯如何将埃及治理得繁荣昌盛这一问题，

670　　你要好好考虑并且写成报告。

　　因为这个国度，要以理性为支撑，

　　要有伟大的灵魂来让其振奋，要许多双手共同守护。

　　众神啊！感谢！现在我可以用战利品与和平

　　来鼓舞我的城市，它已经厌倦了腐败和内战；

675　　我可以在流血和杀戮之后，

　　第三次将罗马的雅努斯神庙关闭。

　　埃帕夫洛狄图斯，将埃及女王的船①备好，

　　将这条躺在忒提斯之床②上的金龙③送给我们的利维娅。

　　在这条满是珍珠装饰的船上，

680　　就像酒神征服波斯和印度时，

_____

①　此处的船指埃及女王与安东尼初见时乘坐的极尽奢华的镀金大船。

②　忒提斯（Thetis），古希腊神话中海神涅柔斯（Nereus）之女，海的女神之一。"忒提斯的床"则指海。

③　金龙，指船的整体外形，这一特征是作者在船只的历史记载之外自己想象的。

安东尼也像他一样让动物成为其坐骑,①

所以这艘船也要成为我们罗马游行时的装饰。

为了让罗马也能看见新奇的东西,

在埃及的舰船上装载好河马和犀牛。②

阿格里帕把铸好的钱分给士兵。③　　　　　　　　　　　　685

为了让罗马的民众也没有短缺,

给千艘大船小舟都装载上粮食。

尊贵遗体上的装饰要保持不动。

鉴于东西首先属于众神,　　　　　　　　　　　　　　690

所以拿走克里奥帕特拉耳坠上的珍珠,

我要将其赠送给罗马的维纳斯像。④

这斑岩的立柱应当装点竞技场⑤和朱庇特神殿的像,

另一个伟大的财宝

则应当装点农神庙。⑥　　　　　　　　　　　　　　695

---

①　酒神常常以豹、虎等动物为坐骑,而且常常和随从一起到世界的许多地方游历。安东尼将酒神视为自己的保护神。

②　两种动物在当时都不为罗马人所识。在罗马举行庆典时,河马和犀牛首次登台。

③　发钱和下文的运粮都是屋大维占领埃及后实行的举措。屋大维用亚历山大城俘获的珍宝犒劳将士、为元老院和骑士分发礼物、还清债务、装饰所有罗马神殿,充实国库。此外,他还经常给民众分发粮食,收买民心。当然,粮食首先会运往罗马,满足罗马的需求。

④　克里奥帕特拉的耳坠上一共有两颗珍珠,第一颗被她溶解在醋中饮下,第二颗则被屋大维带回罗马,并一分为二,作为一双耳饰装点罗马万神殿中的维纳斯像。

⑤　屋大维从埃及带回巨大的方尖碑,放在了古罗马的马克西穆斯竞技场中。

⑥　农神庙,敬奉罗马农业之神萨图尔努斯(Saturnus)的神庙。

伯利萨玛

最好的宝藏①已经被埋葬，

伟大的君主,您不可能得到。

屋大维

是谁如此强大,从我手中夺走了

埃及的战利品？

伯利萨玛

一个占据着宝藏的魂灵,

它以巨大的龙和鳄鱼的形象,

700　来守护这些宝藏。②

屋大维

它用何种魔法将宝藏困于何地?

伯利萨玛

伟大的托勒密③将他的戒指印在他的宝藏之上,

然后将其沉入了莫里斯国王开掘的

莫里斯湖中。④

---

①　下文所说的莫里斯湖宝藏,可以用一枚魔法戒指开启。克里奥帕特拉将这枚戒指托付给萨拉波,萨拉波为了感谢屋大维对女王孩子们的善行,将戒指交给了屋大维。

②　宝藏的神奇故事显然是虚构的,其来源是万斯勒(Johann Michael Vansleb,1635—1679)的游记。这位德国人是神学家和埃及探索家,他的游记主要指出埃及的宝藏可以由一件幸运物封藏和开启。埃及众多国王的宝藏就藏在岩石上开凿的洞中,洞中有水,人难以进入,此外还有鳄鱼作为守护者,而这件幸运物有开启所有洞穴的能力。

③　指创建埃及托勒密王朝的托勒密一世。

④　莫里斯湖(Moeris – See)是下埃及的人工湖,用以存储尼罗河泛滥时候的洪水。如今莫里斯湖只有部分残留,即卡伦湖(Qarunsee)。有说法认为,莫里斯湖由传说中的同名国王莫里斯开掘,但是这一说法无法证实。

屋大维

　　　　没有人想到要　　　　　　　　　　　　　705

解开这个封印吗？

萨拉波

　　　　　没有比善行更好的钥匙了，

它能直接劈开湖水，

开启天体，揭开世界的本质；

敞开自然之门，为众神的决议开启封印。

既然陛下如今已许给我们许多好处，

我便不能再继续隐藏这　　　　　　　　　　710

女王亲自交托给我的钥匙。

伟大的屋大维，太阳照耀之处，任何东西、

任何星辰、任何药草、任何灵魂或琐罗亚斯德①

都无法打破封印。请接收我这把钥匙吧，

它让这财富向您敞开。　　　　　　　　　　715

屋大维

做得好，我的孩子。除了黑夜的魂灵，

人应该赠予这世界更多。在这戒指的圆环之中，

在这光洁矿石上镶嵌的珍贵宝石的特质之中，

竟有如此神秘的力量？

萨拉波

从它的形状，从它的色彩和光泽，　　　　　720

可以看出自然赋予它的奇迹。

狼眼、鱼、蝎子的像，

_____

①　琐罗亚斯德，古代伊朗的先知，生活在公元前七至六世纪。在作者生活的时代，此人被视为魔法（尤其是黑魔法）的创始人。

蚁、兔、蟹、蛙、蛇、孔雀，

并不是无谓地出现在许多宝石上。①

725   效果为人熟知，人们知道，

用哪些能够引诱并捕获魂灵，哪些能促成神迹发生。

就在这块宝石中蕴含了一种力量，

能制服鳄鱼，打败恶龙，

一位艺术家的手，

730   他在这两种动物事先由祭司献祭给欧西里斯和伊西斯之后，

在特定时间将它们刻入宝石中。

屋大维

萨拉波，你应已感受到我感恩的心，

若是这件秘密与你所说的相符。

伽卢斯，你努力去发掘这宝藏，

735   阿西比乌斯，准备好把这些奇珍，

赠送给贵族和元老们。

只要我仍保有那把埃及并入罗马帝国的荣耀，

我就十分满意。

普罗库勒尤斯，再准备好十二艘船，

740   后天同我们一起前往叙利亚。

既然我们现在就位于亚历山大大帝②为自己建造的陵墓之中，

就让我们看看这位躺在狭窄棺椁中、

始终与幸运和美德相连的、

---

①   自然赋予宝石中不同的动物形状以不同的功能。

②   亚历山大大帝（前356—前323），于公元前332—331年间建立了亚历山大城，城市因其得名。亚历山大大帝被安葬在亚历山大城内为他建造的陵墓之中。

本应该要征服这个新世界的、

其伟大的灵魂不为这尘世所容的人。①　　　　　　　　745

将这青铜的锁打开。

这里就躺着伟大的英雄,从他身上我要学习:

身躯消散于尘土,灵魂跻身于星辰,

他死去的像②(哦,崇高的美德!)

让凯撒的灵魂也激动不已,让他羞红了脸,　　　　　　750

让他的心灵发出叹息。愿那将他神化的名望,

也赐我此生以烈焰和翅膀,

让我获得同样的荣誉。若是他的光芒

不拒绝我们的殷勤,

就请拿走这时代的风暴、后世的雷电也无法抹灭的月桂冠,③　　755

这王冠上的黄金还有这一把百合花,

用它们作为献祭。

阿里乌斯

　　　　　　陛下不想再看看

托勒密的陵墓吗?

屋大维

　　　　　　我只愿意向国王表示敬重。

————————

　　① 据记载,屋大维将亚历山大大帝的遗体从棺中移出,仔细查看,然后在其遗体上放置金冠,并撒花表示尊敬。但是,当人们问起是否要查看其他托勒密王室的墓时,屋大维回答道,他只想看见国王,而非死人。

　　② 屋大维回忆起年轻的尤里乌斯·凯撒在胜利者海克力斯神庙中见到亚历山大大帝立像时的场景。凯撒感慨不已,同时对自己的懒惰感到懊恼,因为在同样的年纪,亚历山大大帝已经征服世界,而自己却还一无所成。

　　③ 此处指月桂的防雷能力。在古代,月桂树常用来防避雷击。因此,尼禄皇帝在雷雨天气总是戴一顶月桂冠。这一迷信与太阳神有关,太阳神一旦发怒就要向尘世间降下雷电,但他认为月桂十分神圣。

那些灵魂和身后名随着身躯一起逝去的人，

760　　不应享有这份关注。

合　唱

人物：台伯河、尼罗河、多瑙河、莱茵河

提要：台伯河赞颂罗马的伟大，多瑙河和莱茵河则预言德国将会继承罗马的统治。

台伯河

尼罗河骄傲的波浪现已平息？

现在要朝拜我台伯河吗？

看，违背命运的东西，

扎根多么浅薄又松弛！

765　　虽然我的浪潮没有缠绕千条支流，

我的沙子没有携带金沙，我的泡沫不含珍珠，

我的底部没有珊瑚，我的芦苇没有产糖，

虽然我的胸中没有产生红宝石，

但是罗马告诉我：

770　　我是海洋的首领，河流的国王。

在我面前，底格里斯和幼发拉底都显得柔和而幼小，

都在我们罗马人的脚下卑躬屈膝，

帕克托洛斯河和塔霍河虽有财富却依然贫穷，

因为二者都要把金沙进贡我。①

775　　恒河的泡沫泛着宝石的闪光，②

────────────

　　①　帕克托洛斯河（Paktolos）和塔霍河（Tagus）是两条含有金沙的河流。帕克托洛斯河在吕底亚，塔霍河位于伊比利亚半岛。

　　②　恒河代表印度。在古代，印度是宝石的重要出产国。

寒冷的北方带着闪烁的水晶，①

绿海因珊瑚而泛出红光，

印度河的银波被绿宝石装点，②

但是它们收获的，都是我的盈利。

它们就像那蜜蜂， 780

虽然采蜜，却不是为了自己。

宝石为我服务，

围绕在我仙子般的颈部和手上，

装点我戴着胜利者月桂的头部。

苏尔海③生产的紫色蜗牛， 785

用来给我的王袍染色。

尼罗河，你还在拒绝什么？

现在，罗纳河、④底格里斯、幼发拉底和莱茵河都须为我献祭，

这是上天的意愿，

而你却不愿亲吻罗马，我的脚和权杖吗？ 790

尼罗河

　　　　当太阳从忒提斯的蓝色国度⑤升起，

我们看见白昼的光芒到来，

而星辰却不会立刻陨落，

---

　　①　古代人们认为水晶来源于冰雪，所以只有寒冷的地方才能产水晶，例如阿尔卑斯山上终年积雪之地。

　　②　印度河同恒河一样，也代表印度。但古代印度并非是绿宝石的重要来源国，这一现象实际上发生在近代早期。

　　③　苏尔(Tyros)，腓尼基人的岛城，延伸突出于地中海上。这里是生产紫色颜料的重要地点。

　　④　罗纳河(Rhone)，源于瑞士中南部的阿尔卑斯山。

　　⑤　忒提斯，海的女儿，忒提斯的蓝色国度即大海。

　　它越伟大,就停留越久。

795　尽管罗马和它神圣的河流①

　　让他的金头颅与星辰紧密相连,

　　人仍可看见:渺小的总是先消失,

　　就在如天空般闪耀的厄里达努斯河②变得晦暗时。

　　在底格里斯和幼发拉底之后,

800　尼罗河的光芒也被埋葬。

　　但是比起那命运设定的框架,

　　罗马和你并没有让我太过黯然失色,

　　那让众神的宝座也为之摇晃的上天,

　　也亲自为我的灰烬添一把火。

805　我的头颅不是一直抵达

　　星辰和金字塔之上吗?

　　摩尔人为我的像熏香,

　　为我的神庙③献上黄金、乳香和象牙。

　　东方世界向我乞求小麦,

810　这正是埃及所有的,

　　一旦世界之眼进入狮子座,④

　　我涌起的潮流就将它灌溉。

————————

　　① 指台伯河,罗马人将其作为神崇拜。台伯河的神第伯里努斯(Tiberinus)的圣地就在台伯岛上。

　　② 厄里达努斯河(Eridanus),神话中的一条河流。神话中,太阳神的儿子法厄同(Pheaton)十分鲁莽,以凡人之身驾驶太阳车给大地带来灾难,最终被宙斯击落,坠落在厄里达努斯河中。此外,由于法厄同的形象后来升入夜空成为御夫座,所以这条接纳了他的河流也变成了天上的一条长河。

　　③ 正如台伯河在罗马被人尊崇,且有自己的神庙,尼罗河在埃及也受人崇拜,其神庙就位于中埃及城市尼罗(Neilos)中。

　　④ 盛夏的时候,太阳进入狮子座。

虽然我的金字塔没有阴影,①

我的波涛中也没有雾气和云朵升腾,②　　　　　　　815 *

但是看吧,嫉妒是如何给我带来阴影,

不幸的云朵如何将我围绕,

皇帝的击打如何直接将我打入深渊。

忍耐! 当反抗只是徒劳。

看吧! 伟大的尼罗河如何拜倒在台伯脚下。　　　　　820

多瑙河、莱茵河

　　既然所有河流都生而为奴,③

多瑙要怎么做? 莱茵呢?

不! 不! 罗马,它常在此处丢失勇气,④

更多的鹰会被吞噬。

幼发拉底和尼罗河都屈服于骄傲的台伯河,　　　　825

就像他们曾屈服于亚历山大大帝一样,

但这并不是我们与他们一样的理由。

我们并不曾屈服,

当这世界的巨大雷电⑤

---

　　①　金字塔不会投下阴影是古代许多作者的共同观点。有记载认为,因为金字塔高度惊人,且建筑越高越细,所以它不会产生阴影。

　　②　有记载称,埃及从未发生地震、鼠疫或雷雨,天气一直都十分晴朗。

　　③　最后一段是对哈布斯堡王朝的赞歌。

　　④　此处,即日耳曼尼亚。罗马人的失败,指公元 9 年的条顿堡森林战役。当时,日耳曼民族英雄阿尔米纽斯带领民众打败了三个罗马军团,所以被消灭的罗马军队的标志——鹰旗,就落入日耳曼人手中。战败的消息传来,屋大维无比气愤,命令各省加强戒备,防止出现动乱。他甚至数月不修剪头发和胡须,甚至用头撞柱,并且咆哮:“瓦鲁斯(军团将领)! 还我军团!”

　　⑤　指亚历山大大帝。虽然亚历山大大帝曾占领莱茵河,他却不敢与德意志人作战。德意志人无比勇猛。他们曾当面对亚历山大说,他们除了天塌什么也不怕。

830　将整个尘世都置于其枷锁之下时。

不！骄傲的罗马！我们看见新的时代已经开始，

我们不仅仅拥有一个世界。

我们的沼泽地①将充满宝石，

绿色的芦苇会变成月桂枝。②

835　我们已经看见这洪流中的太阳们，③

英雄的谱系从奥地利发源，

罗马和台伯要为它上贡，

皇帝即如奥古斯都。④

现在的世界于他而言太小，

840　还会有新的世界出现，⑤

他将会看见日不落的景象，⑥

图勒将不再是世界的界碑。⑦

哥伦布和第二个提费斯⑧

即麦哲伦将发现，

845　两个印度⑨延伸如此之远，

———————

①　暗指屋大维时期德意志尚未开化的原始状态。

②　月桂枝，象征着作为罗马帝国继承人的德国皇帝所施行的成功统治。

③　太阳们，指下文英雄谱系中所包含的奥地利哈布斯堡王朝的皇帝们。下文所提及的利奥波德也属于其中。

④　这一整句旨在赞扬哈布斯堡家族和现在的统治者。

⑤　亚历山大大帝在新世界不再有一席之地，而十六、十七世纪时哈布斯堡的皇帝们通过在美洲和东亚的扩张而拥有了新世界。

⑥　日不落帝国，是西班牙国王腓力二世的名句，此处化用在利奥波德一世身上。

⑦　图勒（Thule），传说中位于极北之地的小岛。

⑧　提费斯（Tiphys），前往科尔基斯寻找金羊毛的阿尔戈英雄们的舵手。

⑨　两个印度，指真正的印度和哥伦布1492年发现的位于美洲的西印度群岛。

将会恳切地崇拜我们皇帝的家族。

我们已经可以看到胜利的刀剑，

雄鹰将战胜月亮，①闪耀在尼罗河②和博斯普鲁斯海峡。

来吧，缪斯女神们，欣赏他们的美德，

用棕榈叶和月桂花环装饰他加冕的头颅。

850

——荣耀归于神——

---

① 雄鹰指奥地利军队，月亮象征着奥斯曼帝国。对于奥地利军队打败奥斯曼帝国的预测，在本文成文时只是一个美丽的愿望。实际上，1697 年森塔战役后，奥斯曼帝国才彻底被奥地利军队击败。

② 埃及自 1516/17 年起属于奥斯曼帝国。

罗恩施坦的巴洛克戏剧与古典

梅德(Volker Meid) 撰

谷裕 译

一

　　罗恩施坦为巴洛克悲剧开辟了新维度。《克里奥帕特拉》(*Cleopatra*)是一部在十七世纪用德语写成的文人剧,①其产生背景,乃是当时的文学革新。文学革新始于十七世纪上半叶,主要围绕悲剧展开。因文艺复兴开启了对亚里士多德诗学的接受,故而自文艺复兴以来,悲剧一直是诗学探讨的对象。在德国,奥皮茨②对悲剧革新起到决定性推动作用。然而在奥皮茨之前,就已陆续出现各种准备工作:其一是开始翻译古

---

　　① ［译注］巴洛克之前的戏剧,若在民间,则多为市民(如萨克斯［Hans Sachs］等人)创作的喜剧,语言修辞相对简单,格调不高;若在学校则多以宗教为题材,使用拉丁语。十七世纪的文人剧,也称"雅剧(Kunstdrama,艺术剧)",由文人用德语写成,与民间剧和宗教剧相区分。因作者受过良好宗教和人文教育,懂得拉丁希腊语,并由此涉猎古希腊罗马文学和戏剧,故作品讲究语言修辞,有极高的艺术性;又因作者多担任高级公职,切身参与政治生活,故而作品多涉及政治、历史等宏大主题。

　　② ［译注］马丁·奥皮茨(Martin Opitz, 1579—1639),1624年出版《德语诗学》。

希腊罗马悲剧,其二是开始用拉丁语创作人文－拟古的教学剧。①

奥皮茨翻译了两部古典悲剧:一部是塞涅卡的《特洛伊妇女》(1625),选择塞涅卡,是因为他是近代早期最受青睐的古典戏剧家;一部是索福克勒斯的《安提戈涅》(1636),经奥皮茨翻译,该剧在此后很长时间都是德语文学中唯一一部受到关注的古希腊悲剧。奥皮茨选择此两剧,不仅因为它们在形式方面堪称典范,而且因为它们深刻反映了十七世纪的旨趣:如战争问题(《特洛伊妇女》),又如对殉道剧的偏爱以及对政治道德关系的思考(《安提戈涅》)。

奥皮茨在《特洛伊妇女》的前言中,探讨了巴洛克悲剧诗学,这份前言因此成为巴洛克悲剧诗学的重要文献。在前言中,奥皮茨着重探讨了悲剧的意义以及悲剧追求影响力的目的。他试图借用新廊下派的思想②来回答这些问题。悲剧如同一面"镜子",反映出那些盲目——因而毫无防备地——把自己交付给无常命运的人;悲剧挑战观众或读者,令其看到致命的错误行为带来的必然后果;悲剧帮助人们武装自己,以对付生命中种种的"偶然":一则用坚韧(constantia)的精神,应对"人生中的不测"和无常,面对外在的不幸也完好地把持内心;一则用豁达(magnanimitas)的态度。根据一种磨炼意志说,获得这种态度需要反复观看悲剧上演的痛苦与不幸,需要看到有人遭受更大的不幸:

> 难道人们看到宏伟的特洛伊城也置身火海、化为灰烬,还不会比之

---

①　[译注]教学剧多由人文中学教师创作,主要为配合古代语言教学,剧本用拉丁语撰写,学生用拉丁语表演,以学习语言和修辞,同时接受宗教和价值观教育。戏剧语言、形式和题材多模仿古希腊罗马作品。

②　[译注]原文加括号标出 Daniel Heinsius:*De tragoediae constitutione*,1611。

前更坦然地承受祖国的覆灭、忍受祖国所遭受的无可挽回的重创？①

悲剧向观众展示坚韧和豁达的德性，希望人们把它们当作恰当的武器，在战争频仍和教派斗争的恐怖时代保全自己，保持个人人格的完整。坚韧和豁达同时也是舞台上榜样式人物所拥有的德性，耶稣会戏剧塑造这样的人物，1640 年代以后，格吕菲乌斯（A. Gryphius）也开始塑造这样的人物。理论方面，利普休斯（J. Lipsius）早在其划时代的著作《论坚韧》（De constantia，一译《论恒》，1584）中，就已结合基督教和新廊下派，把这些德性当作对抗厄运、不幸和痛苦的真如之法加以详细论述。② 这样，如其对亚里士多德的净化论做了道德转释，奥皮茨在人物塑造方面也背离了亚里士多德，背离了其对混合性格的要求：

> 主人公［……］当是一切完美德性的榜样，他因朋友和敌人的不忠而黯然神伤。然而面对任何形势他都可以泰然处之；任何呻吟、呼号、哀怨和痛苦，他都可以勇敢应对。

哈斯多夫③的话精辟概括了奥皮茨的思想。④ 而悲剧的影响力就来自一位位榜样式的主人公、殉道者、圣人和虔诚君主的表率力量。这种影

---

① ［译注］Martin Opitz: *Buch von der Deutschen Poeterey*（1624）. *Studienaus-gabe*, hrsg. v. Herbert Jaumann, Stuttgart 2002, S. 114. 关于巴洛克悲剧的慰藉效果，参见 Hans－Jürgen Schings: *Consolatio Tragoediae. Zur Theorie des barocken Trauer-spiels*, in: *Deutsche Dramentheorie*, hrsg. v. Reinhold Grimm, Bd. 1, Frankfurt a. M. 1971, S. 1－44。

② 参见 Justus Lipsius: *Von der Bestendigkeit* ［*De Constantia*］. *Faksimiledruck der deutschen Übersetzung des Andreas Viritius nach der zweiten Auflage c.* 1601, hrsg. v. Leonard Forster, Stuttgart 1965。

③ ［译注］Georg Philipp Harsdörffer, 1607—1658, 十七世纪另一位著名作家。

④ Georg Philipp Harsdörffer: *Poetischen Trichters zweyter Theil*, Nürnberg 1648, S. 84.（Exemplar der Württembergischen Landesbibliothek Stuttgart）。

响力还会因塑造令人惊愕的反面人物——比如暴君——而得到进一步加强。格吕菲乌斯在他的第一部悲剧《列奥·阿米尼乌斯》的前言中写道：

> 我们的祖国已完全掩埋在废墟之中，化作了展示虚空的舞台。
> 我谨以本剧并连同以后的作品，向你［读者］展示人事的短暂。①

该剧 1646 年写成，1650 年出版。格吕菲乌斯首先在历史和政治中寻找范例，以之展示尘世生命的虚无和孱弱，并表明，只有殉道者可以冲破历史那个由个人及其毁灭所规定的轨迹。"谁若为我的故事哭泣，便是没有看到，我因此得到了怎样的提升。"格吕菲乌斯最后一部悲剧《帕皮尼亚努斯》（1659）②的同名主人公如此说道。同时，通过这类以虚空为主题的作品，格吕菲乌斯反思了自己在那个时代的体验——在一个打着宗教战争和内战烙印，充满动荡、暴力、痛苦和良心不安的时代的体验。

格吕菲乌斯的悲剧注重宗教和政治格局，主要采取殉道剧模式。相比之下，罗恩施坦的作品则有所不同，它们表达了另一种与此世的关系：其旨趣明显在于政治–历史空间中的具体行动。在格吕菲乌斯笔下，历史表现为展示虚空的舞台，或是在救赎史框架中通向"永恒"的驿站。而在罗恩施坦笔下，历史在感性的世界史进程中、在蕴于这一进程的人的行动和决策空间中拥有自身价值。格吕菲乌斯或耶稣会戏剧的双重标题③

---

① Andreas Gryphius:*Leo Armenius*,hrsg. v. Peter Rusterholz,Stuttgart 1971［u. ö.］,S.4.

② Andreas Gryphius:*Großmütiger Rechtsgelehrter oder Sterbender Aemilius Paulus Papinianus*,hrsg. v. Ilse – Marie Barth,Nachw. v. Werner Keller. Stuttgart 1965［u. ö.］,S. 97.

③ ［译注］巴洛克戏剧经常使用双重标题的形式，如格吕菲乌斯的《被弑的君主或英国国王查理·斯图亚特》《豁达的法学家或临终前的帕皮尼亚努斯》等。副标题提示历史事件和戏剧情节，正标题阐释历史事件，传达戏剧所要表达的理念和意义。双重标题与寓意图（Emblematik）之"标题"（inscriptio）和"图像"（pictura）的结构十分相似。关于寓意图与巴洛克戏剧的关系，详见 Albrecht Schöne:*Emblematik und Drama im Zeitalter des Barock*,München 1993。

形象表明,历史的作用不过是提供鲜明的样板,展示高尚或卑劣的态度和行为。罗恩施坦戏剧中历史的作用发生变化,其主人公不再是在短暂和永恒之间做出选择,而是要在危局之中,做出政治行动的抉择。他们虽屈服于受厄运所左右或无法改变的历史进程,却可以接受挑战,在命运允许的范围内保全自身,也就是说,他们可以审时度势地应对人生的种种不测。因此,如何运用政治智谋,①便成为罗恩施坦悲剧的侧重点。这便进一步引发了一系列问题,比如:如何对待政治与道德的关系,成功的行动需要以怎样的智识和性格为前提,以及情感的功能及功能化问题。

自马基雅维利开始,政治智谋和具体的行为指导即成为近代早期政治话语的核心议题。罗恩施坦既学习过法律,又是经验丰富的外交家,他将种种讨论融入作品,不仅按正反两种政治智谋及行为指导,塑造人物的行为方式,而且在作品中对之进行反思。他以十六世纪利普修斯(1547—1606)对塔西佗的接受为基础,同时参照当时两位西班牙②作家:一位是格拉西安③,罗恩施坦 1672 年翻译了其作品《政治家:"天主教国王"堂费尔南多》(*El Politico D. Fernando el Catolico*,1640,德译名 *Lorentz Gratians Staats – Kluger Catholischer Ferdiand*)④;另一位是萨韦德拉·法哈多⑤,著有政治寓意图志《理想的政治 – 基督教君主——以百幅寓意图展示》(*I-*

---

① 〔译注〕明智,德语 Klugheit,对应拉丁语 prudentia,指能够根据具体情况,明智地做出判断,审时度势随机应变,不一定恪守伦理和道德规范,为适应上下文有时译为"理智""权谋""谋略"等。

② 〔译注〕当时西班牙在哈布斯堡家族统治下。

③ 〔译注〕Baltasar Gracián,1601—1658,十七世纪西班牙作家,耶稣会士,神学家,政治哲学家。

④ 〔译注〕即阿拉贡的费尔南多二世(Fernando II de Aragón,1452—1516)与妻子卡斯蒂利亚女王伊莎贝尔合称"天主教双王"。

⑤ 〔译注〕Saavedra Fajardo,1584—1648,十七世纪西班牙作家、外交家。

dea de un Principe Politico – Cristiano, Representada en cien empresas, 1640)①。

在一系列与政治行为指导相关的概念,诸如德性、理智、厄运、荣誉中,明智(prudentia)占据核心地位:政治理智是理性行为的基础,而理性行为的目标是实现道德德性和国家福祉。政治理智利用从历史和政治实践中获得的经验,为未来的发展提供参照;它为将要采取的政治行动识别和把握恰当时机;它帮助有效控制和灵活运用情感,做到相时而动。虚假(simulatio)和伪装(dissimulatio)也属于运用智谋的治国之术。统治者必须控制和掩饰自己的情感,隐藏和遮蔽本来的思想和意图,通过迷惑自己的对手获得主动权。然而,尽管马基雅维利名义上对欺骗进行了谴责,但如何在作为合法政治手段的伪装与欺骗之间划清界限,仍是一个悬而未解的问题。就此,唯有利普修斯比较谨慎地为政治实践提供了一种方案。在其广为流传的《政治六书》(1589)中,他探讨了一种所谓混合的明智(prudentia mixta)方案。这种方案允许政治智谋与一定的欺骗相混合,以应对对手的虚伪和欺骗。欺骗包括怀疑、保密、贿赂、迷惑,但不包括不忠和不义。利普修斯认为在当时的论者中,唯有马基雅维利敏锐地探讨了统治问题,因此大可"不必过分苛责这位已处处遭人诟病的意大利人",即便他偏离了通向德性和荣誉的道路。②

---

① 1642 年出版了该书的修订版,以后各版及翻译皆以此为参照,详见 Karl – Heinz Mulagk: *Phänomene des politischen Menschen im 17. Jahrhundert. Propädeutische Studien zum Werk Lohensteins unter besonderer Berücksichtigung Diego Saavedra Fajrdos und Baltasar Gracián*, Berlin 1973。

② 引自 Gerhard Möbus: *Die politischen Theorien im Zeitalter der absoluten Monarchie bis zur Französischen Revolution*(*Politische Theorien*, Tl. 2), Köln/Opladen 1961, S. 263。

二

罗恩施坦 1635 年 1 月 25 日出生,出生地是西里西亚的布热格(Br-ieg)公国的涅姆恰城(Nimpsch)。① 父亲约翰·卡斯帕是皇家关税和税务官,也是涅姆恰城的议员,1670 年获封可继承的贵族姓氏"冯·罗恩施坦"。因此罗恩施坦此前作品的署名只是"卡斯帕",或其拉丁化形式(Caspari)。② 罗恩施坦在家乡念完小学后,就上了布雷斯劳的马大拉人文中学③(1642—1651),接着于 1651—1655 年在莱比锡和图宾根大学学习法律,1655 年结业,毕业论文《关于意志的法学论辩》(*Disputatio juridica de voluntate*,但对他是否因此获得博士学位仍存有争议)。罗恩施坦曾按当时大学有关游学的规定,游历瑞士和荷兰。他第二个出游计划是去意大利,但因瘟疫爆发而止于格拉茨。1657 年,罗恩施坦当上律师,在布雷斯劳定居并娶妻成家。

罗恩施坦做律师的这段时间,也是他文学创作的第一个重要阶段。在这一阶段中,他创作了一系列应酬之作。所谓的罗马悲剧和非洲悲剧④也产生于这一时期。在此之前,罗恩施坦的作品只有一部 1650/51 年

---

① [译注]布热格,波兰语拼写 Brzeg;涅姆恰,波兰语拼写 Niemcza,当时属下西里西亚,今属波兰。在布雷斯劳成为西里西亚首府前,涅姆恰是那里的主要城市。

② [译注]巴洛克时期因受古典尤其是拉丁文化影响,文人喜欢把自己的姓氏拉丁化,常见的是在原姓后面加一个 us 或 ius,比如格吕菲乌斯,Gryphius,就是原姓 Greif 的拉丁化形式。

③ [译注]1267 年成立的教会拉丁学校,十五世纪中期深受人文运动影响,1643 年晋升人文中学,一向重视古典文人教育,涌现一大批著名学者。十七世纪该校的学校剧场十分活跃,上演巴洛克教学剧和人文剧,与当地的伊丽莎白中学同为新教教学剧最主要的创作和演出基地。

④ [译注]指以罗马历史或北非历史为题材的悲剧。

他在上中学时创作的戏剧《易卜拉欣帕夏》(*Ibrahim Basse*)①(1653 年出版)和几首挽诗(1652)。

1668—1670 年,罗恩施坦在西里西亚的奥尔侯国担任政府顾问,从此走上仕途。之后他曾谢绝莱格尼察－布热格－沃武夫(Liegnitz－Brieg－Wohlau)公爵克里斯蒂安的聘请,未出任那里的机要秘书,而是于 1670 年接受了布雷斯劳市法律顾问②的职务。与罗恩施坦在任的同时,另一位巴洛克著名作家冯·霍夫曼瓦尔道(Hoffmann von Hoffmannswaldau)也在布雷斯劳担任公职,并作为市议员(议会长老和主席)在政治生活中扮演重要角色。罗恩施坦很快有了自己的地产,并在 1675 年晋升高级法律顾问,这是市政府中最具影响力(和收入最高)的职位之一:

> 布雷斯劳的法律顾问是律师,负责处理该城及其受保护者的内部和外部法律纠纷;是文书,负责应对普通公务员力所不能及的问题;还要负责和处理这个城市共和国繁杂的贸易往来。据罗恩施坦的兄弟说,罗恩施坦不得不全力以赴应对市议会的差事,只能置个人健康于不顾,在夜间写作。③

罗恩施坦以市议会法律顾问的身份,成功地于 1675 年在维也纳皇帝朝廷完成了一项外交斡旋。事情起因是布雷斯劳市被指与瑞典人秘密勾结。罗恩施坦通过外交斡旋,消除了皇帝对布雷斯劳的怀疑,有效制止了皇帝方面计划采取的震慑措施,即向该市派军驻防。有记录表明,罗恩施坦的"秘密外交"不乏道德弹性,而布雷斯劳市也不惜以金钱和财富做后

---

① ［译注］易卜拉欣帕夏(约 1493—1536),奥斯曼帝国苏莱曼一世时期的首席大臣,1523—1536 年在位。

② ［译注］城市市政府的法律顾问,要求是法学家和律师出身,负责城市的法律咨询和法律事务。

③ Conrad Müller: *Beiträge zum Leben und Dichten Daniel Caspers von Lohenstein*, Breslau 1882, S. 45.

盾。无论如何,罗恩施坦因此获得了皇家顾问的荣誉头衔。然而布雷斯劳市的问题却一波又起:①统治西里西亚的格·威廉一世公爵于同年去世——罗恩施坦以《颂辞》(1676)、悼词和君鉴的形式表达了对公爵的崇敬和哀思——公爵属皮亚斯特(Piasten)家族,他去世后,西里西亚的统治权由皮亚斯特家族转移到皇帝所在的哈布斯堡家族。这样,布雷斯劳市便和整个西里西亚一道落入哈布斯堡家族的统治。②

　　布雷斯劳在宗教改革后成为路德教城市,在归属哈布斯堡家族后,就要依哈布斯堡的重新天主教化政策,再度皈依天主教。罗恩施坦很多作品的献词反映出这一困境。在献词中,他表达自己的愿望,是通过作品谋求某种折中路线。罗恩施坦不仅顾及布雷斯劳市议会,顾及统治西里西亚出身新教家族的统治者,而且还顾及天主教的皇帝和帝后。其剧作《易卜拉欣苏丹》(*Ibrahim Sultan*,1673)就是献给皇帝大婚的。③ 还有几部剧作暴露出罗恩施坦在帝国政治语境下的亲皇帝态度,更不消说他还翻译了上文提到的西班牙作家格拉西安的《政治家:"天主教国王"堂费尔南多》。这是一部地道的西班牙君主集权制下的君鉴,其核心内容是对哈布斯堡家族的升华。然而罗恩施坦却又把译作题献给西里

---

　　① 关于西里西亚的局势,参见 Ilona Banet: *Von Trauerspieldichter zum Romanautor. Lohensteins literarische Wende im Lichte der politischen Verhältnisse in Schlesien während des letzen Drittels des 17. Jahrhunderts*,in: *Daphnis* 12(1983)S. 169 –186。

　　② [译注]布雷斯劳位于西里西亚,宗教改革后与西里西亚一同皈依路德教。神圣罗马帝国皇帝所在的哈布斯堡家族信奉天主教,在西里西亚落到哈布斯堡手中后,当地邦君(公爵)仍然信奉路德教,这样就与帝国和皇帝产生政治和宗教矛盾。这是十七世纪西里西亚特殊的宗教和政治格局。

　　③ 该剧于 1663 年为皇帝的第一次大婚而作,十年后值皇帝第二次婚礼之际重新修订。详见 Pierre Béhar(1): *Silesia Tragica. Epanouissement et fin de l'école dramatique silésienne dans l'oeuvre tragique de Daniel Casper von Lohenstein*(1635 – 1683),2 Bde,Wiesbaden 1988,S. 15ff。

西亚公爵。

在布雷斯劳担任公职期间,罗恩施坦的创作逐渐转向小说。在创作小说的同时,他修订了非洲悲剧,搜集整理诗歌作品,于 1680 年结集出版。罗恩施坦在去世前主要从事小说《阿米纽斯》的创作,并在写作时"突发中风",于 1683 年 4 月 28 日去世。罗恩施坦的胞弟汉斯在兄长去世后整理出一份生平,"西里西亚作家传",附在 1685 年作家去世后出版的第一部选集后面。本段即以此为参照。

三

学界通常把罗恩施坦的戏剧分为土耳其悲剧、罗马悲剧和非洲悲剧。这显然是以历史 - 地理为标准进行划分的。非洲悲剧指《克里奥帕特拉》和《努米底亚王后》,罗马悲剧指《尼禄之母》和《被释放的女奴》①,四部戏剧都涉及罗马帝国的历史事件,既包括罗马在走向世界霸权过程中的几个重要节点,也包括引发罗马衰落的事件。相反,《易卜拉欣帕夏》和《易卜拉欣苏丹》涉及的是当时的政治格局。两部剧取材十六、十七世纪土耳其历史,塑造了奥斯曼帝国君主的形象,作为反面典型。

就罗恩施坦戏剧的成文史,很多问题至今仍存有争议。我们现在看到的顺序与作者创作的先后顺序不尽相同。② 有些剧在写成后很久才发表,故而作者对剧本进行了多大程度的修改,后人不得而知。只有《克里

---

①　[译注]公元 65 年,以皮索为核心的部分罗马元老院成员,策划了一起刺杀尼禄的计划,称"皮索计划",但在实施前泄露。一位参与计划的被释放的女奴被俘,经受酷刑仍不告发同谋,最后自杀殉道。

②　关于罗恩施坦作品的创作和出版顺序,详见 Pierre Béhar(2):*Zur Chronologie der Entstehung von Lohensteins Trauerspielen*, in: *Studien zum Werk Daniel Caspers von Lohensteins*, hrsg. v. Gerald Gillespie und Gerhard Spellerberg, Amsterdam 1983,S. 225 – 247;Ders. (1):ebd. S. 9ff。

奥帕特拉》留下两个版本。尽管在情节结构和对历史事件的解释方面,两版本质上是一致的,但其他方面仍有很大不同。① 首先是大量繁简不一的语言和修辞方面的改动,其次是有很多扩充,增加了作品的篇幅,特别是对序剧和最后一幕的扩充。这样,1661 年的版本有 3080 诗行(正场使用"英雄"格,即双行押韵的亚历山大体,Reyen 则使用多种格律),1680 年的版本达到 4232 诗行。作者的注释部分也有所增加,暴露出新版本的一个重要变化:通过增添更古老或最新的原始文献,为戏剧奠定更深厚的历史基础。这些文献罗恩施坦在第一版中尚未予以关注,或者那时候还未被挖掘出来。②

使用这些材料的结果是,各场的塑造更为细腻,且增加了新的场次,添设了人物,祭祀的场景表现得更加具体,对主要人物的刻画也更为清晰。尽管如此,修改和扩充后的版本还是保留了基本立场,即仍试图美化奥古斯都皇帝的形象。之所以如此,很可能是为了不伤害结尾合唱里提到的列奥波德一世皇帝,因剧中说道"皇帝即如奥古斯都"(第五幕行838)。但这也并未妨碍戏剧对奥古斯都的道德质疑。③ 罗恩施坦在参照大量原始文献的同时,并不忘虚构一些个别场景,或按自己的意图改编史

---

① 关于两版的比较研究详见 Joerg C. Juretzka:*Zur Dramatik Daniel Caspers von Lohenstein. Cleopatra 1661 und 1680*, Meisenheim 1976; Conrad Müller:ebd. S. 64ff. ; Pierre Béhar(3):*Dramturgie et Histoire chez Lohenstein. Les deux ersion de Cleopatra*, in:*Theatrum Europaeum. Festschrift für Elida Maria Szarota*, hrsg. v. Rochard Brinkmann [u. a.],München 1982,S. 325 – 341。演出脚本与正式版本内容简介中有几处不同,详见 Gerhard Spellerberg:*Szenare zu den Breslauer Aufführungen Lohensteinscher Trauerspiele*, in:*Daphnis* 7(1978)S. 629 – 645,hier S. 631ff。

② Joerg Juretzka:ebd. S. 38ff. ; Pierre Béhar(3):ebd. S. 325 – 341, hier S. 128ff;Jane O. Newman:*The Intervention of Philology:Gender, Learning, and Power in Lohenstein's Roman Plays*,Chapel Hill / London 2000,S. 128ff。

③ Asmuth 对此持不同观点,详见 Berhard Asmuth:*Lohenstein und Tacitus. Eine quellenkritische Interpretation der Nero – Tragödien und des Arminius – Romans*, Stuttgart 1971,S. 151 – 154。

实。这种做法在罗恩施坦之前就已屡见不鲜。一则各类文献对历史事件和历史人物表现出不同的评价和同情，这就为不同的解释提供了方便；二则在罗恩施坦之前，就有人对这些素材进行文学改编。

罗恩施坦使用最多、在注释中反复征引的有两个古代文献：一个是普鲁塔克的《希腊罗马名人传》（凯撒和安东尼一章）；还有一个是狄奥（Dio Cassius，150—235）的《罗马史》，同样用希腊语写成。后者在十一世纪有一个由克希费力诺斯（Johannes Xiphilinos）选编的版本。罗恩施坦在第二版中直接用了卡西乌斯的原本。还有其他古代史家的文献，包括弗罗鲁斯（Lucius Annaeus Florus，74—150，《罗马史纲要》）、苏维托尼乌斯（Suetonius，70—160，《罗马十二帝王传》）、约瑟夫斯（Flavius Josephus，37/38—100 以后，罗马 - 犹太史学家）和塔西佗的，这些著者都记录过有关埃及女王的历史事件。此外罗恩施坦的参考文献还包括十七世纪学者的作品，如基尔希（A. Kircher，《俄狄浦斯王》，1652—1654），博夏特（S. Bochart，《海图圣国志》，1646）和赛尔顿（J. Selden，《叙利亚诸神》，1617）。这些作品提供了很多文化和宗教史史料。最后，罗恩施坦还吸收新的地理知识来充实第二版，这个主要指万斯雷本（J. M. Wansleben）撰写的埃及游记。① 这部游记在两版之间分别以意大利语、法语和英语出版。

围绕克里奥帕特拉、安东尼和屋大维发生的历史故事，一向是文学和音乐中人们喜闻乐见的素材。若代尔②的《被俘的克里奥帕特拉》（Cleopatre captive，1574）是文艺复兴时期第一部法语悲剧，它在法国、意大利和

---

① Johann Michael Wansleben（Vanslebius）: *Relazione dello stato presente dell´ Egitto*，Paris 1671; *Nouvelle relation en forme de iournal，d´un voyage fait en Egypte，par le P. Vansleben，R. D. en 1672 & 1673*，Paris 1677; *The present state of Egypt: or，a new relation of a late voyage into that kingdom*，London 1678. Vgl. Newman: ebd. S. 131ff. 罗恩施坦使用了法语版本。

② ［译注］Etienne Jodelle，1532—1573，法国作家，悲剧《被俘的克里奥帕特拉》开辟了这一题材创作的先河。

英国文学界开辟了一系列同类题材悲剧创作的先河。不久后又出现同样题材的歌剧。对罗恩施坦创作产生影响的，一个是德·本色拉①的悲剧《克里奥帕特拉》（1636），一个是当时的一部小说《克里奥帕特拉》（1647—1658），12 卷小开本，作者拉卡布兰尼。② 这部小说的主人公是小克里奥帕特拉，也就是安东尼和克里奥帕特拉的女儿，但小说也追溯了主人公的父母。大概正是受到拉卡布兰尼的启发，罗恩施坦的剧中也有克里奥帕特拉的子女出场。而其他同类作品则没有这个环节。③

四

非洲悲剧《克里奥帕特拉》和《努米底亚王后》演绎的是王朝的兴衰、朝代的更迭。埃及和努米底亚一度是显赫的非洲帝国，它们因无法抵御罗马的军事力量和罗马对统治权的争夺而覆灭。它们的覆灭标志了罗马向着世界霸权的崛起。非洲悲剧进一步证明了罗马在世界史框架中的特殊作用。通过所谓的"帝国转移说"（translatio imperii），德意志帝国也与之息息相关。

悲剧所涉及的历史背景是亚克兴海战（公元前 31 年）和克里奥帕特拉及其夫君马克·安东尼撤回亚历山大港之后发生的事。悲剧所上演的情节，集中在女王和安东尼被围在城中所度过的一生中最后二十四小时。他们陷入了绝境。奥古斯都充分利用形势，施阴谋让自己的对手相互倾轧，从而加速其灭亡。奥古斯都分别向两人保证，谁若牺牲对方，就会得

---

① ［译注］Isaac de Benserade，1612/13—1691，法国作家，法王路易十四的宫廷文人，当时宫廷文化的典型代表，也是当时盛极一时的矫饰风格的主要代表。

② ［译注］Gautier de Costes de la Calprenede，约 1610—1663，法国作家。

③ 关于本色拉对罗恩施坦的影响参见 Berhard Asmuth：ebd. S. 28 - 30。此外罗恩施坦在题材和塑造方式上还受到同时期法国长篇小说启发，如斯居戴里（Madeleine de Scudéry）、圣索兰（Jean Desmarets de Saint - Sorlin）作品的德译本。

到三分之一的帝国或相应的权力。悲剧再次证明,安东尼在政治的、理性的行动方面软弱无能。为了抢在犹豫不决的安东尼前面行动,避免他与对手达成平衡交易,克里奥帕特拉率先设计让安东尼侮辱了奥古斯都,并利用自己的假死置安东尼于死地。然而当她识破,奥古斯都的保证不过是假象,他不过是想把她搞到手,作为战利品随他凯旋罗马时,她便开始扰乱他的计划,直至最后英勇就义:"君主若死在亡国之前,就须得死得伟大。"(第五幕行110)

克里奥帕特拉的行为方式的确显得不那么道德。对于这类善于攫取权力的女人、对于为达政治目的而不惜把色情工具化的做法、对于"非洲这个污秽和淫乱的世界",①学界的评判常常是不留情面的。然而若论私人领域的道德,或私人领域的过错,那么学界对克里奥帕特拉的诟病无可厚非。然而问题却不在于此。先按下异域情调或对色情的渲染不提,问题重点在于危局中的政治行动。所谓危局,对于一方关系到维护统治,而对于另一方则意味着扩大统治范围。此时的要求是,按国家理性和政治理智的最高原则进行反应和行动。谋士们的建议,政客们的思考和行动,无一不遵从这样的原则。针对各种紧迫或极端局势,谋士们的对策不尽相同。剧中有多处铺张地再现了商议或与使节对峙的场景。在商议过程中,不同价值观会发生冲突并不断激化,此时戏剧常常会采用短句和轮流对白②形式。在罗马人的对白中还不乏种族歧视的弦外之音。

克里奥帕特拉、奥古斯都、双方参与决策的政治和军事谋臣,均是国家理性的代表。这种国家理性几乎突破了道德界限。而安东尼却无法面

---

① Daniel Casper von Lohenstein:*Dramen*. Hrsg. v. Klaus Günther Just. Bd. 3:*Afrikanische Trauerspiele. Cleopatra. Sophonisbe*,Stuttgart 1957,S. XV.

② [译注]轮流对白(Stichomythie),一种修辞技巧,指戏剧对白一人一句,且多用短句,以制造急促、紧张、激烈辩论的效果。

对国家理性的要求。他在伦理方面的顾虑，尤其在克制情感方面的弱点，阻碍了他理智地施行统治。他执着于爱情，执着于忠诚和正直的品德，这在一个充满虚假和欺骗的政治语境中并不是美德，而是不明智，因为这表明他受着感情的左右。与此同时，克里奥佩特拉则彻头彻尾地按国家理性的指导思想行动。她利用一切可能性来保存帝国以及自身的合法统治；她听从谋士的意见，在清醒意识到道德过失的情况下，抛开私人利益和情感，在危难和不得已的情况下做了一个统治者应该做的。她牺牲了安东尼（"我的得救来自［安东尼的］停尸床"，第三幕行74）。然而，在她重新获得行动的自由后，也就是说，在她丧失了一切政治上的回旋余地，故而也不再受君主使命的约束时，便再度公然与安东尼结成生死连理，"此时通过死亡再次／与安东尼结为夫妻"（第五幕行33及以下）①。

　　"不善伪装的人／无能统治"（第四幕行84），奥古斯都的一位谋士如是说。罗恩施坦在注释中表示，这句话出自一个法国典故。法王路易十一不让自己的儿子查理八世"学其他东西／只能是这句拉丁语：不善伪装的人无能统治"。② 从这个角度来看，也就是说就虚假与伪装、控制情感和操控情感而言，克里奥帕特拉和奥古斯都这对对手没什么区别。两人都是受理性宰制的政客，都为达到目的不择手段；两人都把政治理智、把为得胜而必须采取的行动，凌驾于宗教和道德规范之上；两人都是迷惑和伪装的大师。奥古斯都并非与克里奥佩特拉相对立的正面形象，更何况他本身就是侵略者，并且在非紧急情况下率先使用了欺骗这一政治手段（几乎逾越了那些倡导国家理性的理论家所允许的界限）。

　　奥古斯都在得胜后俨然如一位宽厚而有节制的君主。然而这也不过是

---

　　① ［译注］引文与戏剧正文略有出入，可参本书第五幕行39–42。
　　② 该注释只出现在《克里奥帕特拉》第一版。参见 Daniel Casper von Lohenstein: *Cleopatra. Text der Erstfassung von* 1661, bes. v. Ilse-Marie Barth, Nachw. v. Willi Flemming, Stuttgart 1965［u. ö.］, S. 162。

他一以贯之继续奉行自己的"政治"行为方式：他曾一度向克里奥帕特拉和安东尼做同样（佯）诺，来促使他们消除对方。得胜后他仍然言行不一。他对克里奥帕特拉的许诺，不过是想让后者相信他的爱情，这样就可以轻而易举把她带到罗马。然而在这最后一轮伪装与迷惑、迷惑与伪装的角逐中，胜出的是克里奥帕特拉：她看透了对手的打算，表面上迎合，暗里却以埋葬安东尼为由拖延时间，为自己赢得了一个有尊严的死。奥古斯都虽然也质疑自己行为的道德性，——剧中有好几处谈话暴露出这点（"该死的国家理性／它捣毁了忠诚和盟约！"；第四幕行 238；另参第四幕行 289 及以下），——但还是因计划破产而感到失落，几乎丧失帝王风范。他用了很久才缓过精神，并不得不承认克里奥帕特拉是一位"高贵的妇人"（第五幕行 511）。奥古斯都见证了克里奥帕特拉是一位伟大的历史人物，他说道：

> 克里奥帕特拉会站立不倒，即便罗马不再是罗马。
>
> （第五幕行 538）

当然这种说法也不排除他是在抬高自己的人格。奥古斯都随后所做的一切可谓与之前的一脉相承，暴露了一位以保全自身统治为重的现实政客的所有特点，他一方面令人厚葬安东尼的儿子安提勒斯，提出要为他的死报仇，同时接收克里奥帕特拉的孩子；另一方面又命人杀掉逃走的凯撒和克里奥帕特拉的儿子，凯撒里昂［小凯撒］，①"若他三个月内还没有／自行回到罗德岛上"（第五幕行 621 及以下）。在第一版中没有这个时间上的宽限，而是直接写道："他的死会给我们带来安宁／他的生会让我们遭殃。"第一版更为直接。②

---

① ［译注］凯撒里昂（小凯撒）对奥古斯都的皇位继承权直接构成威胁，因凯撒里昂系凯撒与克里奥帕特拉所生，是凯撒的亲生子，而奥古斯都（屋大维）只是凯撒的养子。

② Daniel Caspter von Lohenstein：*Cleopatra*，ebd. S. 134.（第五幕行 386）

总体来说,在第二版的修改补充中,很少再有这样比较实质性的改动,也很少再有像这样美化和提升人物形象的努力。当然即便有对奥古斯都的美化和提升,他与对手克里奥帕特拉原则上仍如出一辙。第二版对于阴谋的牺牲品、剧中的第三号人物安东尼也鲜有实质性改动。作者对第二版的开头进行了大幅扩充,追溯了之前发生的事件,特别突出了安东尼的军事才能和个人德性,比如他的勇敢、勇气和坚韧。只是这对于他后来的表现于事无补。安东尼仍是盲目地执着于爱情,屈从于个人情感,故而从一开始就注定毫无机会可言。尽管作者对第一幕结尾进行了补充,明确表明安东尼此时已认识到奥古斯都的两面把戏(第一幕行1048及以下),然而军官们和儿子的警告,仍不能使他自拔。对于情感问题以及情感与政治的关系,安东尼的行为方式提供了一个反面例子:谁若无法控制自己的情感,谁就无能做一名合格的君主。

另一方面,政治上深思熟虑后采取行动的人物,如奥古斯都和克里奥帕特拉,也不同于耶稣会或格吕菲乌斯的殉道剧中的主人公,即他们也并非榜样式人物。政治优先会对伦理产生不可避免的后果:没有一项僵化的、基于宗教的有德性的行动,会否定世俗生活的要求;同理,也就没有一种理想化的、不关涉政治现实的做法,会消除伦理行为和政治必要行为之间的矛盾。罗恩施坦剧中的主人公均清醒意识到,他们在某些特定局势中将陷入与伦理规范的冲突,而且很可能要触犯这些规范。《克里奥帕特拉》及同类戏剧,通过展示不同政治行为、通过演绎其背后的观点和理论,为政治教育、行为指导、应用情感教育等科目提供了世界观参照,也为参加表演的人文中学学生乃至观众,提供了教学示范。

从戏剧结构角度来看,戏剧的正剧注重实效,表达实用政治教育理念;与此对应,每幕结尾的合唱(Reyen),则是在一个普遍层面对戏剧情节和事件进行反思和点评。合唱一方面展示"厄运"如何以命运女神的形象,"恣意"(第三幕行778)规定人的命运;另一方面又表达出一种为"厄运"所规定、目的论意义上的历史走向。这种走向遵从《旧约》中但以理先知的预言(但以理:7-12)以及由此派生的四帝国学说。根据这种学说,将要有四个帝国依次到来。与《克里奥帕特拉》在结构上十分相似的是另一部戏剧,《努米底亚王后》,①其结尾的合唱同样点出了这个意思:"厄运的合唱 / 四个王朝厄运的合唱。"《克里奥帕特拉》结尾的合唱则更明确反映出这一历史构想。《克里奥帕特拉》结尾的合唱称"台伯河 / 尼罗河 / 多瑙河 / 莱茵河的合唱"(第五幕行 761 及以下)。在此,因为有"帝国转移说",根据这一说法,罗马帝国从罗马人手里转移到了德意志人手里。②

所以,这样的结尾,显然是以乌托邦式的逢迎圣意的形式,表明在哈布斯堡皇朝的世界大帝国中,世界历史的目标实现了。③ 奥古斯都胜利了,克里奥帕特拉失败了,这是历史的计划,而非决定于德性与成功或罪恶与失败的因果关系。奥古斯都不过是与由厄运预定的历史进程合拍。当然另一方面,他又使难逃覆亡厄运的非洲帝国的统治者——埃及女王和努米底亚王后的失败不可避免。然而两个女人在危急关头努力尽其君主之义务,不顾留下不道德的恶名,并在失败和死亡中尽显人格之伟大,这为激发悲剧"恐惧与怜悯"的情感提供了范例。终究按亚里士多德的理论,或如同时代的诗学理论家洛特所言,激发出这样的情感乃

---

① Daniel Casper von Lohenstein: *Sophonisbe. Trauerspiel*, hrsg. v. Rolf Tarot, Stuttgart 1970, bibliogr. erg. Ausg. 1996, S. 120 - 123.

② [译注] 即上文提到的"帝国转移说(translatio imperii)",由四帝国说派生出来。中世纪和近代早期流行的四帝国说认为巴比伦、波斯、希腊、罗马帝国之间依次以新代旧,存在传递关系。鉴于神圣罗马帝国是罗马帝国的延续,因此可以说帝国传递到了哈布斯堡家族和皇帝手中。

③ 关于罗恩施坦的历史观参见 Wilhelm Voßkamp: *Untersuchungen zur Zeit - und Geschichtsauffassung im 17. Jahrhundert bei Gryphius und Lohenstein*, Bonn 1967, S. 161ff.; Gerhard Spellerberg: *Verhängnis und Geschichte. Untersuchungen zu den Trauerspielen und dem Arminius - Roman Daniel Caspers von Lohenstein*, Bad Homburg [u. a.] 1970。

悲剧的"终极目标"。①

五

就政治行为学说方面,罗恩施坦也有作家可以参照,有警句主义 (conceptismo)②的代表,如萨韦德拉·法哈多;有西班牙矫饰风格的代表,如格拉西安。后者曾撰文讨论机锋问题,《机锋与文学创作的艺术》 (*Agudeza ya arte de ingenio*,1648)一书颇有影响。这样一来,罗恩施坦就参与了十七世纪下半叶德国对意大利和西班牙矫饰风格的大力接受。这一新的风格背离了奥皮茨所推崇的古典主义,也使罗恩施坦的戏剧获得德语文学中前所未有的形象性。罗恩施坦喜欢用冷僻的比喻或喻体。他博学多识,对神话、历史、自然史、地理和寓意图的细节信手拈来。他的语言充满矫饰风格的比喻,又能机智地将之巧妙地连缀在一起。此外,他还擅长自如地转换喻体和喻体范畴。《克里奥帕特拉》中安东尼的开场独白就是生动的一例。③ 然而也正是这种极端的矫饰风格招致了启蒙者的诟病。

瑞士人波德莫尔在其教谕诗"德语诗歌特征"(1734)中,批判罗恩施坦的比喻是"学究式的掉书袋"("惯于披着披风暴露自己")。④ 波德莫尔的同道布莱廷格在《批判性地试论自然及比喻的意图和使用》(1740)

---

① Albrecht Christian Rotth:*Vollständige Deutsche Poesie*,1688,hrsg. v. Rosmarie Zeller,Tübingen 2000,2. Teilbd. ,S.[972].

② [译注]西班牙巴洛克文学中一种讲求机锋的风格,惯用文字和思想游戏以及形象和冷僻的比喻。

③ 参见 Volker Meid:"le théâtre baroque",in:*Nouvelle histoire de la littérature allemande*, Bd. 1,*Baroque et Aufklärung*,hrsg. v. Philippe Forget,Paris 1998,S. 123 – 125。

④ 引自 Johann Jakob Bodmer / Johann Jakob Breitinger:*Schriften zur Literatur*, hrsg. v. Volker Meid,Suttgart 1980,S. 62;关于罗恩施坦的接受史参见 Alberto Martino:*Daniel Casper von Lohenstein, Geschichte seiner Rezeption*, Bd. 1:1661 – 1800, Tübingen 1978。

中引安东尼的独白为例,认为它恰好说明了罗恩施坦"极端败坏的写作风格"。他认为罗恩施坦的写作风格是过分讲求修辞的产物,无视每个角色的独特风格。这样的描述本身并没有错,只是评价有失偏颇。布莱廷格继续沿波德莫尔的思路说道,如果抛开角色的姓名,那么读者会看到,"罗恩施坦的整部悲剧无非是一个独白,或是作者自说自话的对白":

> 大家怎么能想象出,这类学者式的、满篇都是比喻的演说和讲话,会符合人类聪明人的胃口。他一会儿用比喻和比方和自己争吵,一会儿和一位他自己创造的美人浮夸而癫狂地调情,一会儿带着学者般的严肃来解释自然中至为隐秘和少见的奇迹,一会儿又如醉如痴突然陷入迷狂,飞到云端,一转眼又深深跌落,开始毫无节制地滥用幼稚的俗语、钻牛角尖的游戏、隐晦的比喻等等诸如此类。忽冷忽热循环往复［……］①

这类批判的声音还有很多。它们反映出一个时代与传统的决裂。这一决裂完成于十八世纪上半叶。早期启蒙的艺术教条以法国为参照,认为奥皮茨的"前巴洛克的古典主义"是法国模式在德国的对应。这种教条用自然、理性、判断力、品味等概念,对抗不自然、浮夸和"无规则的想象力",②并建构了一个与此相匹配的文学史。早期启蒙中产生的价值判断模式,现在看来是相当顽固的。然而要注意的是,与法国等外来影响相比,罗恩施坦及那一代作家的作品更为不自然、不道德和开放吗？待至歌德时代确立的文学创作理念,则把完全不同于十七

---

① Johann Jakob Breitinger: *Critische Abhandlung von der Natur*, *den Absichten und dem Gebrauche der Gleichnisse. Faksimiledrucke nach der Ausgabe von* 1740, mit einem Nachw. v. Manfred Windfuhr, Stuttgart 1967, S. 222.

② Johann Christoph Gottsched: *Schriften zur Literatur*, hrsg. v. Horst Steinmetz, Stuttgart 1972［u. ö.］,S. 236("Gedächtnisrede auf Martin Opitzen von Boberfeld", 1739).

世纪的标准作为准则。浪漫文学的作家艾辛多夫对罗恩施坦有一段评价,虽不完全符合史实,但也还算公允:在《戏剧史》(1854)中,艾辛多夫先是指出罗恩施坦天生缺乏诗意、喜欢"大嘴浮夸",然后不无反讽地说道:

> 然而,为了德意志民族的荣誉,我们还须加上,尽管对罗恩施坦的鼓噪从未间断,他的悲剧却从未得公开上演;人民大众,尽管已流于粗鄙,但终究比学者们更好、更聪明。①

---

① Joseph von Eichendorff: "Zur Geschichte des Dramas", in: *Werke*, Bd. 3: *Schriften zur Literatur*, München 1976, S. 454. 事实上,罗恩施坦的戏不仅在人文中学公演,而且也在市政厅或市民、贵族家庭上演。关于布雷斯劳教学剧的上演情况参见 Konrad Gajek(Hrsg.): *Das Breslauer Schultheater im 17. Und 18. Jahrhundert. Einladungsschriften zu den Schulactus und Szenare zu den Aufführungen förmlicher Comödien an den protestantischen Gymnasien*, 1994(后记)等。

罗恩施坦的《克里奥帕特拉》

——"在我成为罗马人的好戏之前"

科特尔森(Uwe – K. Ketelsen) 撰

何凤仪 译

一

谁如今阅读罗恩施坦的戏剧,谁就踏上了前往遥远国土的旅途,动身前往月球照亮的另一面。隐瞒这一事实,既无意义,也毫无可能。阅读者亦将读到上乘之作,因为若论这位久负盛名的作家的戏剧,它们的魅力与迷人之处恰好在于独具异国风情的陌生感。任何运用阐释学的艺术作品都无法超越这一点。两道文化历史学的深渊使我们与之分隔:一道是"宫廷"文化与"古典到市民的"文化的沟壑,一道是"古典到市民的"文化与"现代"文化的沟壑。(或许,"后现代"将使我们更容易理解罗恩施坦创作的部分要素。)

谁如今翻开罗恩施坦所著《克里奥帕特拉》的书页,阅读开篇诗行,无不惊诧:

> 罗马如今将神圣的尼罗河变成血色的海洋了吗?
> 此处不再流淌富饶的河水,而是民众的鲜血,
> 台伯河何以被淹没?幼发拉底河又何以被玷污?
> 边界隐藏于自然之中,目的地隐藏于大海中……

并不是不熟悉的正字法使这些诗行变得陌生。读者应首先大声朗诵诗行,若他们(在受助于诗行的格律与韵律的情况下)愿剖析了解它的句法结构。而诗行中的台伯河、莱茵河、幼发拉底河为何不再浇灌"冰冷的民众之血",我们在通过阅读从莱辛到霍赫胡特(Hochhut)这些作家著成的戏剧文本所获得的阅读技巧并不能帮助我们回答这一问题。因此这些文本曾消失在经典收录中,只在文学史的纸卷上勉强留下存在的印迹。所有力图使它们重登舞台的尝试(例如汉斯–君特·海姆[Hans – Günther Heyme]1978 年在科隆尝试上演《埃皮夏利斯》[Epicharis]及 1985 在埃森上演《索佛尼斯博》[Sophonibes]),迄今为止皆为徒劳。

第一道决定性的文学史的断层/沟壑尤为突出,它将罗恩施坦的《克里奥帕特拉》从德语语言文学生机勃勃的传统中分离出来并将其交付给了文学史学家的专业学识。这一断层适逢早期启蒙时期,大约在 1680 年到 1760 年间,是由这期间不止一次的审美趣味转向导致的。一种全新的文化模式由此演变。即使"罗恩施坦"的姓名仍获得一段时间的声誉,即使他的作品直到十八世纪中期仍有再版,因这位作家曾饱受赞誉,但他仍很快失去了他的盛名,甚至他所属的文化圈层以及深深影响着他的作品创作的文化领域都受到了极端负面的评价。

在一种与它的历史传承(但非追随古旧的趣味)仍紧密相连的文学批评中,宫廷背景与博学的诗学基础令人怀疑;"第二西里西亚派"的作者(在很长一段时期,这一派囊括了霍夫曼斯瓦尔岛[Hofmannswaldau]、罗恩施坦及哈尔曼[Hartmann]等人)试图超越他们的前辈格吕菲乌斯,舍雷尔(Wilhelm Scherer)如是判定,为此,他们将创作手段提升至"毫无节制"的地步:

> 处决、牢狱之景、魂灵现身、酷刑折磨是他们的乐趣;强烈的感官效果与浮夸的对话紧密相连,这种华而不实的对谈以死板的亚历山

大体昂首阔步出现。①

据卡尔·格德克(Karl Goedeke)称,罗恩施坦比霍夫曼斯瓦尔岛还要浮夸,他对此感到震惊,罗恩施坦的创作"在道德层面更为粗野。在他的戏剧作品中他以一种彻头彻尾的愚钝将最为狂野的兽性展示在观众眼前"。②

要是这"最为狂野的兽性"有一点德国民族主义的色彩,罗恩施坦的作品也不至于恶评如潮,毕竟德国民族主义的微弱气息曾挽救了破除传统的马丁·奥皮茨的声誉! 正因诸如罗恩施坦一类的作家缺乏这样的民族主义色彩,在十九世纪德国文学史研究风起云涌的大背景下,他们遭受恶评的原因似乎显而易见。科贝尔斯坦(August Koberstein)解释道,他们"被十七世纪充斥德国的外国思潮错误地教养而成",并"视同时代的法国人与意大利人为德国诗学的典范,这些外国人的作品中似乎包含了他们眼中认为诗学创作值得拥有的元素"。③

这样的判断绝非独创,相反,它们蕴藏了一种早在十八世纪初期便具有支配地位的论证结构。启蒙运动早期最重要的文学批评家哥特舍德(Gottsched)早已断言,霍夫曼斯瓦尔岛和罗恩施坦"步了好色的意大利人的后尘,有着强烈的欲望,却不知动一点笔墨"!④ 波德默尔,启蒙运动早期第二位重要的诗学家,他就霍夫曼斯瓦尔岛的文体修辞进行了迄今仍能领会的观察,使这些全面的批评判决看起来言之凿凿,令人信服:"他[霍夫曼斯瓦尔岛]用隐喻性的话语来培植隐喻。"换言之,他无止境地编

---

①　Wilhelm Scherer, *Geschichte der deutschen Literatur*, Berlin 1915, S. 389.

②　Karl Goedeke, *Grundsisz zur Geschichte der deutschen Dichtung*, Bd. 3, Dresden 1887, S. 269.

③　August Koberstein, Grundriß der Geschichte der deutschen National–Litteratur. Zum Gebrauch an Gymnasien 1837, S. 376.

④　Johann Christoph Gottsched, *Versuch einer Critischen Dichtkunst*, Darmstadt 1962, S. 111f.

织意义/内涵之链,使其中的任何一个词都能引向另一个词,使人无法捕捉句子的明晰内涵。

这种方法如今只被视为一种文学的风格态度,它是创作方式的一部分,与"政治的""骑士风度的""有治世智慧的"等词汇类同,它们的范例在 1647 年由西班牙耶稣会士 B. 格拉西安(Baltasar Gracián)所著的《智慧书》(*Oráculo Manual y Arte de Prudencia*)中得以展现。

二

在宫廷的与早期"市民"文化的历史断层中,波德默尔一类的批评家总是对文化历史造成的差异尤为敏感。在个性化诗学观点的语境下,观察将难以显著。无论是安东尼(罗恩施坦《克里奥帕特拉》戏剧人物)或索佛尼斯博(罗恩施坦《索佛尼斯博》戏剧人物)是否讲述,都或多或少无关紧要。因为在修辞的帷幕下往往只有作者本人引人注目。一个现代读者必定深感认同;也许读者不会直接断言此人就是作者本人,但无论如何,剧中人物都无法使自己的个性通过语言发声。因此在《克里奥帕特拉》中,正当克里奥帕特拉与安东尼商谈目前形势时,护卫阿西比乌斯突然现身,禀报消息:

克里奥帕特拉
　　唉!闪电只会击中雪松。
安东尼
　　我们荣誉的雪松如今遇上灾祸与闪电,
　　但谁也无法损害我们道德的内核。
　　[……]
　　当美德以坚毅的眼神直视着苦难:
　　当它被压迫时,它能够宽容而坚忍。

阿西比乌斯

　　我的首领。

克里奥帕特拉

　　　　啊,神!

安东尼

　　　　　　何事?

阿西比乌斯

　　屋大维的特使

　　请求护送和觐见。

安东尼

　　　　　　卫兵统领请接受他的提议。

　　　[……]①

　　这看上去并非个体,也并非不同的戏剧人物在言语对谈中讲话,而是
(我们今天称之为)话语的抽象规则在讲话。而话语的统领便是修辞
学。② 两位主人公运用的不仅仅是同一个意象,还运用了同样的譬喻手
法,诗文格律则坚定不移地越过了人物本身。英雄史诗中平稳的亚历山
大体也昭示了修辞对战个人演说的胜利的譬喻,它的进程既不会被人物
的多样性撼动,也不会被机辩争锋的内容动摇。没有任何偶然的个体性
能妨碍它六音步的韵律,任何戏剧事件都不能打破它的韵脚。"诗学"与
"技艺"在悲剧中欢庆它们的大获全胜,胜过——借席勒之言——"自然"
的一般概念。用一种现代宇宙的比喻来讲,这种无所不在的修辞学的背
景光环(Hintergrundsstrahlung)一定会使诸如这些戏剧的文本深受启蒙时
期的诗学家及他们的现实主义后继者的怀疑。

---

① ［译注］此处引文为第一版文本。
② Wilfried Barner, Barock – Rhetorik, Tübingen, 1970.

修辞特征将罗恩施坦的悲剧推入审美观察的聚光灯下，从而这些悲剧不仅仅作为研究思想史或政治理论的原始文献，这类研究往往能在其他文献中获取更直接的材料。它们是修辞学的大作，而德语文学却对它们知之甚少；从美学质量上看，它们堪比荷尔德林的颂歌、歌德的《浮士德》第二部、里尔克的哀歌或海纳·穆勒辩证的沉郁诗篇！

三

《克里奥帕特拉》共有两个印刷版本：一个为 1661 年出版的单行印刷本，另一个则是 1680 年收录于《罗恩施坦全集》中的版本。两个版本虽差别甚大（第二个版本扩充了四分之一的内容），但情节别无二致。第二版的扩充主要涉及人物对白豪华壮观的修辞陈设（第一版共有 3079 个亚历山大体诗行，第二版则有 4232 个）以及大幅修订的注解说明。在此从较易获取的第一版本入手探讨。

第一个版本的印刷设计简朴谦逊，但仍然会使今天的读者感到惊诧：戏剧文本本身只占全书的三分之二，剩下的三分之一则由其他素材构成，展现于更宏大的框架中。

其中一些内容我们如今也会在一本书中料到，尽管不是这样的详尽程度。1661 年出版于布雷斯劳 Esaia Fellgibel 的附录文本（Para‑Text）首先有双页的标题铜版画，它展示了戏剧女主人公历史上的著名场景，即克里奥帕特拉在已经坍塌的祖先墓穴中自尽的画面；其后是封面页，摘录了塔西佗《历史》中的格言，它与铜版画一齐对此剧做出了阐释；紧接着是由拉丁语写成的写给布雷斯劳参议会的献词、一篇简短的内容提要、人物表以及又一篇（非常详尽的）内容提要。但最令现代读者惊愕的是结尾详尽的作者注解，它构建了附录文本的精华。

似乎作者也认为有必要解释他的附录为何如此详尽，因他对此进行了详细的辩护："我进行作品阐释的原因是，我知道，这部作品不仅会被学识渊博的学者阅读,对罗马历史不甚了解之人亦有可能阅读它。因此作品注解既不能被视作毫无裨益,也不应遭受攻讦。"

这一辩护有两点需要注意。作者似乎并未对戏剧文本与书籍文本进行严格区分,但会注意读者是不是学者。若读者并非学者,那么作者注解则可作为补充,使读者至少在这部作品的读本范围内成为博学之人。

然而,有一大部分作者认为有必要进行阐释的史实显然很容易被解释清楚。比如文献来源相当清楚:罗恩施坦的创作受到了法国作家卡尔普雷内德(La Calprenède)小说《克里奥帕特拉》(Cléopatre)及本赛拉德(Isaac de Benserade)悲剧《克里奥帕特拉》(La Cléopatre)的启发。而小说《克里奥帕特拉》讲述的实际是埃及托勒密王朝女王克里奥帕特拉同名的女儿小克里奥帕特拉的故事。历史材料则主要源自普鲁塔克及中世纪史学家西菲利纳斯(Xiphilinus)。

不过,作者注解却不止于此。作者致力于进行费时费力、有史实依据的阐释,并援引拉丁语、希腊语、希伯来语文献加以佐证:联合收录了《克里奥帕特拉》与《索佛尼斯博》的近代版本则精选了 241 处作者注解的文献出处(Quellennachweis)!文献囊括了从阿伯雷菲(Abenephi)的《神秘的埃及》(由 Athanasius Kircher 翻译)到约翰·左拉纳斯(Johannes Zonaras)1120 年左右发表的《世界编年史》(Weltchronik)!

作者评注的一大作用显而易见,那便是阐释戏剧文本。例如,人们可以在标题铜版画中看见墓穴中的克里奥帕特拉身后的平台上横卧着一头公牛,初读时可能会略过这一细节。而在 1661 年版《克里奥帕特拉》第一场中,罗马元帅安东尼的谏臣与埃及女王克里奥帕特拉的谋臣辩论时,埃及人认为,埃及之神并不青睐罗马统领屋大维,罗马人则叫喊道:"无能为力的神啊!罗马不会呼唤你们的公牛!"(第一幕行 145)此时读者和听众也许还不知所云,有先见之明的罗恩施坦在作者评注中解释,古埃及人尊崇冥神欧里西斯,他常以黑白相间的公牛形象出现,罗恩施坦对此进行了详尽的证据补充,援引了普林尼(Plinius)、塔西佗、西菲利纳斯用拉丁语或希腊语写就的原始文献。作者评注提供史实阐释,使人更易理解戏剧文本。但这并非作者殚精竭虑撰写的评注的主要功能,因为很多评注对于文本本身的理解不会有太大帮助。作者评注的真正目的,是引领读者进入博学的王国,进入时代的书本知识。这并非一成不变的死旧的知识,恰恰相反,它有助于经受与战胜当下的形势与挑战。

此外,作者评注还具有一种美学效果,使自己囊括了一种"意义"[①]:它使文本富有特色的结构特征更为明显。它清楚地表明,人物的对话很少平铺直叙地展开。如果人们认为《克里奥帕特拉》具有"超文本"的结构特征,这并非一种强词夺理的现代化。正如我们反复强调的:戏剧人物的对谈被一张精细的网络覆盖,而这张密网由比喻、寓意图、平行对照的事件、样本性的指示编织而成,而它们则由无尽的知识储量与文字储备创造,这种储备为这一时代构建出"现实"。正如波德莫尔切中要害地指出,任何一个比喻都会指向下一个比喻。就此而言,作者评注是整个指示结构中一个特殊的存在,因为它明确地注明了这一切指示的联结,并明确地指向被归档的人类智识的宇宙,而所有的历史事件不过是这浩瀚宇宙的一小部分。我们倾向于历时性地组建的"历史"指示,在这里则借助于庞大的指示系统作为同时的"储备"被保存了起来。

以文字来展现的世界剧变能够以文字向演绎者安全追问:《克里奥帕特拉》最终论及于此。阐明文字,找寻历史神话中的典范,用错误的讯号迷惑敌人:罗恩施坦的悲剧则关乎于此。当克里奥帕特拉不假思索决定当即采取行动时,她的谏臣则唤起她的回忆(当然以形象的方式讲述,为了增添他言辞的说服力)[②]:

> 不要径直对抗那猛烈的狂风。

---

① 参见 Peter – Antre Alt, *Begriffsbilder. Studien zur literarischen Allegorie zwischen Opitz und Schiller*, Tübingen 1995, bes. S. 78 – 161, 266 – 286。

② [译注] 此句为第一版文本。

人们易躲避开露出水面的礁石，

而当它被水流遮蔽时，它会径直将我们撞向深渊。

（第二幕，行59-61）

四

　　现在这样的观察也许已不会再使人讶异，如今的读者习惯阅读经典的"现实"文学或古典主义意义上的"象征"文学，而这部戏剧文本本身就为这些读者的眼睛带来奇异的景象。戏剧文本由两部分组成，即分为五幕的戏剧人物的互动以及五个幕终的合唱（Reyen）。

　　这样的结构在十七世纪的戏剧很常见：格吕菲乌斯运用过它，十七世纪的法国戏剧熟知它——尤其是作为喜剧中的插曲（Interludes），最终还能回溯到希腊悲剧中的合唱歌队。但合唱与此仍有一个重要的区别：希腊悲剧中的合唱是情节的一部分，由戏剧故事中的城邦公民组建合唱队，作为与剧情直接相关的人，他们会直接评论故事情节。罗恩施坦的《克里奥帕特拉》中则截然相反。合唱人物不会卷入每一幕的剧情发展中，在第一幕幕终福尔图娜将宇宙分为土地、海洋及冥界并将各领域分配给众神：将土地分给天神，将海洋分给海神，将冥界分给冥神。第二幕幕终则上演了帕里斯的裁决，他在"政权"与"智慧"前选择了"欲望"。第三幕幕终命运三女神谈论着生命的短暂易逝与死亡的不可避免。第四幕幕终牧羊人颂扬了田园生活的可爱与真诚爱恋的幸福并谴责了宫廷生活。第五幕幕终幼发拉底河和尼罗河臣服于台伯河，莱茵河和多瑙河对此不予承认，暗示未来罗马帝国会将权力让渡给德意志人，即哈布斯堡家族，更确切地说是指列奥波德皇帝。

　　这些合唱在戏剧情节之外，在合唱中神话人物、文学创造的人物或譬喻式的人物进行表演，他们的名言警句并非像古典悲剧中的合唱者一样属于这个世界。他们表达的是普遍的、亘古不变而颠扑不破的准则与历

史进程。远眺尼罗河,台伯河评论道:

> 看,违背命运之物,
> 扎根多么浅薄又松弛!

莱茵河与多瑙河用以同样的逻辑预告道:

> 我们已经看见这洪流中的太阳们,
> 英雄的谱系从奥地利发源,
> 不仅罗马和台伯要为它献祭[……]

罗恩施坦合唱中的"人物"不会转移读者对故事本身的注意力,也并非以机械造神(Die ex machina)的形式出现。他们仅仅是列举世界运行的准则,阐述准则的事实,并标记出/强调奠定所有人类行为基础的视域。合唱仿佛是一种充满诗意的评述,对戏剧人物身处的历史事实进行评论。它将舞台上的行动转变为生动的图像,并为其提供格言警句。

五

现在到了我们眼中最重要的部分,即戏剧人物的互动。坦白而言,戏剧人物的互动不会满足读者的预期(至少不会像观看好莱坞大片《十诫》《宾虚》一般使观众满足地获取世界史的碎片知识)。早在戏剧的开篇,"大事件"便已经结束了。世界历史的色子已经掷出,戏剧描写的是它的终局尾声。欧洲历史,或曰世界历史的一个戏剧性的转折点已经发生:凯撒刺杀者与从中获利者的战役已经结束,屋大维、安东尼、雷必达的后三巨头同盟已经瓦解;公元前31年9月2日已经过去,安东尼在亚克兴海战中打了败仗,屋大维对亚历山大城的围城已经结束。很显然,属于安东尼和克里奥帕特拉的时代已经过去,对于戏剧观众而言情节寥寥。虽然还有两具尸体——安东尼和克里奥帕特拉的尸体,但就历史素材与相关故事而言,情节已经所剩无几,因为两具尸身不会吸引太多的注意力。

戏剧情节一言以蔽之:屋大维(之后的奥古斯都)作为军事胜者来到了埃及,他试图离间安东尼和克里奥帕特拉,因克里奥帕特拉对安东尼不信任,她利用计谋促使了安东尼自杀;当她发现无法用计谋对付屋大维,屋大维只是想诱骗她前往罗马,将她作为凯旋的展示品,她也随即自尽身亡。

一般而言,观众会目睹对话人物,他们的谈话言辞如此激烈,使观众倾向于相信,他们并非言辞的主人,而是言辞侵袭了他们,让他们代为发声。夸张地说,情节只是为了引起让对话人物谈话的情形。谈话即行动。当安东尼在第一幕悲剧开场时,与他对谈之人必须等待 58 个诗行,直至他得以演说,而这演说的机会占有 41 个诗行。在这个言语争锋的空间中,人物得以详尽地施展修辞雄辩。因而安东尼的谋臣不会直截了当地解释,他不愿屈服于屋大维,而是说道:

> 死亡看似苦涩,但更苦涩的,
> 是承载咒骂和桎梏的生命。
> 我愿带着喜悦放弃我的灵魂,
> 在我成为无耻皇帝的奴仆、罗马人的好戏之前。

每一幕也相应地被精心编排。在第一幕中,罗马及埃及的谋臣详尽建言献策,探讨在如今的危急形势下应如何行动。屋大维在使臣的帮助下得以离间两方阵营,让两方阵营作出决断,这一决断在合唱中以帕里斯判决的神话进行了二次演绎。屋大维诓骗和迷惑安东尼和克里奥帕特拉,声称只要能让对方倒台,便得以摆脱危急困境。在一场错综复杂的诡计的结局,两人就统治(政治)理论而言(按照斯多葛主义的学说)都表现得或积极或负面:安东尼做决定时并未审时度势,并未作为冷静沉着的统治者行动,而是选择依他对克里奥帕特拉的激情行动;克里奥帕特拉认识到这一点,算计着把他所缺乏的"明智"(Klugheit)(即他所缺乏的情感控制［Affektkontrolle］）作赌注,佯装自杀;紧接着安东尼也自尽,但显得有些外行,他仍有力气赶到克里奥帕特拉伪装的尸身旁,而当他"在一番哀叹后,在女王怀中灵魂熄灭"(第三幕内容简介)时,克里奥帕特拉的"尸身"此时又重新焕发生机。至此三幕终结,一位主人公出了局,教导观众谁若被热望和情欲战胜,谁就会彻底落败。

现在则到了更加引人入胜的情节,因为对手双方在同一战场上针锋对决:国家智慧(理性)(Staatsklugheit)的战场。从世界史形势而言,两方绝非势均力敌。屋大维从一开始便胜者之位稳固,在历史上占了上风。而克里奥帕特拉手握最后一张牌,那便是她自己。她曾两次凭此牌得偿所愿,和凯撒,和安东尼。但这次却失灵了,因为屋大维也打着同样的牌,就像她试图激起安东尼的冲动情感。双方都刺激着对方的力比多,试探着对方的花招,落败于对方的智慧之下。①

克里奥帕特拉知道自己输了——但她认识到屋大维犯了一个错误,一个计划上的错误,而这就是她的机会:他想要将克里奥帕特拉活着带回罗马,作为战利品举城展示。他的雄心使他盲目地忽视了克里奥帕特拉的诡计。假借给安东尼下葬,克里奥帕特拉避开了屋大维,自尽身亡,上演了著名的场景:她让一条毒蛇咬了自己。如此这般,在意胜利的屋大维赶赴到她身边,却也无力回天。在一个宏大的场景中,罗恩施坦精心写下了一句话,这句话早已在戏剧开篇就借安东尼谏臣之口讲出:

> 我愿带着喜悦放弃我的灵魂,
> 在我成为无耻皇帝的奴仆、罗马人的好戏之前。

而此处对于"好戏"(Schauspiel)的暗示实际亦名副其实。正如屋大维想要在凯旋时将克里奥帕特拉带回罗马,将其作为他胜利的譬喻一般,

---

① Vgl. Bettina Müsch, Der politische Mensch im Welttheater des Daniel Casper von Lohenstein, Frankfurt a. M. 1992, bes. S. 49 – 78.

克里奥帕特拉已无力对抗命运、抗争天命与厄运，而是将自己转变为一个在失败中仍捍卫了自己尊严的人的形象。

被毒蛇噬咬的克里奥帕特拉化身为一种象征，一幅寓意图，为此塔西佗《历史》中的一句话被引用以作为全剧的箴言："我们可能被战胜抑或屈服：人终有一死。唯一重要的是：我们将在饱受嘲笑屈辱中抑或是以阳刚之态呼出自己的最后一口气。"克里奥帕特拉便作为有尊严者被载入了我们文化圈层的纪念物中。难道我们还知道她别的什么吗？许多帝国悄无声息地灭亡了，不留一丝痕迹。但克里奥帕特拉——这个带着毒蛇之人，是胜利的落败者。按照奥古斯都的安排，克里奥帕特拉作为雕像得以存留，罗恩施坦戏剧封面页的铜版画也对此进行了展示。戏剧本身则成为"寓意式的看台"。①

六

谁若是认为这样的文字盛宴无非是一次失败的印证，就大错特错了。事实恰好相反。这部戏剧是一次彻头彻尾的成功！1661 年 2 月 28 日（在该剧刊印前），该剧便在布雷斯劳的伊丽莎白文理中学（Elisabeth – Gymnasium）首演，随即受邀至布热格（Brieg）皮亚斯特公爵的宫廷进行了两次私人表演。图书行业重镇布雷斯劳的第一大出版社出版了此剧，同时代的人不遗余力地盛赞此剧，忙碌的法学家及外交官罗恩施坦仍坚持不懈地修改文本，史料实证表明，他的修订版本曾先后于 1689、1708、1724、1733 年四次出版。

成功的原因易于解释。这部关于埃及女王克里奥帕特拉的戏剧并不是为占领普通的艺术市场而写成的。相反，它形成于制度化的背景下：在

---

① Vgl. Albrecht Schöne, *Emblematik und Drama im Zeitalter des Barock*, München, 1964.

学校教育的背景下。

尽管与官方教育体系的联结对文本影响深远,在此仅以有限的篇幅简要说明。希望借助于戏剧表演为教育减负是宗教改革的遗产,但它也同样影响了耶稣会士。针对耶稣会士在西里西亚紧密的反宗教改革活动,新教徒也同样严阵以待。但他们同样也保存着传统的教育目标:提升(拉丁语以及越来越普遍的德语)语言掌握能力;以趣味形式获取"真正"的学识,这些学识提供了或示范性或错误的示例;最后还有社会领域文化规范的熟练训练,针对那些学校体系所教育之人,即最终为国家公职、为法律和外交的工作领域以及为了理想化构建的君主专制国家的"宫廷"文化设想而服务。除此之外,赏心悦目与实用得以兼具:两所布雷斯劳的文理中学都对高雅的大众消遣做出了贡献,它们也凭此赚取收益。

罗恩施坦记述的角色配置、他新斯多葛主义的价值观念、他对于与利益相伴的权力行使的冷静理性的刻画、他对于社会行为方式的形式化描写使他与"高雅"文化紧密相连;他由体制保障、获取学识储备,这种学识储备使文化项目(在经验之外)获取了它的合理正当性:这一切使它超出了教学的范畴,也远远超出了对这一类文本的自发兴趣。因而这类文本很快被列入经典——也同样在迈向属于"市民"世界的文化历史时期之时迅速过时。

参考文献

Daniel Casper von Lohenstein: *Cleopatra*, *Trauerspiel*, Breslau: Esaia Fellgibel, 1661.

Daniel Casper von Lohenstein: *Cleopatra*, *Trauerspiel*, Breslau: Esaia Fellgibel, 1680.

Daniel Casper von Lohenstein: *Cleopatra*. Hrsg. von Franz Bobertag. Leipzig 1885. (Kürschners Deutsche Nationaliteratur. Bd. 36, 1.)

Daniel Casper von Lohenstein: *Cleopatra*. Hrsg. von Klaus Günther Just. Stuttgart 1885. (Kürschners Deutsche Nationaliteratur. Bd. 36,1.)

Daniel Casper von Lohenstein: *Cleopatra*. *Trauerspiel*, Text der Erfassung von 1661,bes. von Ilse – Marie Barth,Nachwort von Willi Flemming. Stuttgart: Reclam,1965 [u. ö.]. (Universalbibliothek. 8950.)

Daniel Casper von Lohenstein: *Cleopatra*. Hrsg. von Wilhelm Voßkamp. Reinbeck:Rowohlt,1968. (Deutsche Literatur 27.)[2. Fassung]

Asmuth,Bernhard:*Daniel Casper von Lohenstein*. Stuttgart,1991,S. 27 – 31.

Gillespie,Gerald E. P. :*Daniel Casper von Lohenstein's Historical Trage-dies*. Columbus,1965.

Müsch,Bettina:*Der politische Mensch im Welttheater des Daniel Casper von Lohenstein*. Frankfurt a. M. 1992.

Voßkamp,Wilhelm: "Lohensteins *Cleopatra*. Historisches Verhängnis und politisches Spiel. " In: *Geschichte als Schauspiel*. Hrsg. Von Walter Hinck. Frankfurt a. M. 1981,S. 67 – 81.

图书在版编目（CIP）数据

克里奥帕特拉/（德）罗恩施坦著；何凤仪译. --北京：华夏出版社
有限公司，2023.8
（西方传统：经典与解释）
ISBN 978-7-5222-0404-8

I.①克… II.①罗… ②何… III.①悲剧－剧本－德国－近代
IV.①I516.34

中国版本图书馆 CIP 数据核字(2022)第 148966 号

克里奥帕特拉

作　　者	[德]罗恩施坦	
译　　者	何凤仪	
责任编辑	刘雨潇	
责任印制	刘　洋	
出版发行	华夏出版社有限公司	
经　　销	新华书店	
印　　装	北京汇林印务有限公司	
版　　次	2023 年 8 月北京第 1 版	
	2023 年 8 月北京第 1 次印刷	
开　　本	880×1230　1/32	
印　　张	10.75	
字　　数	288 千字	
定　　价	79.00 元	

华夏出版社有限公司　　地址:北京市东直门外香河园北里 4 号　邮编:100028
网址:www.hxph.com.cn　　电话:(010)64663331(转)
若发现本版图书有印装质量问题，请与我社营销中心联系调换。